당신, 거기 있어줄래요?

당신, 거기 있어줄래요?

SERAS-TU LÀ?

기욤 뮈소 장편소설
Guillaume Musso

전미연 옮김

밝은세상

당신, 거기 있어줄래요?

초판 1쇄 발행일 2007년 4월 20일 | **2판 1쇄 발행일** 2007년 12월 3일
3판 1쇄 발행일 2022년 1월 19일 | **3판 4쇄 발행일** 2024년 7월 24일
지은이 기욤 뮈소 | **옮긴이** 전미연 | **펴낸이** 김석원 | **펴낸곳** 도서출판 밝은세상
출판등록 1990. 10. 5 (제 10 – 427호) | **주 소** (10881) 경기도 파주시 문발로 119, 202호
전 화 031–955–8101 | **팩 스** 031–955–8110 | **메일** wsesang@hanmail.net
블로그 blog.naver.com/balgunsesang8101 | **인스타그램** www.instagram.com/wsesang

ISBN 978-89-8437-440-9 (03860) | **값** 15,000원
잘못된 책은 구입한 곳에서 교환해드립니다.

소원.

누구나 한 번쯤 생각해 보았으리라.

시간을 되돌릴 수 있다면 인생을 어떻게 바꿀 것인지에 대해.

인생을 다시 쓸 수 있다면 우리는 어떤 실수를 바로잡고 싶어질까?

우리 인생에서 어떤 고통을, 어떤 회한을, 어떤 후회를 지워버리고 싶을까?

진정 무엇으로 우리 존재에 새로운 의미를 부여할 것인가?

그렇다면 과연 무엇이 되기 위함인가?

어디로 가기 위함인가?

그리고 누구와 동행하기 위함인가?

일러두기

각주는 모두 옮긴이 주입니다.

프롤로그

캄보디아 북동쪽, 2006년 9월

우기(雨期)

적십자사의 헬리콥터는 예정된 시간에 착륙했다. 숲이 무성한 고원지대에 자리 잡은 마을에는 통나무와 나뭇가지로 얼기설기 엮어 지은 허술한 집들이 백여 채 들어서 있었다. 앙코르나 프놈펜 같은 관광지구에서 멀리 떨어진 이 오지 마을은 마치 시간이 멈춰버린 듯이 적막했다. 습한 공기에 둘러싸인 마을은 홍수 때문에 어딜 가나 진창이었다.

헬리콥터 조종사는 터빈을 끄지 않고 기다렸다. 그가 맡은 임무는 구호활동을 위해 마을에 와있는 의료진을 다시 도시로 이송하는 것이었다. 보통 때라면 딱히 문제 될 게 없었지만 한창 우기인 9월인데다 집중폭우가 억수처럼 퍼붓고 있어 헬기 운행이 그리 간단하지 않았다. 연료는 넉넉한 편이 아니었지만 의료진을 목적지까지 안전하게 수송할 만큼은 준비되어 있었다. 단, 오래 지체하지 않아야 했다.

외과의사 두 명, 마취의사 한 명, 간호사 두 명이 이틀째 머물고 있던 간이 진료소에서 뛰어나왔다. 의료진은 지난 몇 주 동안 이 일대의 마을을 돌며 말라리아, 에이즈, 결핵 환자들을 돌보았다. 게다가 이 지역에는 아직도 곳곳에 대인지뢰가 널려있어 사지절단 환자들이 많았다. 의료진은 그들을 치료하고, 인공보철구를 조처해 주었다.

조종사의 신호가 떨어지자 의료진 다섯 명 중 네 명이 재빨리 헬기에 올랐다. 그런데 약간 뒤에 떨어진 60세쯤 된 남자 의사는 헬기에 오르지 않고, 주변에 몰려든 캄보디아인들을 물끄러미 쳐다보며 서 있었다. 그의 머뭇거리는 거동에서 치료를 필요로 하는 환자들을 내버려 두고 떠나야 하는 의사의 안타까운 심정이 묻어났다.

조종사가 시간이 없다는 듯 긴박하게 소리쳤다.

"선생님, 이제 출발해야 합니다! 지금 이륙하지 않으면 비행기를 놓치게 됩니다."

의사가 고개를 끄덕였다. 막 헬기에 오르려던 의사의 시선이 한 노인이 힘겹게 안고 있는 어린아이에게 멎었다. 아이는 기껏해야 세 살이 넘어 보이지 않았다. 그 아이의 자그마한 얼굴은 윗입술이 세로로 갈라지면서 파열된 기형이었다. 선천성 기형이기 때문에 수술을 받지 않는다면 아이는 평생 유동식만 먹고 살아야 할 것이고, 말은 한마디도 할 수 없을 것이다.

간호사 한 명이 의사를 바라보며 안타깝게 말했다.

"어서 타세요. 시간이 없습니다."

머리 위에서 돌아가는 프로펠러 소리에 묻히지 않으려고 의사가 버럭 소리 지르듯 말했다.

"저 아이는 당장 수술을 받아야 해요."

"대형 홍수가 나서 도로 쪽 통행이 불가능해요. 헬리콥터는 며칠이 지나야 다시 뜰 수 있습니다."

의사는 아이를 이대로 두고는 떠날 수 없다는 듯이 미동도 하지 않았다. 그는 구순구개열로 태어난 아이들이 부모로부터 버림받는 일이 비일비재한 캄보디아의 풍습을 알고 있었다. 기형인 아이들은 입양 기회도 원천봉쇄되었다.

간호사가 다시 간곡히 말했다.

"내일모레는 샌프란시스코로 돌아가야만 해요. 수술 일정도 빡빡하게 잡혀있고, 강연 일정도 잡혀있고, 또······."

의사가 헬리콥터에서 멀찍이 물러서며 말했다.

"나는 그냥 여기에 잠시 더 남아있을 테니까 내버려 두고 먼저 출발해요."

헬기에 타고 있던 간호사가 바닥으로 뛰어내리며 말했다.

"그럼 저도 남을 수밖에요."

의사와 같은 병원에서 근무하는 여자 간호사였다.

조종사는 한숨을 쉬며 고개를 절레절레 저었고, 이내 헬리콥터는 하늘 위로 날아올랐다. 잠시 공중에서 선회하던 헬리콥터가 서쪽 하늘로 멀어져 갔다.

의사가 노인이 안고 있던 아이를 두 팔로 받아 안았다. 창백한 얼굴의 아이는 몸을 잔뜩 웅크렸다. 의사는 간호사와 함께 아이를 진료소 안으로 데리고 들어가 마취에 앞서 불안감을 덜어주기 위해 안심시키는 말을 몇 마디 건넸다. 마취 주사를 놓자 아이는 이내 잠들었다. 의사는 메스로 연구개를 들어낸 뒤 잡아당겨 구개열 부위를 메웠다. 그다음에는 똑같은 방법으로 입술 형체를 복원해 아이의 진정한 미소를 되찾아 주었다.

*

수술이 끝나자 의사는 함석과 낙엽으로 덮인 베란다에 잠시 나와 앉았다. 장시간 수술에 집중했고, 이틀 전부터 잠을 자지 못한 탓에 극심한 피로감이 밀려왔다. 담배에 불을 붙이고 주변을 둘러보았다. 그나마 지겹도록 퍼부어대던 빗발이 멈춰 다행이었다. 짙은 구름을 뚫고 자줏빛과 오렌지 빛깔이 뒤섞인 햇살이 눈부시게 쏟아져 내렸다.

의사는 마을에 남기로 한 결정을 후회하지 않았다. 매년 적십자사에서 조직한 의료캠프에 지원해 구호활동에 참가해 왔다. 구호활동이 끝나면 언제나 몸이 녹초가 되고 피로감이 극에 달해 한동안 후유증에 시달렸지만 이제는 마약처럼 중독되어 매년 빠지지 않고 지원했다. 샌프란시스코의 순조롭고 정형화된 일상에서 벗어날 수 있는 하나의 방편이기도 했다.

의사가 담배꽁초를 비벼 껐을 때 뒤에서 인기척이 났다. 뒤돌아보니 헬기가 떠날 때 어린아이를 안고 있던 노인이었다. 전통의상 차림에 등이 굽은 노인으로 마을의 촌장이었다. 노인의 얼굴에는 주름이 깊게 파여있었다.

어느새 베란다 테이블에 앉은 노인은 깍지 낀 두 손을 턱에 대고 의사를 진지하게 바라보다가 이리 와 앉으라는 손짓을 했다. 노인은 의사에게 차를 권하며 이야기를 시작했다.

"이름이 루난입니다."

노인이 아이의 이름을 말하는 것이라 짐작하며 의사는 가볍게 고개를 끄덕였다.

"아이의 얼굴을 되찾아 줘서 고맙습니다."

의사는 진심으로 감사 인사를 전하는 노인을 향해 미소로 화답하고 나서 뒤따르는 칭찬의 말을 듣고 있기 어색해 시선을 피했다. 손을 뻗으면 닿을 거리에서부터 무성한 열대림이 펼쳐져 있었다. 마을에서 가까운 라타나기리산에는 호랑이, 뱀, 코끼리 같은 동물들이 살고 있었다.

노인이 의사에게 물었다.

"간절히 바라는 소원이 있습니까?"

의사는 질문의 뜻을 제대로 파악하지 못해 되물었다.

"무슨 뜻이죠?"

"반드시 이루고 싶은 소원이 있는지 물었습니다."

극심한 피로감 탓인 듯 갑자기 감상에 젖은 의사는 차분하게 대답했다.

"꼭 한 번 만나고 싶은 여인이 있습니다."

"여인이라면?"

"내게는 이 세상 그 무엇보다 소중했던 단 하나의 여인이죠."

그 순간 문명세계와는 동떨어진 곳에서 서로 얼굴을 마주하고 있는 두 사람 사이로 엄숙하고 신비로운 기운이 흘렀다.

노인이 궁금한 표정을 지으며 물었다.

"그 여인은 지금 어디에 있는데요?"

"30년 전 사고로 목숨을 잃었습니다."

노인이 살짝 미간을 찌푸리더니 잠시 생각에 빠져들었다. 한동안 말이 없던 노인은 자리에서 일어나 방으로 걸어갔다. 선반 대용으로 쓰는 판자 위에 말린 해마, 인삼, 포르말린에 담긴 독사 따위가 어지럽게 늘어서 있었다.

한참 동안 선반을 뒤지던 노인이 자그마한 병 하나를 찾아내 손에 들었다. 노인이 의사에게 다가와 병을 건넸다. 병에는 황금색 알약 열 개가 들어있었다.

1

첫 번째 만남

아름다운 저녁, 미래는 과거라 불린다.
이때 우리는 뒤돌아서 젊었던 시절을 바라본다.

-루이 아라공

마이애미 공항, 1976년 9월

엘리엇의 나이 서른

어느 9월의 일요일 오후, 플로리다의 뜨거운 하늘 아래에서 젊은 여성 하나가 컨버터블을 몰고 공항으로 향하는 도로를 달리고 있었다. 앞차를 추월해 가며 고속으로 질주하는 여자의 머리카락이 바람에 흩날렸다. 여자가 공항 터미널 앞에 컨버터블을 세웠고, 조수석에 타고 있던 젊은 남성이 차에서 내려섰다. 차 트렁크에서 여행용 가방을 꺼낸 남자가 몸을 숙여 여자에게 키스했다. 남자가 철골과 유리로 이루어진 공항 터미널 안으로 들어서기 전에 손을 흔들었다.

남자의 이름은 엘리엇 쿠퍼로 샌프란시스코에서 의사로 일하고 있었다. 잘생긴 외모, 호리호리한 몸에 걸친 가죽점퍼와 제멋대로 뻗은 머리카락만 보자면 아직 철부지 소년 같았다. 엘리엇은 샌프란시스코행 비행기의 탑승권을 받기 위해 수속 창구로 향했다.

"벌써 내가 보고 싶어진 건 아니지?"

엘리엇은 익숙한 목소리에 깜짝 놀라 순간적으로 뒤를 돌아보았다. 여자의 대담하고 시원한 느낌을 주는 에메랄드 빛 눈동자가 그를 향해 장난기 어린 웃음을 머금고 있었다. 그녀는 로우 웨이스트 청바지에 '피스 앤 러브(Peace & Love)'가 새겨진 스웨트 재킷 차림이었다.

엘리엇이 여자의 목덜미에 가볍게 손을 얹으며 물었다.

"내가 당신을 안은 지 얼마나 됐지?"

"적어도 1분은 넘었을 거야."

"벌써 그렇게 많은 시간이 흘렀어?"

엘리엇이 여자를 안았다. 여자의 이름은 일리나, 엘리엇에게는 그 무엇과도 바꿀 수 없는 소중한 사람이었다. 두 사람은 10년 전에 처음 만났다. 엘리엇이 의사라는 직업과 타인을 향해 열린 마음을 갖게 된 건 모두 일리나와 관련이 있었다.

엘리엇은 오늘따라 일리나가 그냥 돌아가지 않고 공항 대합실에 나타난 것에 내심 놀랐다. 그들은 헤어질 때 시간을 길게 끌지 않기로 암묵적인 합의가 되어있었다. 몇 분 동안 더 같이 있어 봐야 헤어지는 아쉬움만 더 커진다는 걸 잘 알고 있기 때문이었다. 일리나는 플로리다에 엘리엇은 샌프란시스코에 살고 있기 때문에 감수해야 하는 아쉬움이었다. 그들의 사랑은 무려 4천 킬로미터를 사이에 두고 진행 중이었다.

물론 가까운 곳에서 지내고 싶은 생각이 간절했지만 그냥 이대로 지내는 것도 그리 나쁘지는 않았다. 가까이에서 살게 될 경우 주말마다 한 번씩 만났다가 헤어져야 하는 아픔이야 없겠지만 지금처럼 만날 때마다 느껴지는 가슴 벅찬 감동과 서로를 그리워하는 애틋한 마음은 그리 크지 않을 테니까. 멀리 떨어져서 지내야 하는 만큼 아쉬움은 컸지만 각자 서로의 영역에서 열심히 일해 확고한 기반을 다질 수 있는 시간을 확보할 수 있게 되었다. 한 사람은 태평양을 마주하고, 다른 한 사람은 대서양을 마주한 채로.

엘리엇은 전문의가 되기까지 길고 지난한 과정을 거친 끝에 샌프란시스코의 유서 깊은 병원에서 외과의사로 일하게 되었다. 일리나는 세계 최대의 해양생물공원인 오션월드에서 돌고래와 범고래를 돌보는 수의사로 자리를 잡았다. 두 사람은 얼마 전부터 '그린피스' 활동도 열심히 해오고 있었다. 일리나가 그린피스 활동에 적극적으로 참여하게 된 계기는 고래와 바다표범의 학살에 반대하기 때문이었다.

두 사람은 한가할 틈이 없을 만큼 바빴지만 언제나 사랑하는 연인과 이별하는 순간만큼은 안타깝고 아쉬운 마음이 컸다.

샌프란시스코행 711편 승객 여러분께서는 즉시 18번 게이트를 이

용해 탑승해 주시기 바랍니다.

일리나가 꼭 잡고 있던 손을 슬며시 풀며 물었다.

"당신이 타고 가야 할 비행기야?"

엘리엇이 고개를 끄덕이고 나서 말했다.

"일리나, 내게 뭔가 할 말이 있어서 대합실까지 따라온 거 아니야?"

엘리엇은 그녀에 대해 너무나 잘 알고 있었기에 뭔가 할 말이 있다는 걸 눈치채고 있었다.

"우리 게이트까지 걸어가면서 이야기할까?"

일리나는 엘리엇의 옆에서 나란히 걸으며 남미 악센트가 섞인 장광설을 늘어놓았다.

"그다지 평화로운 세상은 아니라서 나도 미래가 걱정되는 건 사실이야. 미소 양국을 중심으로 고착화된 동서 냉전, 핵무장을 위한 세계 여러 나라의 각축전, 천연자원의 고갈, 환경오염, 열대림 파괴 따위만 봐도 미래가 걱정되는 건 틀림없어."

엘리엇이 빙그레 웃는 얼굴로 일리나를 쳐다보았다. 볼 때마다 너무나 아름다운 얼굴이었다.

"무슨 얘길 하려는 거야? 자꾸만 빙빙 돌리지 말고 어서 본론을 얘기해 봐."

"아이를 갖고 싶어. 우리 아이."

"지금 당장, 이 공항 터미널에서?"

엘리엇은 당혹감을 감추기 위해 유머를 가미해 말했지만 입을 굳게

다문 일리나의 얼굴에서는 전혀 웃음기가 보이지 않았다.

"엘리엇, 나 지금 농담하는 거 아니야. 당신도 진지하게 생각해 봤으면 좋겠어."

일리나가 잡았던 손을 슬며시 놓고 나서 공항 터미널 출구 쪽으로 걸어갔다.

엘리엇이 그녀를 뒤따라가며 소리쳤다.

"일리나, 잠깐만 기다려!"

711편 항공기 승객인 엘리엇 쿠퍼 씨는 즉시 탑승해 주시기 바랍니다.

"빌어먹을!"

엘리엇은 저만치 멀어져 가는 일리나를 쳐다보다가 어쩔 수 없다는 듯이 탑승구로 가는 에스컬레이터에 올랐다. 엘리엇은 탑승구가 가까워질 때 일리나에게 손이라도 흔들기 위해 뒤돌아섰다. 9월의 화사한 햇살만이 공항을 가득 채우고 있을 뿐 어느새 일리나의 자취는 눈에 띄지 않았다.

*

비행기가 샌프란시스코 공항에 착륙했을 때는 이미 밤 9시가 넘어 있었다. 엘리엇은 터미널을 빠져나가자마자 택시를 잡으려던 생각을 바꿨다. 허기를 달래줄 음식이 필요했다. 일리나의 느닷없는 제안 때문에 정신이 멍해지는 바람에 기내식에는 아예 손도 대지 않았다. 그의 집 냉장고도 텅 비어있을 게 뻔했다.

엘리엇은 공항 터미널 3층에 있는 골든게이트 카페로 발걸음을 옮겼다. 절친한 친구 매트와 몇 번 동부로 여행을 다녀오는 길에 들른 적이 있는 카페였다. 그는 카페로 들어가 샐러드와 베이글 두 개, 샤르도네를 한 잔 주문했다. 시차로 생긴 피로감 때문에 두 눈을 비비며 카페 직원에게 공중전화기를 쓸 수 있게 코인을 몇 개 가져다 달라고 부탁했다.

일리나는 전화를 받지 않았다. 시차를 감안하면 플로리다는 이미 자정이 훨씬 지난 시간이었다. 일리나가 집에 있을 시간이었는데 그와 통화를 원하지 않는 게 분명했다.

'일리나가 마음이 많이 상했나 봐.'

일리나가 진지하게 제안했는데 농담으로 대응한 건 잘못이었지만 아직은 아이를 갖고 싶지 않았다. 일리나를 진심으로 사랑했고, 그녀에 대한 애정은 차고 넘쳤다. 다만 사랑만으로 모든 문제가 저절로 해결되는 건 아니었다. 너무나 불확실한 이 시대에 아이를 낳고 싶지 않았다.

엘리엇은 식사를 마치고 커피를 한 잔 주문했다. 마음이 뒤숭숭해 아무 생각 없이 손가락 관절 마디를 꺾었다. 재킷 주머니에 들어있는 담배의 유혹을 거부하기 힘들어 한 개비 피워 물었다. 담배가 건강에 심각한 악영향을 미쳐 금연을 하는 사람들이 점점 더 늘어나고 있었다. 15년 전부터 담배의 중독성과 해악성에 대한 각종 연구 결과가 발표되었다. 그는 의사라서 흡연이 폐암이나 심장혈관 질환을 일으키는 주범이라는 사실을 어느 누구보다도 잘 알고 있었다. 다만 대부분의 의사들처럼 그 역시 자신보다는 환자들의 건강에 더욱 많은 관심을 갖고 있는 사람이었다. 금연에 대한 사회적 관심이 늘어난 건 분명하지만 식당이나 대중교통, 기내에서 여전히 담배를 피우는 사람이 많았다. 흡연이 사회문화적으로 자유의 상징이 되고 있는 시절이었으니까.

'이제 곧 금연을 시작해야겠지만 오늘은 아니야.'

엘리엇은 동그랗게 만든 담배 연기를 내뿜었다. 당장 담배를 끊을 마음은 없었다. 유리벽 너머를 두리번거리던 그의 눈에 이상한 장면이 포착되었다.

엘리엇은 그때 그 남자를 처음 보았다. 하늘색 파자마를 입은 노인이 유리벽 너머에 있었다. 나이는 60대쯤 되어 보였고, 비교적 잘생긴 얼굴에 짧은 턱수염이 희끗희끗해 숀 코네리를 연상시키는 얼굴이었다.

'이 늦은 시간에 공항 터미널에서 맨발에 파자마 차림으로 돌아다니는 저 노인은 도대체 무얼 하는 사람일까?'

엘리엇은 알 수 없는 힘에 이끌려 자리를 박차고 카페 밖으로 나왔다. 노신사는 하늘에서 갑자기 뚝 떨어지기라도 한 사람처럼 어리벙벙한 모습을 하고 있었다. 엘리엇은 그에게 가까이 다가갈수록 왠지 거북한 느낌이 들었다.

'이 노신사는 도대체 누구지? 병원에서 도망친 환자일까? 그렇다면 다시 병원으로 돌려보내야 마땅해.'

노신사와의 거리가 3미터 가까이로 좁혀지면서 엘리엇은 비로소 자신의 마음을 불편하게 만든 정체가 무엇인지 알게 되었다. 노신사는 5년 전 췌장암으로 세상을 떠난 아버지를 빼닮은 모습이었다.

엘리엇은 당혹감을 금치 못하며 노신사에게로 가까이 다가갔다. 가까이서 보니 그야말로 놀라울 만큼 아버지와 흡사한 얼굴이었다. 전체적인 얼굴 형태뿐만 아니라 집안 내력인 보조개까지 파여 있었다.

'아버지일까? 아니야, 정신 차려. 아버지는 이미 돌아가셨어. 병원에서 시신을 입관하는 모습을 직접 보았잖아.'

엘리엇이 가까이 다가서자 노신사가 몇 발짝 뒤로 물러섰다. 그 역시 엘리엇만큼이나 크게 혼란스러워하는 눈치였다.

"엘리엇?"

'아니, 이 노신사가 내 이름을 어떻게 알았을까? 게다가 이 목소리는?'

아버지와 다정하게 지낸 적이 없다고 한다면 대단히 완곡한 표현이었다. 엘리엇은 아버지에게 자주 맞고 살았다. 아버지가 세상을 떠나고 나서야 좀 더 이해해 보려고 애쓰지 않은 걸 후회했다.

엘리엇은 아연실색했고, 감정이 북받치며 목이 메어왔다.

"아버지?"

"난 자네 아버지가 아니야."

당연한 답변을 듣고도 마음이 진정되지 않았다.

"그럼, 당신은 누구시죠?"

노신사가 엘리엇의 어깨에 손을 얹어놓았다. 그가 잠시 머뭇거리다가 말했다.

"엘리엇, 나는 바로 자네야."

엘리엇은 뒤로 한 발짝 물러서며 화석처럼 몸이 굳었다.

"나는 틀림없이 자네야. 30년 후의 모습."

*

'지금 내 눈앞에 있는 노신사가 30년 후의 나라고?'

엘리엇은 도무지 이해할 수 없는 말이라서 팔을 휘휘 내저었다.

"지금 무슨 말을 하는 겁니까? 말도 안 되는 소리 좀 작작 하세요."

노신사가 뭔가 말하려고 할 때 갑자기 코에서 흘러나온 피가 파자마 윗도리를 적셨다.

"코피가 흐르니까 잠시 머리를 뒤로 젖히세요."

엘리엇은 카페에서 음식을 먹고 나서 입을 닦고 남았던 휴지를 주머니에 집어넣었던 게 기억났다. 그는 휴지를 꺼내 노신사의 코에 대주었다.

이내 출혈이 멎었다.

"화장실로 가서 얼굴에 묻은 피를 닦아야겠어요."

노신사가 거부하지 않고 그를 따라왔다. 화장실에 거의 다가갈 무렵 노신사가 갑자기 간질 발작이라도 일으킨 사람처럼 심하게 몸을 떨었다.

엘리엇이 도우려 하자 노신사가 힘껏 밀쳐냈다.

남자가 화장실 문을 밀고 안으로 들어가면서 고집스럽게 말했다.

"그냥 내버려 둬!"

엘리엇은 노신사가 씻고 나올 때까지 밖에서 기다리기로 했다. 그는 노신사를 기다렸다가 안전한지 확인해야겠다는 생각이 들었다. 노신사의 몸 상태가 도무지 안심이 되지 않았다.

'이 무슨 황당한 일이지? 나랑 외모가 판박이인 노신사가 밑도 끝도 없이 30년 후의 나라고 주장하다니?'

한동안 화장실 밖에서 기다렸지만 노신사는 나올 기색을 보이지 않았다. 엘리엇은 기다리다 못해 화장실 안으로 들어갔다.

길쭉하게 생긴 화장실이었다. 세면대나 소변기 앞에 당연히 있어야 할 노신사가 보이지 않았다. 화장실 안에는 창문도 없었고, 비상구도 없었다.

'칸막이 화장실 안에 들어가 있는 건가?'

"안에 계십니까?"

엘리엇은 혹시 노신사가 기절한 건 아닌지 걱정스러워 화장실 문을 차례로 열어 보기 시작했다. 첫 번째 문을 열었다. 아무도 없었다. 두 번째 문 역시 아무도 없었다. 세 번째, 네 번째……열 번째 문까지 모두 열어 보았지만 텅 비어있었다.

엘리엇은 도저히 납득이 되지 않는 일이라 몹시 황당해하며 천장을 올려다보았다. 천장에도 밖으로 통하는 구멍은 없었다.

도무지 말이 되지 않는 상황이었지만 노신사가 사라졌다는 걸 인정하지 않을 수 없었다.

2

내게 미래는 흥미로운 곳이다. 내가 앞으로의 날들을 보내고자 하는 곳이 바로 거기니까.

-우디 앨런

샌프란시스코, 2006년 9월

엘리엇의 나이 예순

엘리엇은 갑자기 눈을 떴다. 침대에 누워있는 그의 가슴이 벌렁벌렁 뛰고 있었고, 온몸이 땀에 흠뻑 젖어있었다.

'악몽을 꾸었어!'

평소에는 간밤에 꾸었던 꿈을 제대로 기억하지 못하는데 이번에는 실제처럼 선명하게 떠오르는 꿈을 꾸었다. 샌프란시스코 공항을 헤매고 다니다가 젊은 엘리엇을 만났다. 그 역시 뜻하지 않은 만남에 몹시 당혹스러운 눈치였다. 실제로 30년 전으로 돌아가기라도 한 것처럼 모든 장면들이 현실적이어서 놀랐다.

엘리엇은 버튼을 눌러 블라인드를 올리고 나서 테이블에 올려놓은 작은 병을 불안한 눈빛으로 바라보았다. 그러다가 용기를 내 황금빛 알약이 들어있는 병을 열어 보았다. 알약은 아홉 개가 남아있었다. 간밤에 잠들기 전 문득 호기심이 일어 알약을 하나 삼키고 잠들었다.

'알약을 삼키고 잠든 탓에 그토록 신비스러운 꿈을 꾸었나?'

캄보디아 노인은 약효에 대해 얼버무리면서도 30년 전 연인을 보러 갈 때만 약을 사용해야 한다는 당부를 잊지 않았다.

엘리엇은 자리에서 일어나 마리나의 모습이 내다보이는 전망창을 향해 걸어갔다. 바다와 앨커트래즈섬, 골든게이트가 한눈에 들어왔다. 아침 햇살이 바다 위로 쏟아져 내렸다. 마리나에서는 요트와 페리가 경적소리를 내며 바다를 향해 나아가고 있었다. 아직은 이른 시간이었지만 해변도로를 따라 넓게 펼쳐진 마리나의 잔디밭에는 조깅을 즐기는 사람들이 제법 많았다.

엘리엇은 늘 보아온 친숙한 풍경을 보고 있자니 그나마 마음이 차분하게 진정되었다.

겨우 마음을 다독였는데 창문을 통해 비치는 파자마 윗도리에 얼룩이 번져있는 게 보였다. 엘리엇은 고개를 숙여 파자마의 얼룩을 자세히 들여다보았다.

'피?'

그 순간 심장박동이 다시 빨라지기 시작했다. 간밤에 코피를 흘린 게 분명했다. 꿈속에서 벌어진 일이라 치부하고 넘어가려고 했는데 코피 자국을 보자 다시 마음이 심란했다.

'너무 피곤하면 꿈과 현실을 혼동할 수 있어.'

엘리엇은 애써 마음을 진정시키며 출근 준비를 하려고 욕실로 향했다. 샤워기의 물 온도를 알맞게 조절해 놓고 잠깐 생각에 잠긴 사이 욕실 안이 온통 수증기로 가득 찼다.

'간밤에 도대체 무슨 일이 벌어진 거야?'

엘리엇은 파자마를 벗으려다가 별안간 한 가지 생각이 떠올라 주머니를 뒤져 보았다. 그의 손에 피 묻은 휴지가 들려있었다. 샌프란시스코 최고의 명물인 골든게이트가 새겨진 휴지였다. 그림 위에 적힌 '골든게이트 카페, 샌프란시스코 공항'이라는 글자도 선명했다.

엘리엇의 심장이 빠르게 뛰기 시작했다. 이번에는 마음을 가라앉히기 어려웠다.

*

'내가 암 진단을 받고 나서 미쳐버린 건가?'

몇 달 전, 내시경 검사 결과 폐암 진단을 받았다. 지난 40년 동안 하루에 한 갑 이상의 담배를 피웠으니 폐가 멀쩡하다면 오히려 이상한 일일 수도 있었다. 흡연이 건강에 안 좋다는 사실을 잘 알고 있었지만 굳이 담배를 끊고 싶지 않았다. 어차피 인생은 각종 위험이 따르기 마련이었다. 담배는 수많은 위험 요소 가운데 하나일 뿐이었다.

엘리엇은 자신의 인생을 온실에서 화초를 키우듯 매사 조심스럽게 이끌어갈 생각이 없었다. 세상의 갖가지 위험으로부터 자신의 안위를 지켜야겠다고 마음먹은 적도 없었다. 그는 운명론자였다. 어차피 일어날 일은 반드시 일어나게 되어있고, 인간은 주어진 상황을 극복해 나가기 위해 애쓰는 수밖에 없다고 생각했다.

엘리엇의 폐암은 진행 속도가 빨라 치료가 불가하다는 결론이 났다. 지난 수십 년 동안 의학은 획기적으로 발전했고, 암환자들의 수명을 연장시키는 신약이 다수 개발되었지만 엘리엇의 경우 수혜 대상이 아니었다. 암을 조기에 발견하지 못한 까닭에 이미 다른 장기로 전이가 이루어진 탓이었다.

엘리엇은 화학치료와 방사선치료를 거부했다. 고작 몇 달 동안 수명을 연장하기 위해 항암치료의 고통을 감수하긴 싫었다. 아무리 애써 봐야 몇 개월 후면 생이 끝난다는 사실을 알고 있었다.

지금껏 주변 사람들에게 암 진단을 받은 사실을 숨겨왔다. 기침이 그치지 않았고, 늑골과 어깨 부위 통증이 갈수록 심해지고 있었다. 체력이 어느 누구보다 뛰어나기로 정평이 나있었지만 이제는 너무 자주 피로감을 느꼈다.

엘리엇은 이제 곧 생을 마쳐야 한다는 건 결코 두렵지 않았다. 그를 가장 두렵게 만드는 건 뉴욕에서 대학에 다니는 딸 앤지와 평생 동고동락해 온 친구 매트에게 영원한 이별을 고해야 한다는 것이었다.

엘리엇은 샤워를 마치고 나와 옷장 문을 열었다. 반팔 와이셔츠와 이탈리아 정장을 입고 거울 앞에 서자 어느새 병색은 자취를 감추고, 아직은 젊고 매력적인 남자가 눈에 들어왔다. 얼마 전까지 나이가 절반밖에 안 되는 젊은 여자들을 만나 데이트를 즐겼다. 다만 상대가 누구든 깊은 사이로 발전하지 못했다. 엘리엇을 줄곧 가까이에서 지켜본 사람이라면 그의 인생에서 여자는 두 사람밖에 없었다는 사실을 잘 알고 있을 것이다. 일리나와 딸 앤지.

일리나가 죽은 지 어느새 30년이 되었다.

*

엘리엇이 바깥으로 나서는 순간 햇살과 파도, 바람이 먼저 그를 맞았다. 그는 잠시 넓게 펼쳐진 바다를 바라보다가 차고 문을 열었다. 그는 히피 시대의 유물인 오렌지색 비틀 안으로 몸을 굽혀 들어갔다. 차의 덮개를 내리고 대로로 나선 그는 필모어 스트리트를 지나 빅토리아시대풍의 주택가들이 밀집한 퍼시픽 하이츠를 향해 차를 몰았다. 샌프란시스코의 가파른 급경사 길이 청룡열차처럼 구불구불 펼쳐져 있었다. 이제는 차가 날듯이 달리는 재미를 느낄 나이는 아니었다.

엘리엇은 캘리포니아 스트리트에서 왼쪽으로 방향을 틀어 달리다가 차이나타운 쪽으로 관광객을 실어 나르는 케이블카와 마주쳤다. 그는 그레이스 성당에서 두 블록 떨어져 있는 건물의 지하 주차장 안으로 차를 몰았다. 그가 30년 넘게 일하고 있는 레녹스 메디컬센터 주차장이었다. 그는 소아외과 과장이었고, 그 병원에서 가장 경험이 많은 베테랑 의사였다. 승진이 다른 의사들에 비해 많이 늦은 편이었지만 그다지 신경 쓰지 않았다.

엘리엇은 항상 환자를 우선시했다. 외과 전문의였지만 의학적인 시술에 그치지 않고, 환자의 마음을 위로하고 안정시키는 심리적 배려도 소홀히 하지 않았다. 직위나 직책에는 관심이 없었기 때문에 원장을 비롯한 수뇌부 인사들과 골프를 치거나 타호 호수에서 열리는 바비큐 파티에 참석해 인맥을 형성하려고 애쓴 적이 없었다. 동료 의사들도 자신의 아이가 아플 경우 어김없이 엘리엇에게 치료를 부탁했다. 동료 의사들도 그의 실력을 인정하고 있다는 증거였다.

*

"새뮤얼, 이 약의 성분이 뭔지 분석해 줘."

엘리엇이 병원 검사실 책임자인 새뮤얼 벨로우에게 약병 바닥에서 긁어낸 찌꺼기를 담은 비닐봉지를 내밀며 말했다.

"이게 뭡니까?"

"자네가 성분을 분석해 보고 나에게 알려주어야 해."

엘리엇은 병원 내부에 있는 카페테리아에 가서 모닝커피를 마시고 나서 수술실로 올라가 수술복으로 갈아입었다. 마취의사 하나, 간호사 하나, 그가 지도하는 인도 출신 인턴으로 구성된 수술 팀이 그를 기다리고 있었다. 오늘 수술하기로 한 환자는 청색증형 심장병을 앓고 있는 잭으로 이제 생후 7개월인 아이였다. 심장이 기형이라 피에 산소가 원활하게 공급되지 못해 청색증이 나타난 경우로 아이의 손가락이 경직되고 입술이 시퍼렇게 변해있었다.

엘리엇은 흉곽 절개를 준비하는 동안 무대에 오르기 직전의 예술가처럼 긴장을 느꼈다. 그에게 개심(開心) 수술은 언제나 긴장감을 갖게 했다. 지금까지 개심 수술을 집도한 경험이 수백 번, 아니 수천 번이나 되었지만 매번 긴장하지 않을 수 없었다. 5년 전에는 한 텔레비전에서 그에 대한 르포를 제작한 적이 있었다. 엘리엇은 바늘처럼 가느다란 혈관을 눈에 보이지도 않을 만큼 가느다란 실로 봉합하는 의사로 소개되었다.

수술은 4시간 이상 계속되었다. 인공심폐장치를 이용해 심장과 폐의 기능을 일시 정지시켰다. 엘리엇은 마치 심장을 다루는 배관공처럼 양쪽 심실 사이의 구멍을 메우고, 청혈이 대동맥으로 흐르는 걸 차단하기 위해 폐에 길을 냈다. 완벽한 기술과 고도의 집중력을 필요로 하는 섬세한 작업이었다. 그의 손은 떨리지 않았지만 지난밤 꾸었던 꿈이 부지불식간에 머릿속으로 엄습해 왔다. 그는 잠시 다른 생각을 한 걸 자책하며 수술에 집중했다.

엘리엇은 수술을 마친 후 잭의 부모에게 수술 결과에 대해 당장 뭐라고 단정하기에는 이르다는 말을 전했다. 앞으로 며칠 동안 집중치료실에 입원시켜 경과를 지켜보아야 하고, 폐와 심장이 점진적으로 제 기능을 되찾을 때까지 계속 인공호흡 장비를 사용하게 될 것이라고 말했다.

엘리엇은 가운을 걸치고 주차장으로 나왔다. 해가 벌써 중천에 떠올라 눈이 부셨다. 순간적으로 몸이 기진맥진해지며 현기증이 났고, 머릿속은 온갖 의구심이 들어차 혼란스러웠다.

'이제 더는 병을 숨길 수 없게 되었어. 수술을 하다가 쓰러지기라도 하면 큰 낭패일 테니까.'

엘리엇은 담배에 불을 붙여 물고 한 모금 빨아들이면서 나른한 황홀감에 젖어 들었다. 폐암 말기 진단을 받은 만큼 담배를 맘껏 피울 생각이었다. 어차피 이제 대세를 바꿀 수는 없게 되었으니까.

엘리엇은 얼마 안 있어 죽게 된다는 사실을 알게 된 이후 주변에서 벌어지는 모든 일에 한층 더 촉각을 곤두세우고 있었다. 마치 하나의 유기체를 대하듯 이 도시의 숨결을 온몸으로 느끼고 있었다.

병원은 야트막한 언덕을 굽어보고 있었다. 그는 담배 한 모금을 더 빨아들이고 나서 담배꽁초를 휴지통에 넣었다. 이제는 더 이상 결정을 늦출 수 없었다. 이번 달 말부터 수술 집도를 그만두고, 앤지와 매트에게 폐암 말기 진단을 받았다는 사실을 알리기로 마음먹었다.

앞으로 환자들을 치료하는 일, 이 세상에서 필요한 사람이 되었다는 자긍심을 느끼게 해준 일을 그만두어야 한다는 생각이 들자 기분이 울적했다. 갑자기 자신이 말할 수 없이 비참하게 느껴졌다.

"닥터 엘리엇?"

엘리엇이 지도하는 인도 출신의 인턴 샤리카가 미소를 지으며 다가왔다. 샤리카는 어느새 물 빠진 청바지와 가느다란 어깨끈이 달린 탱크탑 차림을 하고 있었다. 그녀가 커피 한 잔을 내밀었다. 그녀의 자취에서 풋풋한 젊음이 느껴졌다.

엘리엇은 커피를 받아 들고 미소로 인사를 대신했다.

"작별 인사를 하러 왔어요."

"작별? 벌써 인턴 생활이 끝난 건가?"

"네, 선생님이 잘 지도해 주신 덕분에 무사히 인턴 생활을 마칠 수 있게 되었어요."

"이제 뭄바이로 돌아가는 거야?"

"네, 그동안 친절하게 대해주셔서 고마워요. 선생님과 함께하는 동안 정말 소중한 경험을 했어요."

"오히려 내가 큰 도움을 받았지. 자넨 훌륭한 의사가 될 자질이 충분해."

"선생님처럼 환자들에게 최선을 다하는 의사가 되고 싶어요."

엘리엇은 칭찬이 쑥스러워 고개를 저었다. 샤리카가 그를 향해 한 발짝 다가섰다.

"혹시 오늘 저녁에 시간을 내주실 수 있어요? 선생님과 저녁식사라도 함께하고 싶어요."

샤리카의 구릿빛 피부가 발그레하게 물들었다. 소심한 성격의 그녀가 저녁식사를 함께하자는 제안을 하려면 많은 용기가 필요했을 것이다.

"정말 고마운 일인데 여건이 허락해 주지 않네. 미안하지만 오늘 저녁에는 시간을 내기 어려워."

"무슨 말씀인지 알겠어요."

잠시 말이 없던 샤리카가 덧붙였다.

"저녁 6시면 제 연수가 공식적으로 끝나요. 그 시간이 지나면 선생님은 더 이상 저랑 상관없는 분이 되는 셈이죠."

"내가 식사를 거절한 건 단지 여건이 허락하지 않기 때문이야."

"솔직히 실망했어요. 선생님께 계속 관심을 표했고, 지금쯤은 제 마음을 알아주시리라 생각했거든요."

'이럴 때는 어떤 대답을 해주어야 할까? 내가 머지않아 죽게 될 거라고? 사랑은 나이와 상관없다고 하지만 앤지와 비슷한 또래인 샤리카를 연인으로 삼을 수는 없지 않은가?'

"무슨 말을 해줘야 위로가 될지 모르겠어."

"그럼 아무 말씀도 하지 마세요."

샤리카가 뾰로통해진 얼굴로 발길을 돌렸다.

한참을 걸어가던 그녀가 뭔가 생각난 듯 뒤돌아보며 소리쳤다.

"깜빡 잊고 있었는데 매트라는 친구분이 안내 데스크에 메시지를 남겨두었어요. 점심식사 약속 시간이 30분이 지났다면서 인내심의 한계를 느끼기 시작한다고요."

*

병원을 나온 엘리엇은 눈에 보이는 첫 번째 택시를 잡아탔다. 매트와 점심식사 약속을 했는데 시간이 많이 지나있었다.

남녀 간에도 갑자기 사랑에 빠지듯 남자들 간에도 벼락처럼 우정이 맺어질 때도 있었다. 40년 전, 엘리엇은 남다른 인연을 통해 매트를 만나게 되었다. 겉모습만 보자면 두 사람은 많이 달랐다. 프랑스 출신인 매트는 성격이 외향적이었고, 여자들을 만나는 걸 좋아했다. 그

반면 엘리엇은 전형적인 미국인이었고, 내성적인 성격이라 사람들과 쉽게 어울리지 못했다.

엘리엇과 매트는 '캘리포니아의 페리고르'로 불리는 나파 밸리에 있는 포도밭을 공동으로 구입했다. 그들의 와이너리에서 생산되는 까베르네 소비뇽과 파인애플 맛과 멜론 맛이 도는 샤르도네는 미국뿐만 아니라 유럽과 아시아에서도 널리 호평받고 있었다. 나파 밸리 농장의 와인을 널리 알리려는 매트의 끈질긴 노력이 결실을 맺은 덕분이었다.

매트는 세상 모든 사람들이 등을 돌리고 떠나도 엘리엇의 곁에 남을 유일한 친구였다. 어느 날 갑자기 비밀리에 처리해야 할 시체가 한 구 생긴다고 해도 믿고 연락할 수 있는 친구 사이였다.

매트가 기다리다가 지쳐 소리를 버럭버럭 지르며 화를 내는 모습이 머리에 떠올랐다.

*

고급 레스토랑인 〈벨뷔〉는 엠바르카데로에 있었고, 창밖으로 바다가 내다보이는 곳이었다. 매트 들뤼까는 먼저 술을 한잔하면서 베이 브리지, 트레저 아일랜드, 비즈니스 디스트릭트의 초고층 건물이 한눈에 들어오는 야외 테라스에서 엘리엇이 오길 기다리고 있었다.

세 번째 잔을 막 시켰을 때 휴대폰 벨이 울렸다.

"매트, 미안해. 수술이 너무 늦게 끝났어. 이제 곧 갈 테니까 잠시

만 더 기다려."

"이왕 늦었는데 너무 서두르지 말고 천천히 와. 너의 독특한 시간 개념에 대해서는 이미 오래전에 익숙해졌으니까."

"지금 나를 비난하는 거지?"

"약속시간을 잘 지키지는 않지만 사람의 생명을 살리는 일에 헌신하는 의사인데 용서해 줘야지 어쩌겠어."

"제법 고차원적인 비난인데?"

매트는 피식 웃어넘기지 않을 수 없었다. 그는 수족관 쪽으로 걸어가며 엘리엇에게 물었다.

"내가 미리 음식을 주문해 놓을게. 오늘은 뭘 먹고 싶나? 너의 식탁에 오르는 영광을 누리고 싶어 하는 해산물들이 많아. 지금 내 눈앞에 싱싱한 게 한 마리가 얼쩡대는 게 보이네."

"그냥 평소처럼 너의 선택을 믿어 볼게."

매트는 전화를 끊고 해산물 전문 요리사에게 말했다.

"로스트 크랩으로 줘요."

15분 후에 엘리엇이 고급 목재와 거울로 장식된 홀을 가로질러 뛰어왔다. 그가 너무 서두르다 디저트 카트에 다리가 걸리는 바람에 종업원과 살짝 부딪히는 접촉 사고를 내며 매트와 늘 앉는 창가 테이블로 다가왔다.

"매트, 우리의 우정을 소중히 여긴다면 제발 '또'와 '지각'이라는 단어를 한데 묶어 말하지 말아줘. 가령 '또 지각이야?' 같은 말을 너무 많이 들었더니 식상해."

"난 비난할 생각이 없는데 왜 선수를 치고 그래? 12시에 만나기로 해놓고 1시 20분에 나타난 사람이 요구하는 게 너무 많잖아. 아무튼 캄보디아에는 잘 다녀왔어?"

엘리엇이 심한 기침을 쏟아 냈다.

매트가 탄산수를 컵에 따라 엘리엇에게 내밀며 걱정스레 말했다.

"기침이 너무 심해. 종합건강검진을 받아 보는 게 어때?"

"나는 매일 병원에 나가는 의사야. 너무 걱정하지 마."

"안색이 안 좋아 보여서 그래."

"네 마음은 충분히 아니까 이제 맛있는 식사나 해 볼까?"

"넌 늘 너무 무리하게 일에 매달리는 게 문제야. 이제 우리도 제법 나이를 먹었잖아. 체력이 젊었을 때와 똑같지는 않으니까 조심해."

"캄보디아에 다녀오느라 피곤해서 그래. 이제 곧 괜찮아질 거야."

"그러니까 앞으로 의료 지원은 나가지 마. 그동안 충분히 수고했 잖아."

"캄보디아에서는 정말 많은 아이들을 치료해 주었어. 의료 지원을 나간 보람이 있었지. 그리고 비가 많이 내리는 마을에서 신비로운 느 낌을 자아내는 노인을 만났어."

"어떤 노인인데?"

"내가 그 마을 아이들을 정성껏 치료해 주었더니 그 노인이 마치 램 프에서 나온 요정 지니처럼 나에게 간절히 바라는 소원이 있냐고 묻 더군."

"그래서 소원을 말했어?"

"말도 안 되는 부탁을 했지."

"나랑 내기 골프를 칠 때 매번 이기게 해달라고?"

"난 너처럼 내기 골프에 집착하지 않아."

"그래서 뭐라고 대답했냐니까."

"꼭 한 번 만나고 싶은 사람이 있다고 했지."

매트는 누굴 말하는지 이미 눈치챘지만 모른 척 시치미를 떼며 물었다.

"그 사람이 누굴까?"

"일리나."

두 사람의 얼굴에 동시에 슬픔이 드리워졌다. 웨이터가 전채요리를 내오는 동안 엘리엇은 노인이 황금색 알약이 들어있는 작은 병을 준 얘기, 전날 밤 꾸었던 꿈 이야기를 연이어 들려주었다.

"엘리엇, 그 신비한 노인과 황금색 알약에 대해서는 그만 잊어버려. 앞으로는 과중한 업무를 차츰 줄이고."

"간밤의 꿈자리가 얼마나 현실감이 있었는지 몰라. 서른 살 시절의 내 모습 그대로였거든."

"넌 그 알약 때문에 그런 꿈을 꾸게 되었다고 믿는 거야?"

"그렇게 생각할 수밖에. 다른 이유가 없으니까."

"뭘 잘못 먹은 게 아니고? 내가 볼 때 넌 중국 음식점에 너무 자주 다니는 게 문제야."

매트는 되는대로 막 갖다 붙였다.

"내가 음식을 잘못 먹어 헛소리를 한다는 거야?"

"이번 기회에 중국 음식점에 발을 끊어. 네가 즐겨 먹는 북경 오리는 개(犬)가 틀림없으니까."

*

매트는 짓궂은 말을 자주 하긴 해도 주변에 유쾌한 분위기를 퍼뜨리는 재주가 있었다. 엘리엇은 그와 함께 식사를 하는 동안 우울한 기분과 근심 걱정을 잠시나마 잊을 수 있었다.

매트가 바나나 플랑베를 한 입 베어 물면서 말했다.

"엘리엇, 카운터 쪽에 앉은 여자 봤어?"

엘리엇이 카운터 쪽을 돌아다보았다.

"날 쳐다보고 있는 게 분명해. 네가 보기에도 그렇지?"

길고 미끈한 다리에 사슴처럼 그윽한 눈빛의 소유자인 수영복 차림 여자가 마티니를 홀짝거리고 있었다.

"저 여자는 콜걸이야."

매트는 고개를 저었다.

"말도 안 돼."

"내기할까?"

"저 여자가 나만 쳐다보니까 샘이 나서 그러는 거야."

"네 눈에는 저 여자 나이가 몇 살로 보여?"

"스물다섯."

"네 나이는?"

"예순."

"그 나이 먹고도 그런 생각을 해?"

제대로 한 방 먹은 매트가 어깨를 으쓱하고 나서 말했다.

"나이는 숫자에 불과해. 내 인생에서 지금처럼 혈기왕성했던 때는 없었어."

"사람은 누구나 늙어. 너 혼자 예외이길 바라지 마. 이제 제발 네 나이에 맞게 살아."

매트는 반박이 불가한 엘리엇의 말을 듣고 시큰둥한 표정을 지었다.

엘리엇이 몸을 일으키며 말했다.

"자, 이제 음식을 맛나게 먹었으니 슬슬 일어나 볼까?"

"벌써 가게?"

"오후에 수술 스케줄이 있어. 넌 오후에 뭘 할 거야?"

그때 매트의 눈에 카운터 근처에 앉아있던 여자가 조금 전 식당으로 들어온 젊은 남자와 농담을 주고받는 장면이 포착되었다. 불과 몇 년 전만 해도 마음에 드는 여자를 보면 적극적으로 대시했는데 지금은 자신감을 잃었다.

매트가 엘리엇을 따라 일어서며 말했다.

"내 차로 병원까지 태워줄게."

3

예쁜 여자 옆에 앉아있어 보라. 1분처럼 지나간다.

뜨거운 프라이팬 위에 1분간 앉아있어 보라. 1시간처럼 지나간다. 이게 바로 상대성이다.

-알베르트 아인슈타인

샌프란시스코, 1976년

엘리엇의 나이 서른

매트가 모래사장에 누워 언덕으로 둘러싸인 드넓은 만(灣)을 가리키며 말했다.

"이 장소 어때? 맘에 들어?"

그 당시만 해도 두 사람은 레스토랑에서 여유 있게 점심식사를 한 적이 없었다. 그들은 점심시간이 되면 해변에 나와 핫도그나 샌드위치로 식사를 때우고 각자의 일터로 되돌아갔다.

강한 햇살이 내리쬐는 날이었다. 멀리 옅은 안개에 싸인 골든게이트가 마치 하얀 양탄자 구름 위를 떠다니는 것처럼 보였다.

엘리엇이 샌드위치를 한 입 베어 물며 대답했다.

"답답한 철골 구조물 숲보다는 여기가 훨씬 좋아."

매트가 연막을 치며 말했다.

"대단한 뉴스가 있어."

"뭔데?"

"잠시만 기다려. 깜짝 뉴스를 발표할 테니까."

인디언 서머를 즐기려고 해변에 나온 젊은이들이 와자지껄하게 떠들어대고 있었다. 남자들은 최신 유행의 나팔바지와 반들반들한 저지 폴로넥 차림에 구레나룻을 길렀고, 여자들은 얼룩덜룩한 색상의 긴 튜닉과 피치스킨 재킷 차림에 조잡한 액세서리로 몸을 치장하고 있었다.

매트가 라디오를 틀었고, 이글스가 부르는 〈호텔 캘리포니아(Hotel California)〉가 흘러나왔다.

매트는 후렴구를 따라 부르며 해변을 훑어보았다.

"네 오른쪽에 있는 여자를 봐. 우리에게 관심이 많아 보이지 않아?"

엘리엇은 표 나지 않게 오른쪽으로 시선을 돌렸다. 아름다운 여자가 수건을 깔고 누워 아이스크림을 먹고 있었다. 그녀가 날씬하고 긴 다리를 꼰 자세로 그들에게 추파를 던졌다.

매트가 여자에게 윙크를 보내며 물었다.

"저 여자 어때?"

엘리엇이 팔을 휘휘 내저으며 말했다.

"내 인생에는 이미 운명처럼 정해진 여자가 있다는 걸 너도 잘 알잖아."

"포유류 가운데 단 5퍼센트만 짝을 짓고 산다는 걸 알아?"

"그게 뭐 어쨌다는 거야?"

"너도 5퍼센트에 섞여 골치 아프게 살아가기보다는 95퍼센트 대열에 합류해 맘껏 인생을 즐기며 살라는 뜻이야."

"일리나가 그런 생각에 동의할까?"

"일리나만 눈이 빠지도록 바라보고 있는 네 앞에서 여자 이야기를 꺼낸 내가 잘못이지."

매트는 얼마 남지 않은 핫도그를 한입에 꿀꺽 삼키고 나서 혀를 끌끌 찼다.

"엘리엇, 너 요즘 뭘 잘못 먹었어? 힘이 없어 보여."

"아니, 난 지금 힘이 넘쳐."

"넌 일을 너무 열심히 하는 게 문제야. 가끔은 휴식이 필요해."

"건강할 때 일을 열심히 해야지."

"요즘도 중국 음식점에 다녀?"

"그게 어때서?

"아직도 오리고기를 즐겨 먹어?"

"맛이 아주 좋던데."

"난 왠지 고양이고기 같던데."

그때 아이스크림을 파는 젊은 남자가 대화에 끼어들었다.

"피스타치오, 캐러멜, 코코넛 아이스크림이 있어요. 원하는 대로 고르십시오."

매트의 선택에 따라 엘리엇은 코코넛 맛이 나는 아이스크림을 받아들었다.

"요즘 무슨 일 있어? 왠지 얼굴에 수심이 가득해."

"최근에 이상한 일을 겪었어."

"무슨 일인데?"

"공항에서 나랑 똑같은 사람을 만났어."

엘리엇은 공항에서 만난 신비한 남자 이야기를 자세히 들려주었다.

매트가 인상을 찌푸리며 말했다.

"엘리엇, 넌 내가 생각했던 것보다 훨씬 중증인 것 같아."

"틀림없이 내가 실제로 겪은 일이라니까."

"넌 당분간 머리도 식힐 겸 일을 내려놓고 쉬어야 할 것 같아. 너무 피곤하면 헛것이 보일 수도 있으니까."

"말도 안 되는 소리."

"널 빼닮은 사람이 미래에서 찾아와 서로 대화를 주고받았다는 말을 믿으라는 거야?"

"넌 믿지 못할 거라고 생각했어. 자, 이제 다른 얘기나 해."

"일리나는 요즘 어떻게 지내?"

바다로 눈길을 돌린 엘리엇은 옅은 안개에 휩싸인 골든게이트의 금속 교각을 바라보며 상념에 잠겼다.

"일리나는 아이를 갖고 싶어 해."

"듣던 중 반가운 소식이네. 내가 대부를 해도 될까?"

"난 아이를 원하지 않아."

"아니, 왜?"

"난 점점 험악해져 가는 이 세상에서 아이를 낳아 잘 키울 자신이 없어."

매트가 하늘을 올려다보며 말했다.

"네가 아이를 잘 보호해 주면 되잖아. 일리나도 있고, 나도 한 몫 거들어 줄게. 우리가 모두 힘을 합해 보살피면 문제없어."

"넌 하루가 멀다 하고 애인을 갈아 치우면서 살고 있잖아. 너도 가정을 꾸릴 준비가 안 된 거야."

"나야 아직 일리나처럼 완벽한 여자를 만나지 못했으니까 그렇지. 일리나 같은 여자는 세상에 단 하나밖에 없는데 네가 차지해 버렸으니까. 넌 행운을 독차지해 놓고 그 사실을 미처 깨닫지 못하는 게 문제야."

엘리엇은 그 말에 뭐라고 항변할 수 없었다. 집채 같은 파도가 해변을 덮치는 바람에 두 사람은 물거품을 뒤집어썼다. 유쾌한 분위기로 돌아온 두 사람은 가벼운 주제로 대화를 계속 이어나갔다.

매트는 깜짝 뉴스를 발표하기에 적합한 시간이라고 판단하고, 가방에서 샴페인 한 병을 꺼냈다.

"뭘 축하하게?"

매트는 흥분을 주체하지 못하는 표정이었다.

그가 샴페인을 터뜨리며 말했다.

"드디어 찾았어."

"운명의 여인?"

"아니."

"그럼 지구에서 기아를 물리칠 방법이라도 찾아낸 거야?"

"미래의 포도 농장과 와이너리! 언덕 꼭대기에 통나무집이 있는 근사한 땅이야."

매트는 몇 년 전 항공기 조종사 면허를 취득했고, 수상 비행기를 구입해 관광객들을 만(灣)으로 실어 나르는 일을 하며 살아왔다. 지금 하는 일도 수입이 괜찮은 편이었지만 매트의 꿈은 엘리엇과 함께 나파 밸리에서 포도 농장을 운영하는 것이었다. 매트는 포도 농장과 더불어 와이너리를 운영하며 직접 와인을 제조하겠다는 꿈을 키워왔다.

"장담컨대 포도 농장은 캘리포니아의 미래야. 얼마 후면 포도 농장이 엘도라도의 금맥이나 다름없게 될 거야. 조만간 포도 농장에서 돈을 갈퀴로 끌어모으는 날이 올 테니까 두고 봐."

엘리엇은 반신반의하면서도 매트가 행복해하는 모습에 덩달아 기분이 좋았다. 그들은 다음 주에 나파 밸리로 땅을 보러 가기로 약속했다. 포도 농장 사업에 대한 매트의 원대한 포부를 듣고 있을 때 손목시계에서 알람이 울렸다. 병원에 가 봐야 할 시간이었다.

엘리엇이 자리에서 일어나면서 기지개를 켰다.

"매트, 난 병원에 가 봐야 할 시간이야. 넌 오후에 뭘 할 거야?"

매트는 고개를 돌려 멋진 수영복 차림의 여자가 아직 자리에 있는지 확인했다. 여자는 마치 기다리고 있었다는 듯 그에게 노골적인 윙크를 보냈다.

매트의 얼굴이 활짝 펴졌다.

"누가 내 얼굴을 진지하게 들여다보고 싶어 하는 것 같네."

*

하이드 스트리트에서 앞뒤로 차들이 꽉 막아서는 바람에 택시는 거북이걸음을 하고 있었다. 엘리엇은 요금을 지불하고 택시에서 내렸다. 차라리 걸어가는 게 훨씬 빠를 듯했다. 담배를 피워 물고는 활기차게 걷기 시작했다. 그는 병원이 가까워지는 동안 막연한 불안감을 느끼며 끊임없이 같은 질문을 반복했다.

'나는 과연 환자들의 기대에 부응해 온 의사일까? 환자들에게 반드시 필요한 의사일까?'

엘리엇은 전문의가 되는 과정을 통해 많은 수련을 거쳤지만 아직은 완벽한 의사라고 자신할 수 없었다. 버클리의대를 우수한 성적으로 마쳤고, 보스턴의 병원에서 실습을 겸해 4년간의 수련의 과정을 이수했다. 병원 개업에 필요한 소아과 관련 전공도 추가했다. 그때마다 그는 빛나는 성적으로 모든 과정을 마쳤다. 다만 의사라는 직업은 환자들을 직접 만나면서 실력을 검증받게 되어있기에 아직은 경험이 부족하다고 자신을 평가했다.

의사는 환자를 완벽하게 치료하게 되면 커다란 희열을 느낀다. 중요한 수술에서 결정적인 역할을 해 환자의 목숨을 살려내면 엄청난 행복감이 밀려든다. 그런 날에는 병원을 나서 전속력으로 마리나를 따라 달렸다. 환자의 생명을 지키기 위한 전투에서 이겼다는 승리감이 밀려들었고, 잠시나마 신과 동급이 된 듯 황홀감에 사로잡혔다.

의사의 기쁨은 그리 오래 지속되지 않았다. 환희의 날들이 지나면 또 다른 날이 이어졌고, 반드시 살리고 싶었던 환자를 구하지 못할 경우 큰 좌절감이 느껴졌다.

엘리엇은 시계를 들여다보고 나서 서둘러 걸음을 옮겼다. 이제 백여 미터 앞에 레녹스 메디컬센터 건물이 선명하게 보였다.

엘리엇은 다시 한번 자신에게 다짐하듯 물었다.

'나는 의사로서 환자들에게 꼭 필요한 사람인가?'

그가 의사의 길을 선택하게 된 중요한 계기가 있었다. 오래전 일리나와 했던 약속을 지키기 위해서였다. 의사가 된 걸 후회하지는 않았지만 가끔은 매트처럼 자유롭게 직업을 선택하며 살아가는 모습이 부러울 때도 있었다. 10년 전부터 엘리엇은 여유 있게 책을 읽을 시간도, 운동을 즐길 시간도, 취미 활동을 할 시간도 없었다. 끊임없이 환자들을 만나야 하는 숨 가쁜 일상이 주어졌다.

병원 로비로 들어선 엘리엇은 엘리베이터를 타고 3층으로 올라갔다. 엘리베이터 거울에 피로감에 찌든 얼굴이 비쳤다. 잠을 맘껏 푹 잔 게 언제인지 기억나지 않았다. 야간 근무를 하면서 10분 단위로 토막잠을 자는 데 익숙해지다 보니 가끔 푹 잘 수 있는 여건이 주어져도 깊이 잠들지 못했다.

엘리엇은 진료실 문을 밀고 안으로 들어갔다. 반짝반짝 빛나는 타일을 바닥재로 사용한 방에서 응급실 인턴인 링이 그를 기다리고 있었다.

"소아 환자인데 상태가 위중합니다. 이분들은 환자의 부모인 로마노 부부입니다."

링이 엘리엇에게 환자의 부모를 소개했다. 자그마한 체구에 갈색머리인 남편은 이탈리아계 미국인으로 보는 즉시 호감이 가는 스타일이었다. 부인은 남편보다 키가 크고 금발인 북유럽 출신이었다. 그들 부부의 딸 애너벨이 침대에서 혼수상태로 발견되어 급히 병원으로 이송되었다.

"로마노 부인이 정오에 집에 들어와 보니 애너벨이 의식을 잃고 침대에 누워있었답니다. 닥터 아만도자가 컴퓨터 단층촬영을 했습니다."

링이 말한 컴퓨터 단층촬영 장비는 일명 '스캐너'로 그 무렵 전 세계 병원에서 한창 사용되기 시작했다.

엘리엇은 혼수상태에 빠진 환자 곁으로 다가갔다. 애너벨은 엄마의 금발과 아빠의 얼굴을 쏙 빼닮은 아이였다.

"애너벨이 최근에 머리가 아프다고 하거나 구토를 한 적이 있습니까?"

로마노 부인이 대답했다.

"아니요, 없습니다."

"혹시 자다가 벽에 머리를 박거나 침대에서 떨어진 적이 있나요?"

"애너벨은 잠버릇이 험하지 않아 처음에 누운 자세 그대로 잠을 잡니다."

엘리엇은 애너벨의 생명이 몸에서 빠져나가고 있고, 죽음의 사자가 방 한쪽 구석에서 대기하고 있다는 걸 알 수 있었다. 청진기를 댔을 때의 반응은 고무적이었다. 호흡도 순탄하고, 심장과 허파의 기능도 정상이었다. 각막 반사 신경을 검사했지만 특이사항은 없었다. 그런데 동공 검사 결과가 좋지 않았다. 엘리엇은 환자의 머리를 좌우로 천천히 움직여 보다가 두 눈이 고정돼 있다는 걸 발견했다. 이번에는 흉골에 압박을 가했더니 환자의 손목이 수축했다.

로마노 씨가 물었다.

"좋은 징조가 아니죠? 혹시 뇌에 문제가 있는 걸까요?"

엘리엇은 신중한 태도를 취했다.

"지금은 단정적으로 말씀드리기 어렵습니다. 우선 검사 결과를 기다려 봐야 합니다."

잠시 후 검사 결과가 나왔다. 엘리엇은 스캐너 검사 사진을 판독기에 끼웠다. 결과는 보나 마나일 거라고 생각했다. 대학병원의 관례에 따라 판독 결과를 읽는 건 인턴의 몫이었다.

링이 말했다.

"소뇌에 부종이 보입니다."

"잘 봤어. 출혈성 소뇌 부종이야."

판독 결과는 절망적이었다. 엘리엇은 암실을 나와 애너벨의 부모를 다시 만났다.

엘리엇이 방에 들어서기 무섭게 로마노 부부가 한목소리로 물었다.

"판독 결과가 어떻게 나왔습니까?"

엘리엇은 두 사람을 보는 순간 연민을 느꼈다. '판독 결과가 좋습니다. 애너벨은 조만간 회복될 테니 너무 걱정하지 마십시오.'라고 대답해 주고 싶었지만 그러지 못해 유감이었다.

"애너벨은 뇌출혈을 일으켰고, 현재 상태는 절망적입니다."

그 순간 방 안 가득 정적이 흘렀다. 로마노 부부가 제대로 의미를 파악하기까지 한참의 시간이 필요했다. 로마노 부인이 숨죽여 흐느끼기 시작했고, 로마노 씨는 절박한 표정으로 다시 물었다.

"아직은 숨을 쉬고 있잖아요. 애너벨은 아직 살아있어요."

"현재는 살아있지만 부종이 점점 확대되어 호흡 기능에 장애가 발생하면 곧 숨이 멎게 됩니다."

로마노 부인이 안타깝게 말했다.

"그럼 인공호흡기를 달아주면 되잖아요."

"물론 인공호흡기를 사용할 수는 있습니다만 결과가 호전될 여지는 없습니다."

로마노 씨가 비틀거리는 걸음으로 애너벨 옆으로 다가갔다.

"어떻게 내 딸이 뇌출혈을 일으킬 수 있단 말입니까? 이제 겨우 열다섯 살밖에 안 된 아이인데……."

"뇌출혈은 나이를 불문하고 누구에게나 일어날 수 있습니다."

창으로 쏟아져 들어온 햇살이 병실에 은은한 빛을 뿌리며 애너벨의 금발을 어루만지고 있었다. 애너벨은 평화롭게 잠든 것처럼 보여 다시는 깨어나지 못한다는 사실을 믿기 어렵게 했다.

로마노 부인이 아직도 딸의 죽음을 받아들일 수 없다는 듯 울먹이며 말했다.

"그렇다고 수술 한번 해 보지 않고 포기할 겁니까?"

로마노 씨가 다가와 그녀의 손을 잡아주었다.

엘리엇이 로마노 부인을 바라보며 말했다.

"수술을 해도 전혀 소생할 가능성이 없습니다. 정말이지 유감입니다."

엘리엇은 그들과 잠시라도 더 함께 있으면서 위로의 말을 해주고 싶었다. 하지만 그런 상황에서는 그 어떤 말도 위로가 되지 않는다는 걸 잘 알고 있었다.

그때 간호사 한 명이 병실로 들어서며 말했다.

"엘리엇 선생님, 오후 3시에 수술이 잡혀있는데 어서 준비하셔야 합니다."

엘리엇이 의사로서 주어진 역할을 끝까지 수행하려면 로마노 부부에게 장기기증 의사를 타진했어야 마땅했다. 애너벨의 장기가 죽어가는 생명을 구하는 데 유용하게 쓰일 수 있을 것이라고. 하지만 비통해하는 로마노 부부 앞에서 차마 장기기증 이야기를 꺼낼 용기가 나지 않았다.

엘리엇은 기진맥진한 상태로 진료실을 나왔고, 분노를 억누를 길이 없었다. 그는 수술실로 올라가기 전에 마음을 가다듬기 위해 화장실에 들러 찬물로 세수를 했다. 화장실 거울에 몹시 지친 얼굴이 비쳤다.

엘리엇은 거울을 들여다보며 다짐했다.

'나는 절대로 아이를 갖지 않을 거야.'

일리나가 이해하지 못해도 어쩔 수 없었다.

플로리다 올랜도, 1976년

오션월드에 저녁 시간이 찾아왔다. 사이프러스 나무들의 그림자가 석양빛에 일그러지고 있었고, 여기저기 흩어져 있던 관람객들은 돌고래, 코끼리거북, 바다사자의 쇼를 본 감흥을 잊지 못하며 하나둘씩 집으로 돌아갔다.

일리나는 범고래 수족관 위로 몸을 숙여 '킬러 웨일(Killer Whale)' 가운데 가장 덩치가 큰 암놈인 아누쉬카를 물가로 불러냈다.

"안녕, 예쁜이!"

일리나는 고래의 지느러미를 붙잡고 하늘을 보고 눕게 했다.

"걱정하지 마. 그다지 아프지 않을 테니까."

혈액을 채취하려면 살갗에 바늘을 찔러 넣기 전에 먼저 아누쉬카를 안심시켜야 했다. 자주 하는 일이었지만 매번 할 때마다 까다롭게 느껴졌다. 범고래는 영리한 편에 속하지만 가장 사나운 종이기도 했다. 아누쉬카는 키가 6미터인 데다 몸무게가 4톤이나 되는 위협적인 범고래였다. 꼬리에 한 방 스치기만 해도 당장 숨이 끊어질 수도 있었고, 50개나 되는 예리한 이빨에 물리면 사지가 절단될 수도 있었다.

일리나는 범고래를 치료해야 할 때면 우선 자발적인 참여를 유도하려고 애썼다. 무척 위험한 일이었기 때문이다. 치료가 아닌 놀이라고 생각할 수 있도록 고래를 안심시키는 게 무엇보다 중요했다. 일리나는 동물들을 안심시키고 교감을 나누는 데 남다른 재능이 있었기에 대부분 별문제 없이 범고래를 치료할 수 있었다. 그녀가 오션월드에서도 손꼽히는 수의사로 평가받는 배경이었다.

일리나가 바늘을 빼면서 말했다.

"자, 착하지. 이제 모두 끝났어."

그녀는 덩치 큰 환자가 지루한 과정을 잘 참아준 것에 대한 보상으로 등줄기를 쓰다듬으며 냉동 생선을 한 양동이 던져 주었다.

일리나는 수의사라는 직업에 만족했다. 그녀는 오션월드에 상주하는 수의사였고, 동물들의 건강을 책임지고 있었다. 수족관 관리, 식사 준비와 감독, 조련사 훈련에도 관여했다. 오션월드에서 그녀처럼 여러 가지 일을 하는 경우는 드물었다. 그녀의 나이와 여성이라는 점을 감안할 때 빠른 승진은 전심전력을 다한 결과였다. 그녀는 어려서부터 바다에 매료되었고, 그중에서도 고래에 대해 관심이 많았다.

일리나는 대학에서 해양생물학을 전공하며 동물심리와 관련해 심도 있는 교육을 받았고, 수의사 자격증을 취득했다. 그녀의 전공 분야는 사실 취업 기회가 매우 적은 편이었고, 전망도 어두웠다. 돌고래나 범고래와 같이 일할 기회를 잡는다는 건 우주비행사가 되는 것만큼이나 어려운 일이었다.

일리나는 꿈을 포기하지 않았고, 결국 그녀의 선택이 옳았다는 걸 증명해 보였다. 지금으로부터 5년 전인 1971년에 월트디즈니사에서 올랜도에 디즈니월드를 건설하기로 결정을 내렸다. 디즈니월드가 생기면서 수많은 관광객이 몰려든 덕분에 작은 시골마을에 불과했던 올랜도는 일약 플로리다에서 가장 유명한 관광지로 변모했다. 월트 디즈니사는 뒤이어 마이애미에 미국 최대의 동물원인 오션월드를 건립했다.

일리나는 오션월드의 개장이 1년 앞으로 다가왔을 때 연륜이 많고, 경험이 풍부한 수의사에게 돌아가기로 되어있던 현재의 일자리를 차지하기 위해 바쁘게 뛰어다녔다. 오션월드 경영진을 만나 끈질기게 설득한 결과 임시 직원으로 채용하겠다는 약속을 받아냈다. 그녀는 임시직으로 근무하면서 곧 능력을 인정받았고, 공식적으로 채용될 예정이었던 남자를 밀어내고 정식 직원으로 임명되었다. 나이와 성별, 배경보다 능력이 우선시되는 미국 사회의 시스템이 그녀를 최대 수혜자로 만들어 준 셈이었다.

일리나는 수의사라는 직업을 사랑했다. 그린피스 동료들은 동물 포획을 탐탁지 않게 여기기도 했지만 오션월드가 환경문제를 등한시하지 않는다는 사실은 인정해 줄 필요가 있었다. 일리나는 경영진을 설득해 대대적인 바다소* 보호 프로그램을 지원할 예산을 막 따내기도 했다.

수족관을 나온 일리나는 관리사무소 건물로 들어갔다. 아누쉬카의

* 바다소 몸집이 큰 해양 포유류로 꼬리지느러미가 둥근 초식성 수생동물

몸에서 채취한 혈액이 든 용기에 표기를 한 뒤 실험실에 내려놓았다. 아누쉬카의 혈액 분석을 시작하기 전에 찬물로 세수부터 해야겠다는 생각이 들었다. 하루 종일 컨디션이 좋지 않았기 때문이다.

일리나는 세면대 위의 거울을 향해 고개를 드는 순간 얼굴을 타고 흘러내리는 눈물을 발견했다. 자기도 모르는 사이에 눈물을 흘리고 있었던 것이다.

일리나는 벌겋게 충혈된 눈을 팔뚝으로 쓱 문질러 닦았다. 지난 주말에 엘리엇과 마지막으로 나눈 얘기가 하루 종일 뇌리에서 떠나지 않았다. 아기를 낳자는 얘기를 꺼냈을 때 엘리엇이 보인 반응은 그녀의 기운을 쑥 빠지게 했다. 그가 아기를 낳길 망설이는 건 책임회피라고 해석할 수밖에 없었다. 지금껏 단 한 순간도 그의 사랑을 의심해 본 적이 없었다. 그의 눈빛과 몸짓에는 언제나 그녀를 기쁘게 해 주려는 갈망이 묻어 있었다. 그녀 역시 그에게 최선을 다했다. 두 사람이 열정적인 관계를 유지해 온 바탕은 의심할 여지없이 사랑의 힘이었다. 다만 사랑만으로 세월의 무게를 견딜 수 있을지 자신할 수 없었다.

일리나는 서른을 앞두고 있는 나이였다. 외모는 눈부실 정도로 아름다웠고, 그녀가 살고 있는 곳은 미국 최대의 관광지인 플로리다였다. 늘 주변에 남자들이 기웃거렸고, 그녀도 자신이 충분히 매력적이라는 걸 모르지 않았다.

아무리 장사라도 세월을 막을 방법은 없었다. 그녀의 청춘은 이제 서서히 막을 내리고 있었다. 벌써 외모나 몸매, 상큼한 매력이 예전

같지 않았다. 해변이나 공연장 관람석에서 우연히 마주치는 하이틴 여자아이들을 볼 때마다 이제 나이를 먹어가고 있다는 걸 실감했다. 사실 나이를 먹어간다는 건 자연스러운 현상이었기에 그리 부담이 되지는 않았다. 다만 사람들의 의식이 크게 달라져 자유연애나 섹스 혁명이 공공연하게 거론되는 시대였다. 그녀는 세상이 자유분방하게 변하는 게 달갑지 않았다. 그녀는 자유연애보다는 지속적인 사랑을 원했고, 그녀의 남자가 다른 여자들과 카마수트라*에 나오는 온갖 체위를 시험해 보는 꼴은 차마 눈 뜨고 볼 수 없다고 생각했다.

일리나는 물을 조금 마시고 나서 티슈로 눈가를 닦았다. 그녀는 자신이 엘리엇에게 얼마나 애착을 느끼는지 충분히 보여주지 못했다는 생각이 들었다.

'사랑하는 데 무슨 설명이 필요하지? 서로 사랑을 느낄 수 있다면 그것으로 족하지 않을까? 더구나 여자가 남자에게 먼저 아이의 아빠가 되어달라고 하는 것만큼 분명한 사랑의 메시지가 어디 있을까?'

일리나는 적어도 자기만족을 위해 아기를 갖고 싶어 하는 게 아니었다. 그녀는 엘리엇과 사랑의 결실인 아기를 갖고 싶을 뿐이었다. 엘리엇은 아기를 갖고 싶어 하지 않는 게 분명했다. 브라질 태생인 그녀는 가난하지만 서로 사랑하는 가족들 틈에서 자랐다. 엘리엇을 만나 사랑하면서 엄마가 되면 행복할 거라고 생각했다. 엘리엇은 부모와의 관계가 순탄하지 않아 보였다. 아마도 그가 아이를 낳는 걸 반대하는 이유는 가족사와 깊은 연관이 있을 가능성이 컸다. 설령 엘

* **카마수트라** 성애를 다룬 고대 인도의 경전

리엇이 지금 당장은 아이를 낳아 행복하게 키울 자신이 없다고 하더라도 앞으로 바뀔 가능성이 충분하다는 사실은 추호도 의심하지 않았다.

일리나는 그를 만나러 갈 때마다 환자들을 위해 최선을 다하는 모습을 보았다. 소아외과 의사인 엘리엇은 어린 환자들을 어떻게 다루어야 하는지 잘 알고 있었다. 그는 매사에 성실하고 균형 잡힌 사람이었다. 주변에서 간혹 대하는 남자들처럼 철없고 자기중심적인 사람이 아니었다. 그의 모습에서 아이들의 말에 귀를 기울이는 다정다감한 아빠의 모습을 발견하는 건 그리 어렵지 않았다. 어떤 때에는 그에게 말하지 않고 피임약을 끊을까 생각해 본 적도 있었다. 우연한 사고를 가장해 임신할 경우 엘리엇이 현실을 받아들일 수밖에 없을 테니까. 하지만 그런 방식은 서로에 대한 신뢰에 금이 가게 할 우려가 많았다.

'대체 무엇이 문제일까?'

일리나는 그를 너무나 잘 알고 있었다. 그녀는 그의 결연한 의지, 너그러운 이타주의, 뛰어난 두뇌, 향긋한 체취, 부드러운 살결의 촉감, 척추뼈를 타고 흘러내리는 선, 웃을 때 파이는 보조개를 사랑했다. 다만 아무리 서로 사랑하는 사이라고 하더라도 미처 파악하지 못하는 부분이 있게 마련이었다. 바로 그런 내밀하고 신비한 부분이야말로 사랑을 지속시키는 힘의 바탕이라고 해도 과언이 아니었다.

어쨌든 적어도 한 가지는 분명했다. 앞으로 그녀가 낳을 아이 아빠는 엘리엇이어야만 했다. 결코 엘리엇이 아닌 다른 사람일 수 없었다. 그녀에게 엘리엇은 운명의 남자였고, 그의 아이가 아니라면 결코 낳을 생각이 없었다.

샌프란시스코, 1976년

엘리엇은 비틀을 타고 집을 향해 달려가고 있었다. 오늘도 생명을 구하기 위한 전투에서 패배했다는 자괴감이 밀려왔다. 그는 오늘도 자신이 평범하고 보잘것없는 의사일 뿐이라는 사실을 아프게 받아들일 수밖에 없었다.

땅거미가 내리면서 가로등과 자동차의 헤드라이트가 일제히 켜졌다. 머릿속이 몹시 혼란한 가운데 지난 이틀 동안 벌어진 일들을 차례대로 떠올려 보았다. 일리나와의 언쟁, 공항에서 만난 남자, 끝내 구하지 못한 애너벨······.

'왜 항상 내 인생이 통제권 밖에 있다는 느낌이 드는 걸까? 내 인생을 왜 내 마음대로 할 수 없을까?'

엘리엇은 그런 생각에 빠져있느라 필모어 스트리트와 유니언 스트리트 교차로에서 때맞춰 속도를 줄이지 못했다. 차가 약간 인도 쪽으로 쏠리더니 곧이어 뭔가에 부딪치는 소리가 들려왔다.

'타이어 펑크인가?'

엘리엇은 차의 시동을 끄고 차에서 내려 타이어와 범퍼를 살펴보

앗지만 멀쩡했다. 다시 차를 출발시키려고 하는데 인도 위에서 깨갱거리는 강아지의 신음소리가 들려왔다. 고개를 들어 보니 차에 부딪힌 충격 때문에 반대편 도로로 튕겨 나간 강아지 한 마리가 눈에 들어왔다.

'정말이지 일진이 사나운 날이야.'

엘리엇은 길을 건너 강아지를 향해 다가갔다. 베이지색 래브라도 리트리버 한 마리가 오른쪽 앞발을 구부리고 모로 누워있었다.

엘리엇은 강아지가 다치지 않았기를 바라면서 말했다.

"다리를 움직여 봐!"

강아지는 꿈쩍도 하지 않았다.

"어서 다리를 움직여 보라니까!"

엘리엇이 짐짓 큰 소리로 위협을 가했지만 강아지는 다시 한번 고통스러운 신음소리를 토했다. 그는 사실 강아지를 좋아하지 않았다. 그는 병원 환자들에게만 관심이 있을 뿐 강아지에게는 흥미가 없었다.

엘리엇은 안타까운 일이지만 별수 없다고 생각하며 어깨를 으쓱하고는 강아지에게서 등을 돌렸다. 차로 돌아와 시동을 걸었다. 그런데 순간 일리나라면 이런 상황에서 강아지를 내버려 두고 자리를 뜰 것 같지 않았다. 그녀는 무슨 수를 써서라도 강아지를 치료해 주고, 주인을 찾아주려고 할 게 뻔했다.

'일리나는 동물 애호가니까 당연히 그랬을 거야.'

마치 조수석에 앉은 일리나가 핀잔하는 소리가 귓전에 들리는 듯했다.

동물을 사랑하지 않는 사람이 사람인들 진정으로 사랑할 수 있을까?

엘리엇은 20미터쯤 가다가 차를 세우고 다시 강아지가 있던 곳으로 발길을 돌렸다.

'4천 킬로미터나 떨어져 있는 일리나가 나를 마음대로 제어하는군.'

엘리엇이 강아지를 뒷좌석에 태우며 말했다.

"미안해, 친구. 내가 집으로 데려가 상처를 치료해 줄게."

*

마리나에 도착한 엘리엇은 비로소 안도감을 느꼈다. 바다를 마주 보고 일렬로 늘어서 있는 주택단지는 각기 건립 시대와 건축 양식이 다른 다양한 건물들로 이루어져 있어 보는 이의 눈을 즐겁게 했다. 본채에 작은 탑이 붙어있는 가옥들과 유리와 철골만을 사용해 현대적인 감각으로 지은 집들이 서로 조화롭게 어우러진 모습을 볼 때마다 독특한 느낌이 들었다.

어느새 사방에 어둠이 내렸고, 바람이 세차게 불었다. 해변도로의 가장자리를 따라 길게 이어진 잔디밭에서 히피 스타일의 남자 하나가 작은 초롱을 달아 장식한 연을 날리는 모습이 보였다.

엘리엇은 자꾸만 버둥거리는 강아지를 품에 안아 들고 지중해 스타일로 지은 집을 향해 걸어갔다. 그는 현관문을 열고 집 안으로 들어섰다. 그의 아버지로부터 유산으로 물려받은, 지은 지 50년이 넘은 집이었다.

엘리엇은 SF작품에서 영감 얻기를 좋아하는 건축가인 존 로트너에게 일임해 집을 완전히 개조했다. 개보수를 마친 집은 전혀 새로운 모습으로 탈바꿈했다. 스위치를 누르자 집 내부가 파도로 일렁이는 바다를 연상시키는 푸른빛으로 물들었다. 그는 강아지를 소파 위에 눕히고 진료 가방을 가져와 검진을 시작했다. 다리 부위에 찢어진 상처가 나 있었고, 몇 군데 멍이 들었을 뿐 크게 걱정할 정도는 아니었다. 강아지가 그를 경계하는 눈빛으로 쳐다보고 있었다.

"너도 내가 싫지? 그건 나도 마찬가지야. 그래도 지금 당장은 치료를 받아야 하니까 얌전히 있어."

엘리엇은 상처를 소독하고 나서 연고를 발라준 다음 붕대를 감아주었다. 그가 강아지를 눕혀둔 소파에서 멀어지면서 말했다.

"오늘은 여기에서 자고, 내일은 유기견 보호소에 가 보자."

엘리엇은 거실과 서재를 가로질러 주방으로 갔다. 세 공간은 칸막이로 막아놓지 않아 실제로는 하나로 트여있었다. 알래스카산 삼나무 한 그루를 심어놓은 실내 정원이 눈에 들어왔다.

엘리엇은 냉장고에서 화이트 와인을 한 병 꺼내 잔에 따른 뒤 위층으로 올라갔다. 위층의 이중 전망창 뒤로 테라스형 지붕이 부교처럼 내려와 있어 마치 바다로 뛰어드는 것 같은 느낌을 주었다. 그는 와인 잔을 들고 바스켓 체어에 앉아 얼굴을 훑쓸고 지나가는 바람에 몸을 맡겼다.

잠시 로마노 부부의 얼굴이 머리를 스쳐 지나갔다.

'정말이지 끔찍한 하루였어.'

4

……그리고 꿈을 간직하라. 언제 그 꿈이 필요할지 결코 알 수 없으니까.

–카를로스 루이스 사폰

샌프란시스코, 2006년 9월

엘리엇의 나이 예순

엘리엇이 마리나에 도착했을 때는 한밤중이었다. 그는 입구에 차를 세우고 30년째 살고 있는 지중해풍 집으로 들어갔다. 그가 집 안으로 들어서자 감지기가 작동하며 자동으로 실내조명이 켜졌다. 일렁이는 푸른색 조명이 켜지면서 마치 집 전체가 파도치는 바닷물에 잠긴 것 같은 느낌을 자아냈다.

엘리엇은 거실과 서재를 지나 주방으로 갔다. 앤지가 뉴욕으로 떠난 이후 집은 적막감이 느껴질 정도로 고요했다. 오래도록 키워 정이

듬뿍 들었던 래브라도 리트리버가 죽은 지도 12년이 지났다. 죽은 개의 빈자리를 메우기 위해 다른 동물을 키울 생각은 없었다.

엘리엇은 냉장고에서 화이트 와인을 꺼내 한 잔 따랐다. 허리에서부터 통증이 번지면서 2층으로 올라가는 계단에서는 발을 떼기조차 힘들었다. 침실로 들어간 그는 나이트 테이블의 서랍을 열고 황금빛 알약이 들어있는 약병을 꺼내 들었다. 하루 종일 약병이 머리를 떠나지 않았다. 그는 약병을 들고 요트항과 만의 환상적인 경치를 내다볼 수 있는 테라스형 정원으로 나갔다. 방파제 끝에 설치돼 있는 웨이브 오르간의 파이프 안으로 파도가 들이칠 때마다 시시각각 다른 소리가 귓전을 울렸다.

엘리엇은 낡은 바스켓 체어에 앉으며 혼잣말을 했다.

"이처럼 로맨틱한 풍경은 샌프란시스코에만 있어."

얼굴을 훑고 지나가는 바람이 서늘했다. 그는 약병에 들어있는 아홉 개의 알약을 의심 어린 눈으로 바라보았다. 알약의 성분에 대해서는 전혀 알지 못했지만 간밤의 신비한 경험을 다시 해 보고 싶은 마음이 간절했다. 약에 대해 환상을 품고 있는 건 아니었지만 약이 간밤에 꾸었던 꿈과 밀접한 연관이 있는지 확인하고 싶었다.

엘리엇은 황금빛이 도는 캡슐 하나를 손바닥 위에 올려놓았다. 마지막 순간에 또다시 망설임이 일었다.

'혹시라도 독약이거나 정신을 혼미하게 만드는 약이라면?'

그럴 수도 있지만 어차피 밑져야 본전이었다. 조만간 암세포가 온몸을 장악해 버릴 테니까.

엘리엇은 와인을 한 모금 입에 물고 알약을 삼켰다. 즉각적인 반응은 없었다. 그는 안락의자에 몸을 깊숙이 파묻었다. 이번 달 말부터 수술을 맡지 않을 생각이었다. 하루 종일 심각하게 고민한 끝에 내린 결론이었다.

엘리엇은 눈을 감고 서서히 잠이 들었다.

5

두 번째 만남

시간여행이 불가능하다는 가장 확실한 증거는
우리 눈앞에 미래에서 무더기로 몰려온 여행자들이 보이지 않는다는 것이다.

–스티븐 호킹

샌프란시스코, 1976년 9월

엘리엇의 나이 서른

"세상 편한 자세로 잠이 들었네?"

엘리엇은 깜박 잠이 들었다가 무슨 소리가 들려 소스라치게 놀라며
바스켓 체어에서 굴러떨어졌다. 누운 자세 그대로 눈을 들어 위쪽을
바라보았다. 별이 총총한 하늘을 배경으로 실루엣 하나가 보였다.
전날 공항에서 만난 바로 그 노신사였다. 입가에 미소를 머금은 노신
사가 팔짱을 끼고 그를 내려다보고 있었다.

엘리엇이 몸을 일으키며 노신사에게 따져 물었다.

"내 집 테라스에서 대체 무슨 짓입니까?"

방문객이 태연하게 응수했다.

"여긴 내 집이기도 해."

엘리엇이 화가 단단히 난 표정으로 노신사를 향해 다가갔다. 두 사람은 잠시 서로를 뚫어져라 쏘아보았다. 놀랍게도 두 사람의 키는 자로 잰 듯 똑같았다.

엘리엇이 위협적인 목소리로 물었다.

"왜 이런 짓을 하는지 해명해 주시겠습니까?"

노신사가 차분한 목소리로 응수했다.

"자네는 알고 싶지 않지?"

"뭐가요?"

"진실."

엘리엇이 어깨를 으쓱했다.

"어르신이 말하는 진실이 대체 뭔데요?"

"내가 바로 30년 후의 자네라는 게 진실이야."

"당장 정신병원으로 돌아가야 하는 게 진실이 아닐까요?"

"긴장을 풀고 차분한 눈으로 나를 자세히 살펴봐."

엘리엇은 마주 선 노신사를 자세히 관찰했다.

노신사는 파자마 대신 깔끔한 바지에 라인이 돋보이는 재킷 차림이었다. 고집스럽고 개성이 강해 보이는 얼굴에 연륜 탓인지 여유와 관록이 느껴졌다. 말도 나름 조리 있게 하는 것으로 보아 정신병동에서 방금 뛰쳐나온 사람 같지는 않았지만 어딘지 모르게 병색이 완연했다.

"어디 아파 보이는데 혹시 담당 의사가 있으면 연락처를 말해 봐요. 그리고……."

"여전히 내 말을 믿지 않나? 자네처럼 나 역시 의사야."

엘리엇이 머리를 긁적였다.

'차라리 경찰을 부를까? 아니면 정신병자를 돌봐주는 관계 기관에 도움을 요청할까?'

"당신 가족들이 많이 걱정하고 있을 겁니다. 이름을 알려주면 당신 주소를 찾아내 집에까지 모셔다드릴게요."

노신사가 차분하게 말했다.

"엘리엇 쿠퍼."

"말도 안 돼."

"뭐가 말도 안 된다는 건가?"

"엘리엇 쿠퍼는 바로 저입니다."

"믿지 못하겠다면 신분증을 보여줄 수도 있어."

노신사가 지갑에서 신분증을 꺼냈다. 엘리엇은 그가 내민 신분증을 받아 들고 자세히 살폈다. 신분증에는 그와 똑같은 이름과 생년월일이 기재되어 있었다. 신분증에 붙어있는 사진만이 세월의 격차를 느끼게 해줄 뿐이었다.

'신분증은 누구나 마음만 먹으면 위조할 수 있어. 그런데 이 노신사는 무슨 목적으로 그런 수고를 마다하지 않을까?'

가만히 생각해 보니 매트가 의심스러웠다. 매트가 꾸민 일이 아니라면 이토록 어처구니없는 일이 벌어질 리 없었다. 매트의 장난이라고 치부하자니 미심쩍은 구석이 있었다. 매트가 아무리 짓궂은 장난을 좋아한다고 해도 이 정도로 심한 적은 없었다.

'매트가 장난을 칠 생각이라면 스트리퍼나 콜걸을 보내지 예순 먹은 노인을 보내 날 이렇게 골탕 먹이지는 않을 거야.'

엘리엇이 생각에 잠긴 사이 노신사가 좀 더 가까이 다가와 있었다. 노신사는 더욱 심각해진 표정으로 엘리엇을 뚫어져라 바라보았다.

"믿을 수 없겠지만 나는 지금 30년 전 세계로 돌아온 거야."

"그 말을 믿으란 말입니까?"

"자네 눈앞에 내가 있잖아."

"믿고 싶어도 도무지 불가능한 일이잖아요."

"내가 지난번에 자네를 만났을 때 공항 화장실에서 어떻게 빠져나올 수 있었는지 설명해 줄 수 있겠나?"

엘리엇은 반박할 말이 떠오르지 않았다.

그 순간 강아지가 낑낑대는 소리가 들려왔다. 아래쪽을 내려다보던 노신사가 움찔 놀랐다. 상처 입은 다리를 끌며 2층까지 올라온 래브라도 리트리버가 노신사를 향해 반갑다는 듯이 꼬리를 흔들어댔다.

"이방인, 잘 지냈어?"

강아지가 뛸 듯이 좋아하며 노신사의 품으로 달려들더니 킁킁거리며 냄새를 맡기 시작했다.

엘리엇이 도무지 믿기지 않는다는 표정으로 물었다.

"이 강아지를 본 적이 있습니까?"

"내가 키우던 강아지야."

"당신 강아지?"

"우리 두 사람의 강아지."

노신사의 수작을 차단하려면 다른 전략을 구사할 필요가 있을 듯했다. 엘리엇은 일단 노신사의 말에 장단을 맞춰주기로 마음먹었다.

"어르신은 정말 미래에서 왔나요?"

"나는 30년 후의 세계에서 왔어."

엘리엇은 앞으로 몇 발짝 걸어가 발코니에 몸을 기대고는 뭔가 절박하게 찾고 있는 사람처럼 거리를 내려다보았다.

"왜 내 눈에는 당신이 타고 온 타임머신이 보이지 않을까요? 타임머신을 밖에 세워두지 않았다면 집 안에 세워둔 건가요?"

노신사가 피식 웃었다.

"이제 보니 제법 배우의 자질이 엿보이네."

엘리엇이 노신사를 뚫어져라 바라보며 말했다.

"난 어르신이 누구이고, 어디에서 왔는지 관심이 없어요. 이제 어설픈 연극은 집어치우고, 어서 내 집에서 나가주세요. 정중하게 부탁하는 건 이번이 마지막입니다."

"오래 머물러 있고 싶어도 그럴 형편이 못 되니까 걱정하지 마."

노신사는 바스켓 체어에 주저앉더니 주머니에서 담뱃갑과 지포라이터를 꺼냈다. 검정색 로고에 빨간색과 하얀색을 섞어 디자인한 담뱃갑이었다.

엘리엇은 노신사가 자신과 똑같은 담배를 피우고 있다는 걸 확인했지만 그다지 놀라지는 않았다. 이 카우보이 상표 담배야말로 미국에서 최고 인기 품목이었으니까.

"자네가 내 말을 신뢰하지 못하는 것에 대해 충분히 이해해. 젊은 시절 나 또한 어느 누구보다 열렬한 과학 신봉자였으니까. 하지만 나이를 먹게 되면 그동안 잘 안다고 확신하던 것들에 대한 믿음이 약해지게 되지."

노신사가 담배 연기를 동그랗게 말아 뱉어 내며 지포라이터를 테이블에 내려놓았다.

"지금은 과학을 믿지 못한다는 뜻입니까?"

"과학 대신 신을 믿게 되었지."

산들바람이 부는 초가을 저녁이었다. 대기오염이 심각한 요즘 날씨치고는 모처럼 하늘이 맑았고, 별들이 빽빽하게 떠올라 장관을 연출하고 있었다. 꽉 찬 보름달이 머리 위에서 푸르스름한 빛을 내뿜고 있었다. 노신사가 달빛을 취한 듯 바라보다가 입에 물고 있던 담배를 재떨이에 비벼 껐다.

"자꾸 의심하지 말고 나를 있는 그대로 받아들여 봐."

"어르신은 성가시고 귀찮은 존재일 뿐입니다."

"난 자네에 대해 모르는 게 없어."

"나에 대해 아는 게 뭔데요? 내가 피우는 담배? 내 생년월일? 또 무엇을 알죠?"

노신사가 단호한 목소리로 말했다.

"나는 자네가 단짝 친구와 사랑하는 여자에게도 숨겨온 비밀을 모두 알고 있어."

"그게 뭔데요?"

"별로 듣고 싶지 않을 텐데?"

"뭔지 말씀해 보세요. 난 숨길 게 없는 사람이니까."

노신사가 잠시 생각에 잠겼다가 불쑥 말했다.

"자네 부친에 대한 얘기야."

엘리엇은 갑자기 따귀라도 한 대 얻어맞은 사람처럼 기분이 상했다.

"우리 아버지 얘긴 왜 꺼내려고 하죠?"

"자네 부친은 알코올 의존자였어."

"당신이 그걸 어떻게 알아요?"

"자네 부친은 존경받는 사업가이자 자상한 남편, 훌륭한 가장으로 알려져 있었지만 집에서는 전혀 다른 사람이었지. 자네 엄마와 자네는……."

"뭘 안다고 함부로 지껄이는 겁니까?"

"자네는 어린 시절에 허구한 날 부친에게 매를 맞았지. 내 말을 부인하지는 못할 거야."

엘리엇은 할 말을 잃었다.

"자네 부친은 술을 마신 날이면 유난히 폭력적인 사람이 되었어. 술에 취하면 누군가에게 반드시 주먹을 날려야 직성이 풀렸지."

엘리엇은 그로기 상태의 권투선수처럼 잠자코 노신사의 이야기를 듣고 있었다.

"그럴 때면 자네는 부친을 자극해 매를 자청했어. 부친이 자네에게 주먹질을 하고 나면 엄마를 괴롭히지 않는다는 사실을 알고 있었기 때문이지. 자네 부친 이야기를 계속해 줄까?"

"꺼져버려요!"

노신사가 무슨 비밀 이야기라도 되는 양 엘리엇의 귀에 대고 속삭였다.

"자네가 열 살 때 학교에서 돌아와 보니 손목을 자해한 엄마가 피를 흘리며 욕조에 쓰러져 있었어."

엘리엇이 노신사의 옷을 움켜쥐며 소리를 버럭 질렀다.

"이제 그만!"

노신사는 조금도 동요하지 않고 이야기를 계속했다.

"자네는 급히 구조대에 전화했지. 자네 엄마는 자해한 사실이 알려지는 걸 꺼려 자네가 구조대원에게 아무 말도 하지 않기를 바랐어. 자네는 어머니의 말을 따랐고, 핑곗거리를 만들기 위해 샤워부스의 유리를 깼지. 구조대원들이 출동하자 자네 엄마는 욕조바닥에서 심하게 미끄러지는 바람에 손목에 상처가 생겼다고 둘러댔어. 모자는 끝내 비밀을 지켰지. 그 일은 다른 사람들은 전혀 몰랐던 둘만의 비밀이었어."

이제 두 사람은 서로의 얼굴을 빤히 쳐다보며 서있었다. 엘리엇은 마음에 상처를 입었다. 지금껏 애써 지켜온 비밀이 한순간에 이리 허망하게 드러날 줄은 미처 몰랐다.

마음속 깊이 숨겨둔 기억들이 생생하게 떠올랐다.

"자네 엄마는 한동안 잠잠하게 지내다가 2년 후 13층 집 건물에서 스스로 몸을 던져 목숨을 끊었지."

노신사가 쏟아 내는 말들이 엘리엇의 가슴에 비수처럼 꽂혔다. 그는 소리 내어 펑펑 울고 싶었다. 노신사의 파상공격을 받고 녹아웃된 자신의 처지가 말할 수 없이 비참하게 느껴졌다.

"엄마가 스스로 목숨을 끊은 이후 자네는 자책감을 떨쳐버릴 수 없었어. 엄마가 자살시도를 한 적이 있다는 사실을 의사에게 털어놓았다면 상황은 많이 달라졌을 수도 있으니까. 엄마가 정신과 전문의를 만나 상담을 받게 했다면 최소한 자살만은 막을 수 있었을 거라는 생각을 뒤늦게 한 거야. 자, 계속할까?"

엘리엇은 마치 입이 얼어붙기라도 한 듯 좀처럼 노인의 말을 반박할 수 없었다. 노인 역시 감정이 사무친 듯했지만 진실의 바다 속으로 다시 한번 자맥질했다.

"자네는 주변 사람들에게 세상이 흉흉하고 어두워 아이를 갖고 싶지 않다고 얘기하지만 구차한 변명일 뿐이야."

엘리엇이 눈썹을 찡그렸다.

"자네가 아이를 원하지 않는 결정적인 이유는 부모로부터 사랑받지 못했기 때문이야. 자네 부모가 그랬듯이 자식을 사랑해 주지 못하면 어쩌나 두려운 거야."

엘리엇은 부정하지 않았다. 노신사가 지금껏 자신이 확신처럼 가지고 있던 생각을 순식간에 무력화시켰고, 모든 걸 송두리째 의심하게 만들었다. 차마 남들에게 털어놓기 힘든 비밀을 켜켜이 쌓아가며 살아가는 게 바로 인간의 서글픈 운명이 아닐까.

갑자기 테라스로 거센 바람이 몰아쳤다. 노신사가 옷깃을 세우며 엘리엇에게 다가와 어깨에 손을 얹어놓았다.

"내 몸에 손대지 말아요."

엘리엇은 난간 쪽으로 물러났다. 숨이 막히고 머릿속이 요동치고 있었다. 한편으로 자꾸만 뭔가 핵심을 놓치고 있다는 생각이 들었다. 노신사가 꼭꼭 숨겨온 비극적인 가족사의 비밀을 들추어 내는 이유를 알 수 없었다.

"당신의 말은 모두 틀림없는 사실입니다. 당신은 무얼 바라기에 나에게 그런 말을 하는 거죠?"

엘리엇은 방문객을 뚫어져라 쳐다보았다. 노신사가 고개를 절레절레 저었다.

"난 자네에게 아무것도 기대하지 않아. 내가 여기에 온 이유는 자네를 만나기 위해서가 아니야."

"그럼 대체……."

"내가 여기에 온 이유는 일리나를 보기 위해서야."

노신사가 지갑을 꺼내더니 이번에는 색 바랜 사진 한 장을 꺼내 내밀었다.

센트럴파크에서 뭉친 눈을 던지고 있는 일리나의 사진이었다. 활짝 웃는 얼굴에 양 볼에 발그스레한 화색이 돌았다. 일리나의 사진 중에서 엘리엇이 가장 좋아하는 사진이었다. 지난겨울에 찍은 사진인데 한 번도 지갑에서 빼놓은 적이 없었다.

"당신이 어떻게 그 사진을 가지고 있죠? 만약 일리나에게 접근해

괴롭힐 경우 내가 면상을 박살내 버릴…… ."

　노신사는 경고의 말이 미처 끝나기도 전에 자리에서 일어났다. 그는 마치 무대에서 퇴장할 시간이 다가오기라도 한 듯 강아지의 머리를 쓰다듬어 주고 나서 전망창을 향해 걸어갔다. 지난번 공항에서 사라지기 직전에도 그랬듯이 이번에도 남자의 몸에 경련이 일었다.

　'이번에는 제멋대로 사라지도록 내버려 두지 않겠어!'

　엘리엇이 황급히 잡아 보려고 했지만 노신사는 이미 테라스를 떠나 미닫이 유리문을 닫은 뒤였다.

　엘리엇이 테라스 유리벽을 거세게 두드리며 소리쳤다.

　"어서 문을 열어!"

　형광색 겔을 사용한 테라스 유리창은 저녁이 되면 녹색 빛이 되었다. 건축가의 기술 덕분에 유리 뒷면에 수은 아말감을 입히지 않아도 밤만 되면 거울과 다름없는 역할을 했다. 테라스에 꼼짝없이 갇힌 엘리엇은 불리한 상황에 놓였다. 상대방은 볼 수 있지만 자신은 볼 수 없으니까.

　엘리엇이 다시 한번 악을 써댔다.

　"문을 열어!"

　문 뒤에서 나지막한 목소리가 들려왔다.

　"내가 한 말을 잊지 마. 난 자네의 적이 아니야."

　노신사가 이대로 떠나게 내버려 둘 수는 없었다. 엘리엇은 노신사에 대해 더 알아보고 싶었다. 그는 의자를 집어 들고 사력을 다해 전망창을 향해 집어 던졌다. 전망창이 산산조각 나며 파편이 튀었다.

엘리엇은 집 안으로 달려 들어가자마자 계단을 뛰어 내려갔다. 방마다 찾아보고, 집 밖에까지 나가 보았지만 노신사는 이미 어디론가 사라져 종적이 묘연했다.

테라스로 돌아와 보니 강아지가 밤하늘을 올려다보며 컹컹 짖어대고 있었다.

엘리엇이 강아지를 품에 안으며 말했다.

"이제 괜찮아. 다 끝났으니까."

그의 마음 깊은 곳에서는 정반대 생각이 확고하게 자리 잡고 있었다. 골치 아픈 상황이 이제 겨우 시작일 뿐이라는 생각.

6

우리가 친구였던 행복한 날들을 네가 기억해 주길 간절히 바라.
그때의 삶은 지금보다 아름다웠으며 태양은 더욱 빛났지.

-자크 프레베르

1976년

엘리엇의 나이 서른

엘리엇은 강아지를 안고 차를 향해 걸어갔다. 방금 전 자신이 겪었
던 일을 매트에게 모두 말해줄 생각이었다. 일리나에게도 전화를 걸
었지만 그녀는 아무 말도 하지 않고 서둘러 끊어버렸다.

'일리나에게 말해주기 전에 좀 더 자세히 알아보는 편이 좋겠어.'

엘리엇은 차 문을 열고 강아지를 조수석에 태웠다. 방금 전에 겪은
기이한 일 때문인지 강아지는 몹시 혼란스러워 보였다.

엘리엇은 마리나를 빠져나와 소살리토로 들어섰다. 한밤중이어서

교통 소통이 원활해 금세 롬바르드 스트리트로 접어들었다. 세상에서 제일 꼬불꼬불한 거리라는 별명에 걸맞은 여덟 개의 급커브를 돌았다. 차창 밖으로 스쳐 지나는 조명이 눈을 황홀하게 했지만 지금은 풍경 따위에 넋을 빼앗길 만큼 마음이 한가하지 않았다.

엘리엇은 노스 비치를 전속력으로 가로질러 몇 년 전 마릴린 먼로와 조 디마지오가 결혼식을 올린 이탈리아 성당의 쌍둥이 탑 앞을 지나 텔레그래프 힐의 정상에 도착했다. 샌프란시스코의 길들은 하나같이 경사가 심했다. 가파른 언덕 꼭대기에 도착한 엘리엇은 시의 규정대로 바퀴를 인도 쪽으로 틀어 사선 주차를 했다.

"넌 여기에 잠시 기다리고 있어."

강아지가 마땅찮은 듯 낑낑거렸다.

엘리엇이 차 문을 쾅 소리가 나게 닫으며 단호하게 말했다.

"미안하지만 앙탈해 봐야 소용없어. 넌 여기 잠자코 있어야 해."

엘리엇은 유칼리나무들 사이로 난 좁은 골목길로 들어가 텔레그래프 힐 비탈을 따라 꾸며놓은 꽃 계단을 따라 내려갔다. 초현실적으로 느껴질 만큼 매력적인 공간이 마치 시골 땅 일부를 떼어다가 도시 한가운데 배치해 놓은 느낌을 주었다. 하얗게 빛나는 코이트 타워를 배경으로 도시 전체가 발아래에 펼쳐져 있었다. 형형색색으로 무성하게 자란 식물들은 참새, 야생 앵무새, 티티새 같은 무리들에게 안전하고 포근한 보금자리를 제공해 주었다.

엘리엇은 진달래, 푸크시아, 부겐빌레아를 심어놓은 화단들이 늘어서 있는 언덕에 아르데코 양식으로 지은 방갈로들로 이어지는 구불구불한 나무계단을 걸어 내려갔다. 언덕길을 중간쯤 내려온 그는 지저분한 정원이 들여다보이는 대문 앞에 멈춰 섰다. 그는 매번 그랬듯이 이번에도 울타리를 훌쩍 뛰어넘어 목조건물 계단 앞에 섰다. 집 안에서 마빈 게이의 나른하면서도 애달픈 느낌을 주는 노랫소리가 흘러나오고 있었다.

엘리엇은 노크를 하려다가 문이 열려있는 걸 발견하고 곧장 집 안으로 들어갔다. 그는 매트에게 한시바삐 모든 얘기를 털어놓고 싶은 생각에 마음이 급했다.

"매트, 집에 있나?"

엘리엇은 거실로 들어서려다가 그 자리에 우뚝 멈춰 섰다. 창문 옆 나지막한 테이블 위에서 마카롱 과자 세트와 그 옆에 놓인 두 개의 샴페인 잔을 발견했기 때문이었다. 거실에서는 인도산 향이 기분 좋은 냄새를 발하고 있었다.

엘리엇은 눈살을 찌푸리며 거실을 한 번 빙 둘러보았다. 벽난로 옆에 벗어놓은 에스카르팽 한 켤레가 눈에 들어왔다. 소파에는 파스텔톤 브래지어가 나뒹굴고 있었고, 작은 조각상에는 레이스 팬티 하나가 걸려있었다.

매트를 먼저 찾아온 방문자가 있다는 뜻이었다.

엘리엇은 살금살금 밖으로 걸음을 옮겼다.

"당신은 누구죠?"

그는 범행현장을 들킨 사람처럼 화들짝 놀라며 뒤를 돌아보았다. 얼마 전 해변에서 본 적이 있는 비키니 차림의 여자가 이브의 자태를 하고 서있었다.

"안녕하세요. 저는 매트를 만나러 왔는데……."

엘리엇이 민망해진 시선을 돌리며 말끝을 흐렸다.

한 손으로 가슴을 가리고 다른 손으로 사타구니를 가린 여자가 육감적인 모습으로 그를 향해 다가왔다.

여자가 장난스럽게 말했다.

"매트가 당신도 낄 거라는 얘긴 하지 않았는데요."

허리춤에 시트를 둘둘 감고 나타난 매트가 대화에 끼어들었다.

"엘리엇, 이 시간에 웬일이야?"

"매트, 실례가 많았어. 나보다 먼저 온 손님이 있는지 몰랐거든."

"친구 사이에 실례라니, 당치도 않아. 자, 티파니를 소개할게. 우리 집에서 차기 본드걸 오디션을 보고 있었어."

티파니가 이를 드러내며 키득거렸다.

"몹시 반가운데 지금은 손이 너무 바빠 악수는 생략해야겠네요."

"매트, 사실은 네 도움이 필요해서 왔어."

매트가 매력적인 파트너와 쾌락을 즐길 시간이 줄어들까 봐 걱정하며 말했다.

"지금 당장? 내일까지 기다려 주면 안 될까?"

"그래, 내일 전화할게. 즐거운 시간을 방해해서 미안해."

엘리엇이 실망한 기색이 역력한 얼굴로 문 쪽으로 걸음을 옮겼다.

매트가 친구를 그냥 돌아가게 할 수는 없다고 생각하며 엘리엇의 어깨를 잡았다.

"우리 집에까지 찾아온 걸 보면 매우 심각한 일이 벌어진 게 분명해. 무슨 일이 있었는지 어서 털어놔 봐."

티파니가 주섬주섬 소지품을 챙기고 있었다. 친구에게 자리를 양보할 시간이라고 판단한 눈치였다.

티파니가 속옷을 걸치며 말했다.

"두 분을 위해 자리를 비켜줄게요. 남자들끼리 즐기는 게 더 좋다면 얼마든지."

매튜가 떠날 준비를 하는 티파니를 만류했다.

"티파니, 잠시 기다려 봐. 엘리엇과 나는 당신이 짐작하는 그런 사이가 아니라 그냥 절친한 친구 사이야."

"달링, 걱정하지 마. 여긴 샌프란시스코잖아. 나도 알만한 건 다 알아."

티파니가 마지막으로 그 말을 내뱉고는 서둘러 집 밖으로 뛰어나갔다.

매트가 반쯤 벌거벗은 몸으로 티파니를 뒤따라가며 사태 수습에 나섰다.

"티파니, 하늘과 땅을 걸고 맹세하는데 난 절대 동성애자가 아니야."

"어쨌든 나를 따분하게 하는 남자는 싫어."

"내일 연락할 테니까 전화번호를 알려줘."

티파니가 찬바람이 나도록 돌아서며 소리쳤다.

"나는 상관하지 말고 어서 당신 연인에게나 가 봐."

매트가 애걸복걸하며 티파니를 뒤따라가는 동안 태평양에서 불어

온 바닷바람이 그의 몸에 걸쳐져 있던 시트를 날려버렸다. 애벌레마냥 벌거벗은 매튜가 다급히 선인장 화분을 집어 들고 은밀한 부위를 가렸다. 날카롭고 뾰족한 선인장 화분으로 중요 부위를 가린 그가 영양처럼 달아나는 티파니를 뒤따라갔다. 때 아닌 소란에 옆집 불이 켜졌고, 삐거덕 덧문을 여는 소리가 났다. 잠이 깬 옆집 노파가 창문 사이로 고개를 빠끔 내밀었다.

매트는 화가 단단히 난 노파와 얼굴을 마주치는 순간 전속력으로 집 안으로 도망치기 위해 방향을 틀었다. 현관에 거의 다다랐을 때쯤 계단에서 미끄러지는 바람에 선인장 가시가 예민한 부분에 박힌 채 뒤로 벌렁 나자빠졌다. 단말마의 비명을 지르며 현관문을 닫은 매트가 비난하듯 엘리엇을 손가락으로 가리켰다.

"엘리엇, 판을 깰만한 사유가 되는지 어디 한번 들어 보자."

"매트, 난 지금 미쳐가고 있는 느낌이야. 이 정도면 이유가 충분하지 않을까?"

"엘리엇, 제발 음흉한 눈으로 쳐다보지 마. 지금 이 상황에서 웃음이 나와? 제발 어디 가서 오늘 내가 보인 추태에 대해 말하지 마."

엘리엇이 터져 나오는 웃음을 참으며 말했다.

"당연히 그래야지. 내가 그런 말을 하고 다닐 리 없잖아."

"일단 옷부터 입고 나서 널 미치게 만드는 문제가 무엇인지 이야기를 나누어 볼까?"

매트가 방으로 뛰어 들어갔다.

엘리엇은 주방으로 가 레인지에 커피 물을 올려놓으며 도저히 한마디 하지 않을 수 없었다.

"제모용 핀셋으로 가시를 빼내면 어떨까?"

*

매트는 청바지와 스웨터를 입고 밖으로 나왔다. 선인장 가시를 빼낸 그는 홀가분한 기분으로 엘리엇이 기다리고 있는 테이블 앞 의자에 앉았다.

매트가 커피를 한 잔 따라 마셨다.

"무슨 일이 있었는데 이렇게 급히 달려왔어?"

엘리엇이 짤막하게 말했다.

"그가 다시 나타났어."

"지난번에 보았다는 시간여행자?"

"간밤에는 우리 집에까지 들이닥쳤어."

매트는 커피 맛을 보고 나서 인상을 찡그리며 설탕 두 조각을 더 집어넣었다.

"시간여행자가 무슨 얘기를 했는데?"

"30년 후의 나라고 우기더군."

"그 사람, 증상이 심각하네."

"그가 나에 대해 많은 걸 알고 있었어. 지극히 사적인 비밀들까지."

"그가 사적인 비밀을 들먹이며 널 협박했어?"

"딱히 협박하지는 않았어. 다만 일리나를 보기 위해 왔다고 하더군."

"아무튼 시간여행자를 다시 만날 기회가 있거든 올해 월드 시리즈 경기 결과나 주식시장 최대 히트 상품이 뭔지 물어봐 줘. 그 작자 덕분에 돈이나 왕창 벌어 보게."

매트가 전혀 믿을 수 없다는 표정을 지으며 커피를 한 모금 마셨다.

엘리엇이 화난 표정으로 물었다.

"내 말을 믿지 않지?"

"널 찾아와 성가시게 구는 작자가 있다는 건 알겠는데 그가 미래에서 온 시간여행자라는 건 도저히 믿어지지 않아."

엘리엇이 몽롱한 표정을 지으며 말했다.

"나도 시간여행자가 있다고 생각하지 않지만 그가 마지막으로 사라지는 모습이 불가사의하긴 했어. 너도 봤어야 하는데."

"난 사실 네가 걱정스러워. 우리 둘 중에서 이상한 짓이나 해괴한 농담을 하는 사람은 나였잖아. 넌 언제나 이성과 과학의 대변자였고. 이제 와서 역할을 바꾸려 들지 마."

"왠지 불길한 예감이 들어. 솔직히 그가 무서워. 적어도 내가 잘되길 바라는 사람은 아닌가 봐."

매트가 소파 위에서 굴러다니는 야구 배트를 집어 들며 말했다.

"그가 다시 나타나면 오금을 펴지 못하도록 두들겨 패줘야겠네."

엘리엇이 한숨을 푹 쉬었다.

"그는 우리보다 나이를 서른 살이나 더 먹었어. 야구 배트로 팰 상대는 아니야."

"그가 다시 나타나면 넌 어떻게 할 생각인데?"

엘리엇이 잠시 생각하고 나서 말했다.

"그는 너무나 기상천외한 이야기를 하고 있어. 정신적으로 문제가 있거나 아니면……."

"아니면?"

"진실을 말하고 있다고 봐야겠지."

"내가 보기에는 정신병자일 가능성이 유력해."

"인근 정신병원에 연락해 사라진 환자가 있는지 알아봐야겠어."

"당장 시작해 보자. 그가 실제 인물이라면 반드시 찾아낼 수 있을 거야."

매트가 수화기를 집어 들었다.

엘리엇은 책장 유리문을 열고 전화번호부를 찾아냈다. 책장에는 걸출한 문학작품들 대신 《플레이보이》지와 포도 재배에 관한 책 몇 권이 꽂혀있었다.

"넌 여자와 포도 말고 관심 있는 분야가 뭐야?"

매트가 어깨를 으쓱하며 대답했다.

"난 그 두 가지만으로도 충분해."

두 사람은 캘리포니아에 소재한 정신질환자 보호시설에 전화를 걸어 최근에 의사 진단서 없이 병원을 탈출한 환자가 있는지 알아보았다. 몇 년 전부터 캘리포니아의 정신질환자 보호시설은 주정부로부터 상태가 경미한 환자는 내보내라는 권유를 받아왔다. 캘리포니아 주지사인 로널드 레이건이 관련 예산안 감축을 결정했기 때문이다. 그는 대통령이 되면 정신질환자 보호시설에 대한 보다 광범위한 예산

감축을 단행하겠다고 발표했다.

한 시간 동안 전화를 걸어 봤지만 전혀 실마리를 찾아내지 못했다.

매트가 수화기를 내려놓으며 씩씩거렸다.

"그 작자, 혹시 투명인간 아니야?"

"이제 그만두자. 사실 내가 원하는 건 증거 확보야."

"무슨 증거?"

"그가 내가 아니라는 증거."

"넌 요즘 현실감을 잃었어. 내 건강을 담당하는 의사가 네가 아니었으면 하는 생각이 들 지경이야. 휴가를 내고 일리나와 하와이에 가서 일주일쯤 쉬다 오는 건 어때? 바닷가에서 살도 좀 태우고, 쉬다 보면 머릿속이 차분히 정리될 거야."

매트는 소파에 앉아 텔레비전을 켰다. 〈형사 콜롬보〉가 나오고 있었다. 어수룩해 보이는 콜롬보 형사가 사이사이 부인 이야기를 섞어 가면서 범인이 얽히고설킨 자기모순에 빠져 옴짝달싹 못 하게 만들고 있었다.

매트가 하품을 하며 말했다.

"그 시간여행자가 두고 간 물건은 없어? 물건에 남은 그의 지문을 분석해 보면 미래의 너인지 증명할 수 있잖아."

그 순간 엘리엇이 매트의 어깨를 꽉 잡았다.

"매트, 넌 역시 천재야."

"그런 물건이 있긴 해?"

"그가 담배를 피우고 나서 지포라이터를 우리 집 테라스에 있는 테이블에 놔두고 갔어."

엘리엇이 잔뜩 흥분한 얼굴로 재킷과 열쇠 꾸러미를 집어 들었다.

"집에 가 봐야겠어."

매트도 따라나섰다.

"나도 같이 가. 궁금하니까. 이제 이야기가 제법 흥미진진해지고 있잖아."

두 사람은 집 밖으로 나와 나무 계단을 올라갔다.

차를 세워둔 장소에 도착해 보니 매트의 쉐보레 콜벳 유리에 티파니가 립스틱으로 쓴 큼지막한 글씨가 적혀있었다.

Bastard*

엘리엇이 놀란 얼굴로 한마디 했다.

"그 여자 친구, 성격이 화끈하네."

"친절하게 명함을 남기고 갔네. 내게서 도저히 거부할 수 없는 매력을 발견했다는 뜻이지."

매트가 희색이 만면한 얼굴로 와이퍼에 끼워져 있는 명함을 **빼냈**다. 그가 립스틱 글씨를 문질러 닦고 있는 동안 엘리엇은 강아지를 데려오려고 비틀로 갔다.

매트가 강아지를 안고 돌아오는 엘리엇을 보고 눈을 동그랗게 떴다.

"언제부터 강아지를 키웠어? 동물들과는 그리 친하지 않았잖아?"

* Bastard 나쁜 자식

"아주 특별한 강아지야."

매트가 운전석에 앉아 안전벨트를 매며 물었다.

"뭐가 특별한데? 강아지가 운전을 해?"

"말도 해."

"정말?"

"어서 출발해. 강아지가 네 운전 솜씨가 마음에 들면 〈라 마르세예즈(La Marseillaise)〉*를 불러줄지도 모르니까."

매트가 속도를 높였고, 쉐보레 콜벳이 힘껏 달리기 시작했다. 엘리엇은 이제 노인을 꼼짝 못 하게 만들어 줄 증거를 확보한 만큼 더는 두려울 게 없었다. 경찰 지인에게 부탁해 지문 검사를 해 보면 진실이 밝혀지게 될 테니까.

"매트, 넌 왜 꼭 그렇게 터프한 여자를 좋아해?"

"그 여자 가슴을 봐. 내가 좋아하지 않게 생겼나."

"가슴 사이즈가 여자를 선택하는 기준이야?"

"내게는 매우 중요한 기준이야."

"우리 나이도 이제 서른인데 외모에 집착하는 단계는 벗어나야지."

"내겐 아직 여자의 외모가 무엇보다 중요해."

"외모도 중요하지만 그다음도 있어야지."

"그다음이라니?"

"매력적인 여자라면 적어도 대화 상대로 부족하지 않은 지식이나 교양을 갖추고 있어야지."

---

* 라 마르세예즈 프랑스 국가

매트가 어깨를 으쓱했다.

"노벨상 수상자랑 데이트해 봐야 골치만 아프지 과연 좋은 점이 있을까?"

"잠깐! 우리 집으로 가는 갈림길을 지나쳤잖아."

"난 더 가까운 지름길을 알고 있어."

매트는 여자를 선택하는 기준은 사람마다 다른데 자꾸만 자신의 방식을 앞세우는 엘리엇에게 화가 나있었다. 그는 몇 킬로미터나 돌아가 평소보다 10분이 더 걸려 마리나에 도착했다.

엘리엇은 차가 멈춰서기 무섭게 집 안으로 달려 들어갔다. 성큼성큼 계단을 뛰어 올라간 그는 테라스의 테이블 가장자리에 놓여있는 지포라이터를 발견하고 반색했다.

뒤따라온 매트가 바닥에 뒤덮여 있는 유리 파편을 보며 말했다.

"무슨 일이 있었던 거야? 킹콩하고 한 판 붙었어?"

"그 얘긴 나중에 할게. 일단 전화 한 통만 하고."

"지금은 새벽 2시야. 정상적인 사람이라면 대부분 잠들어 있다고 봐야 해."

"난 경찰본부에 전화할 생각이야."

엘리엇은 경찰본부에 전화를 걸어 맬든 형사를 바꿔달라고 했다. 곧이어 맬든 형사가 전화를 받았다.

"안녕하세요, 엘리엇 쿠퍼입니다. 맬든 형사님의 도움이 필요해 전화했습니다. 혹시 업무에 방해가 되지는 않았나요?"

"내가 자네 집으로 갈 테니까 기다리고 있어."

두 사람은 맬든 형사가 도착하길 기다리는 동안 다시 테라스로 올라왔다.

"너랑 친한 형사가 있다는 걸 처음 알았어. 어떤 인연으로 알게 된 형사야?"

엘리엇이 맬든 형사와 알고 지낸 계기를 설명했다.

"엄마가 스스로 목숨을 끊었을 당시 담당 형사였는데 나를 많이 도와주었어. 그 이후로도 줄곧 연락하며 지냈지."

그들은 시간여행자가 남기고 간 지포라이터를 유심히 관찰했다. 은빛 바탕에 반짝이는 작은 별들이 박혀있고, '밀레니엄 에디션'이라는 글자가 새겨져 있었다.

매트가 라이터를 좀 더 가까이에서 들여다보기 위해 무릎을 꿇고 앉았다.

"'밀레니엄 에디션'이라는 글자를 보면 뭔가 기념하기 위해 한정판으로 제작한 라이터 같아."

얼마 후 경찰차가 집 앞에 도착했다. 엘리엇은 반가운 표정으로 맬든 형사를 맞았다. 험프리 보가트를 빼닮은 맬든 형사는 트렌치코트 차림에 펠트 모자를 쓰고 있었고, 어깨가 권투선수처럼 떡 벌어진 사람이었다. 그는 최말단부터 경찰 생활을 시작해 현장에서 풍부한 경력을 쌓았고, 40년 가까이 샌프란시스코 거리를 누비고 다녀 골목 구석구석까지 속속들이 꿰고 있었다.

맬든 형사가 동행한 젊은 남자를 소개했다.

"이 친구는 더글러스 형사야. 경찰학교에서 범죄학을 전공한 유능한 형사지."

더글러스는 명품 양복에 머리를 가지런히 빗어 넘긴 데다 새벽 2시인데도 넥타이 매듭이 한 치도 흐트러지지 않은 차림새였다.

맬든 형사가 테라스에 흩어져 있는 유리 파편을 가리키며 물었다.

"이 늦은 시간에 창문으로 미사일이라도 날아들었나?"

더글러스 형사는 수첩과 볼펜을 꺼내 들고 뭔가 열심히 적고 있었다. 그가 본격적인 정보 수집에 나섰다.

"집에 도둑이나 강도가 들었습니까?"

엘리엇이 대답했다.

"그런 건 아니지만 알아볼 게 있어서 맬든 형사님을 보자고 했습니다."

더글러스 형사가 약간 짜증 섞인 목소리로 말했다.

"신고는 하신 건가요? 고발 사건이 아니면 우린 협조가 불가합니다."

맬든 형사가 더글러스를 제지하고 나섰다.

"자네는 일단 빠져 있어!"

엘리엇이 눈짓을 보내 맬든 형사와 주방에서 단둘이 이야기를 나눌 수 있는 자리를 마련했다.

"무슨 일이 있었는데 그래?"

엘리엇이 커피를 내리는 동안 맬든 형사의 머릿속에서 그들이 처음 만났을 때의 기억이 떠올랐다. 어느새 20년 정도 지났는데 어제 일처럼 기억이 생생했다.

　비가 주룩주룩 내리던 어느 날 저녁, 맬든 형사는 한 여성이 다운 타운의 고층 건물에서 투신했다는 연락을 받고 현장으로 달려갔다. 투신한 여성의 시신에서 찾아낸 신분증을 확인한 결과 이름이 로즈 쿠퍼였고, 남편과 아들이 있었다. 맬든 형사에게 여성의 가족에게 사망 소식을 전해주어야 할 책임이 주어졌다.

　그 당시 엘리엇은 열두 살이었다. 맬든 형사가 보기에 엘리엇은 무척이나 똑똑한 아이였지만 얼굴에 수심이 가득해 보였다. 사업가인 아이 아버지는 아내의 사망 소식을 듣고도 그다지 충격을 받은 것 같지 않았다. 맬든 형사는 아이의 두 팔에 선연하게 드러나 있는 상처 자국을 보았다.

　맬든 형사는 아이 아버지가 자주 매질을 하고 있다는 느낌을 받았다. 그는 가정폭력에 시달렸던 어린 시절의 기억이 떠올랐다. 아버지로부터 매일이다시피 허리띠로 매를 맞았다. 그는 엘리엇이 어떤 환경에 놓여있는지 짐작할 수 있었다. 그냥 모르는 척 넘어갈 수도 있는 문제였다. 그 당시만 해도 아버지가 매를 때리는 건 범죄로 인식되지 않았다.

　맬든 형사는 다음 날 엘리엇을 만나러 갔다. 그다음 날에도 찾아갔고, 며칠 동안 연이어 방문했다. 그때마다 엘리엇의 아버지를 만나 어떤 일이 벌어지고 있는지 알고 있고, 아이에게 계속 매질을 가할 경우 검찰에 기소하겠다고 일침을 가했다.

　맬든 형사는 이후로도 엘리엇을 관심 있게 지켜보았다. 그는 경찰이 범죄자를 체포하는 데 그치지 않고, 시민들의 생활 가까이 다가가 범죄를 예방해야 한다는 생각을 갖고 있었다.

맬든 형사는 엘리엇이 건넨 커피를 받아 들었다.

"엄마가 스스로 목숨을 끊었을 때 맬든 형사님은 언제든 필요하면 도움을 요청해도 된다고 하셨죠. 그 말이 저에게 얼마나 큰 힘이 되었는지 몰라요."

"그 약속은 지금도 변함없어."

"맬든 형사님의 도움이 필요한 일이 있습니다. 다만 제가 당장 납득할 수 있는 이유를 대지 못한다고 하더라도 저를 믿어주실 수 있어야만 합니다."

"무슨 뜻인지 알았으니까 어서 말해 봐."

"어떤 인물의 지문 조회를 해주실 수 있습니까?"

"지문 조회는 내 마음대로 할 수 없어. 원칙적으로 지문 조회를 하려면 정식으로 보고를 하고 허가를 받아야 가능하지. 먼저 감식반을 불러 지문을 채취해야 하고, 유전자 분석을 마치려면 적어도 며칠은 걸릴 거야."

"최대한 빨리 지문 조회를 할 수 있는 방법이 없을까요?"

맬든 형사가 한참 동안 생각에 잠겼다. 경찰서에서 그의 위상은 크게 추락하고 있었다. 공식적인 위계질서를 무시하고 제멋대로 수사를 한다고 경찰 수뇌부로부터 지적을 받았다. 맬든 형사는 고위 공직자들의 부정부패 관련 수사를 강도 높게 진행해 여러 사람의 옷을 벗게 만들었다. 경찰 내부의 부정부패도 그냥 넘어가지 않고 끈질기게 파고들었다. 결국 부정 수뢰를 한 경찰들이 줄줄이 기소되었다.

맬든 형사는 경찰 내부에서 요주의 인물이 되었다. 더글러스를 옆에 붙여놓은 것도 사실상 그의 일거수일투족을 철저하게 감시하기 위해서였다. 맬든 형사는 어느 때보다 신중하게 행동할 필요가 있었지만 그는 무엇보다 신의를 중시하는 사람이었다.

맬든 형사가 조심스럽게 말했다.

"공식적인 방법 말고 지문 검사를 할 수 있는 방법이 있긴 하지."

"어떤 방법인데요?"

"규정에 위배되지만 신뢰할 수 있는 방법이야. 내가 어떤 방법인지 당장 보여줄게."

맬든 형사는 더글러스 형사에게 슈퍼 글루라는 튜브형 접착제를 사 오라고 지시했다.

더글러스 형사가 못마땅한 얼굴로 투덜거렸다.

"맬든 형사님, 새벽 2시에 어디에서 접착제를 사 오라는 겁니까?"

맬든 형사는 24시간 영업하는 카메라 전문점의 주소를 알려주며 코닥 제품인 접착제를 구해오면 된다고 했다.

더글러스 형사가 접착제를 사러 나간 사이 맬든 형사는 라이터를 유심히 들여다보았다.

"라이터에 손을 대지는 않았지? 만약 손을 댔다면 지문 채취는 물 건너간 거야."

매트가 장난삼아 말했다.

"우리도 〈스타스키와 허치〉*를 열심히 보고 있습니다."

맬든 형사가 엘리엇에게 말했다.

"종이상자가 하나 필요해."

"크기는 어느 정도여야 하죠?"

"신발 한 켤레를 담을 수 있는 정도면 적당해."

엘리엇이 스탠스미스 신발 한 켤레가 들어있는 종이상자를 가져왔다. 그 사이 맬든 형사는 테라스의 테이블 위에 놓인 작은 램프를 집어 들었다. 그는 램프의 갓을 벗긴 다음 그대로 켜져 있는 전구를 만져 보며 어느 정도 열이 나는지 체크했다.

얼마 후 더글러스 형사가 접착제를 구입해 왔다. 더글러스 형사는 처음 맬든을 만났을 때에는 그를 한물간 형사로 생각했다. 그러나 팀을 이루어 같이 다니는 시간이 길어지면서 맬든 형사가 기발한 수사기법을 많이 알고 있다는 걸 인정하지 않을 수 없었다. 경찰학교에서 3년 동안 배운 기술보다 맬든 형사와 몇 달 동안 함께 다니며 배운 게 훨씬 많았다.

맬든 형사가 자신 있게 말했다.

"이제 모든 준비물이 갖추어졌어. 앞으로 제법 신기한 장면이 펼쳐질 테니까 다들 잘 봐둬."

매트가 믿기 힘들어 하는 표정으로 말했다.

"종이상자와 접착제를 이용해 어떻게 지문을 채취한다는 겁니까?"

"〈스타스키와 허치〉에는 나오지 않는 방법이지."

*스타스키와 허치 형사들이 주인공인 미국의 인기 드라마

맬든 형사가 매트에게 방금 전에 비운 콜라 캔을 달라고 했다. 그는 주머니에서 만능 칼을 꺼내 알루미늄 캔 밑바닥을 잘라냈다. 그는 콜라 캔을 이용해 만든 용기에 접착제를 부은 다음 라이터 옆에 내려놓았다. 그 다음에는 스탠드를 들고 전구의 산열(散熱)을 이용해 접착제를 녹였다. 순식간에 역겨운 연기가 피어올랐다.

종이상자를 덮은 맬든 형사는 흡족한 표정을 지으며 사람들을 향해 돌아섰다. 그가 입가에 흐뭇한 미소를 지으며 말했다.

"이제 몇 분만 더 기다리면 놀라운 일이 벌어질 거야."

매트는 점점 더 뭐가 뭔지 알 수 없었다.

"어떻게 한 겁니까?"

맬든 형사가 눈을 종이상자에 고정시키고 설명을 시작했다.

"이 슈퍼 글루의 화학명은 시아노아크릴레이트야."

매트가 또다시 끼어들었다.

"맬든 형사님은 정말 박식하시네요."

맬든 형사가 더 이상 말을 끊지 말라는 뜻으로 매트에게 눈짓을 보냈다.

"지문에는 사람의 땀 성분이 포함되어 있어. 땀을 구성하고 있는 아미노산과 지질(脂質) 성분이 열 때문에 시아노아크릴레이트 연기를 끌어당기게 되지."

엘리엇은 비로소 무슨 말인지 이해할 수 있을 듯했다.

"그 결과 중합반응이 일어나게 되는 것이군요."

더글러스 형사가 도무지 이해가 되지 않는다는 듯이 물었다.

"중합반응이 뭔데요?"

"슈퍼 글루의 연기가 육안으로는 보이지 않는 지문 위에 침착하게 되면 일종의 보호막을 형성하게 되는데, 그 과정을 통해 지문이 드러나게 하는 한편 보존하는 작용을 하게 되는 거야. 방금 내가 설명한 일련의 과정이 중합반응을 통해 이루어지는 거야."

매트와 더글러스 형사는 의아한 눈길로 맬든 형사를 쳐다보았다. 그들은 몇 년 후 지문 채취 작업을 혁명적으로 개선시킬 선구적인 실험을 지켜보고 있는 중이었다.

엘리엇은 결과가 궁금해 종이상자에서 눈을 떼지 않았다.

맬든 형사가 시간이 충분히 지났다는 판단 아래 종이상자의 뚜껑을 열었다. 라이터의 세 군데에 딱딱한 침전물이 하얗게 새겨져 있었다. 틀림없는 지문의 흔적이었다.

맬든 형사가 몸을 숙여 지문을 살피며 말했다.

"라이터의 한쪽 면에 선명하게 찍힌 지문은 엄지고, 다른 쪽 지문은 검지와 중지의 끝부분으로 보여."

맬든 형사는 손수건으로 조심스럽게 증거품을 싼 뒤 트렌치코트 주머니에 집어넣었다.

맬든 형사가 엘리엇에게 말했다.

"이제 이 지문을 경찰 데이터에 있는 지문들과 대조하면 되지?"

엘리엇이 요구사항을 말했다.

"이 지문을 저의 지문과 대조해 주셨으면 합니다."

그런 다음 주머니에서 만년필을 꺼내 테이블에 잉크를 조금 쏟아놓고 손가락마다 잉크를 축축하게 묻힌 다음 수첩의 깨끗한 페이지를 찾아 지문을 찍었다.

맬든 형사가 종이를 들고 엘리엇을 빤히 쳐다보았다.

"아직 정확한 이유를 모르겠지만 자네 부탁대로 지문 분석을 해줄게. 난 자네를 믿으니까."

엘리엇이 감사의 뜻으로 말없이 고개를 숙였다.

옆에서 지켜보던 매트가 물었다.

"지문을 대조하려면 시간이 많이 걸릴까요?"

"지문 채취 상태가 좋으니까 그리 오래 걸리지 않을 거야."

엘리엇이 두 형사를 현관까지 배웅했다. 더글러스 형사가 차를 가지러 가 자리를 비운 사이 맬든 형사가 말했다.

"지문 대조가 끝나는 대로 결과를 알려줄게."

그런 다음 잠시 주저하다가 물었다.

"자네 아직 일리나를 만나고 있지?"

엘리엇이 맬든 형사의 갑작스러운 질문에 약간 당혹해하며 대답했다.

"네, 만나고 있어요."

"누군가를 가슴 속에 들이면 영원히 머무르게 되지."

엘리엇은 차를 타고 멀어져가는 맬든 형사를 안타까운 눈길로 바라보았다. 맬든 형사는 몇 년 전부터 알츠하이머를 앓고 있는 아내를 간병해 오고 있었다. 그의 간병이 무색하게 부인의 알츠하이머는 점점 심해지고 있었다.

새벽 3시가 넘었는데 엘리엇은 전혀 잠이 오지 않았다. 매트를 집에 데려다주고 차를 직접 운전해 돌아오는 길이었다. 그는 기름을 넣기 위해 마켓 스트리트에 있는 주유소로 들어갔다. 엘리엇이 주유를 하고 있을 때 이가 몽땅 빠진 여자 하나가 그를 큰 소리로 불렀다. 그 여자는 온갖 잡동사니와 넝마가 가득 든 카트를 밀고 있었는데, 언뜻 보기에 마약을 했거나 술에 취한 듯했다. 여자가 그를 향해 욕설을 퍼부었지만 그다지 기분이 나쁘지 않았다.

엘리엇은 한 달에 두 번씩 빈곤층을 대상으로 하는 시정부 산하 무료 진료센터에서 봉사를 해오고 있었다. 샌프란시스코는 여행 안내 책자나 영화에서 보면 그저 그림처럼 아름다운 도시일 뿐이지만 상당수의 극빈층이 존재했다.

샌프란시스코는 히피와 해방의 상징으로 기억되는 도시였다. 샌프란시스코의 명성은 10년 전 재니스 조플린과 지미 헨드릭스의 뒤를 따라 수백 명의 플라워 칠드런(Flower Children)*이 헤이트 애시베리의 빅토리아풍 주택들에 정착하게 되면서 절정기를 누렸다. 하지만 사랑의 여름(Summer Of Love)**은 이제 먼 옛날의 이야기가 되었다.

요즘은 히피들의 움직임도 점차 시들해지고 있었다. 재니스 조플린과 지미 헨드릭스는 겨우 스물일곱의 나이에 세상을 떠났다. 지미

---

* **플라워 칠드런** 히피를 일컫는 또 다른 표현
** **사랑의 여름** 전 세계 수천 명의 젊은이들이 모여들어 히피 문화의 중심지를 이룬 샌프란시스코 헤이트 애시베리의 1967년 여름을 가리킴

헨드릭스는 수면제를 과다 복용해 토사물에 코를 박고 질식사했고, 진주라는 애칭으로 불린 재니스 조플린은 헤로인 과다 복용으로 죽음을 맞았다.

자유연애와 공동체적인 삶을 주장하고 실천해 보인 히피 문화는 점차 대중들의 관심권에서 멀어지고 있었다. 특히 히피가 퍼뜨린 마약은 세상에 엄청난 해악을 끼쳤다. 정신을 깨우고, 인간을 구속으로부터 자유롭게 한다는 LSD, 메테드린, 헤로인은 결국 사람들을 서서히 죽음으로 내몰고 있었다.

엘리엇은 시에서 운영하는 무료 진료센터에서 마약을 흡입해 끔찍한 부작용을 겪고 있는 환자들을 많이 접했다. 약물 과다복용, 주사기를 통해 감염되는 간염, 폐렴, 디페너스트레이션(Defenestration)[*]이라는 비극적 종말로 끝나는 환각상태의 말로는 처참했다.

차에 휘발유를 가득 채운 엘리엇은 노인과의 만남을 떠올리며 도시를 가로질러 달렸다. 매트와 헤어지고 나니 다시 무력감이 엄습해 왔다. 노신사의 말은 모두 분명한 사실이었다. 아버지에게 매일이다시피 구타를 당했고, 엄마가 스스로 목숨을 끊었을 때 느꼈던 죄의식도 틀림없었다.

'왜, 일리나에게 내 불행한 가족사에 대해 털어놓지 않았을까? 사랑하는 여자 앞에서 어두운 가족사를 굳이 비밀로 묻어두고자 했던 이유는 무엇일까? 심지어 매트에게도 비밀로 하지 않았던가?'

엘리엇은 가장 절친한 친구인 매트에게도 가족사의 진실을 말한

*디페너스트레이션 창밖으로 사람을 내던지거나 밀어내 죽음에 이르게 하는 행위

적이 없었다. 억지로 숨기려고 했던 건 아니지만 굳이 이야기해 주지 않고 넘어가는 방식을 택했다. 우리의 생에서 사랑이나 우정이 삶의 버팀목이 되어주는 건 분명한 사실이지만 누구에게나 혼자 극복해 나가야 할 내밀한 문제가 있게 마련이었다. 엘리엇에게 가족사는 가능한 한 꼭꼭 숨겨두고 싶은 문제였다.

*

맬든 형사는 샌프란시스코 경찰본부의 개인 사무실에서 분주히 움직이고 있었다. 몇 분 전에는 근무 시간을 사적인 일에 썼다며 따지고 드는 더글러스 형사와 언쟁을 벌였다. 더글러스 형사는 엘리엇이 부탁한 지문 조회 문제를 사적인 일로 치부했다. 승진에 집착하는 더글러스 형사는 이제 상관이 은퇴하기를 노골적으로 바라고 있었다.

맬든 형사는 그가 훌륭한 경찰이 될 수 있는 자질을 갖추고 있지만 일을 하는 방식은 크게 잘못되었다고 생각했다. 맬든 형사는 젊은 시절에 단 한 번도 동료를 밟고 올라가 성공하겠다는 생각을 품은 적이 없었다. 물론 젊은 세대에게 나이 먹은 사람의 가치관을 그대로 따르라고 요구하는 건 무리였다. 얼마 전 로널드 레이건 주지사가 텔레비전에 나와 젊은이들에게 좀 더 큰 야망을 품고 보다 주도적으로 인생을 살아야 한다고 강조했듯이.

맬든 형사는 머그잔에 남은 커피를 마저 마셨다. 경찰 수뇌부들이 옷을 벗으라고 종용한다고 해도 두려울 게 없었다. 병상에서 신음하는 리자의 곁을 더 오래도록 지킬 수 있을 테니까 차라리 더 좋을 수도 있었다. 어차피 정년도 얼마 남지 않았다. 일이 어찌 되든 엘리엇의 부탁만큼은 차질 없이 들어주고 싶었다.

맬든 형사는 라이터에서 채취한 지문들 위에 형광 염료를 칠하기 시작했다. 이제 사진을 여러 장 찍어 현상한 뒤 확대하기만 하면 본격적으로 지문 분석이 가능할 것이다.

*

엘리엇은 마리나로 돌아가기 전에 편의점 앞에 차를 세웠다. 그는 편의점에서 담배와 강아지에게 줄 사료용 비스킷 한 상자를 구입했다.

엘리엇이 현관문을 열고 집 안으로 들어섰다. 테라스 문턱을 넘기 무섭게 달려 나온 강아지가 이상한 방문객에게 했듯이 그의 손가락 끝을 핥아댔다.

"배고팠지? 어서 식사하자."

엘리엇이 강아지 전용 그릇에 비스킷을 부어 주었다. 강아지에게 위안을 받고 있다는 사실이 새삼 놀라웠다. 엘리엇은 한참 동안 강아지를 바라보다가 유리 파편을 쓰레기 봉지에 담아 버린 다음 담배를 피워 물었다. 눈은 허공을 향해 있었지만 머릿속은 어린 시절의 기억 속을 헤매 다니기 시작했다.

'지문 분석 결과가 어떻게 나올지 궁금하네.'

조마조마한 마음이 들면서 자기도 모르게 자꾸 전화기 쪽으로 눈이 갔다. 지문 결과가 궁금해 가슴이 두근거렸다. 마치 암 진단 검사 결과를 기다리는 심정이었다.

*

더글러스 형사는 타이핑한 보고서를 찢어버렸다. 그는 자리에서 일어나 형사들이 휴게실로 사용하는 아래층으로 내려갔다. 경찰서는 놀라울 정도로 조용했다. 커피를 두 잔 탄 그는 4층으로 올라가 맬든 형사의 사무실 문을 노크했다. 맬든 형사가 뭐라고 웅얼거리는 목소리가 들려왔고, 그는 들어오라는 뜻으로 판단하고 문을 열었다.

더글러스 형사가 머리를 빠끔 들이밀며 물었다.

"제가 도울 일이라도 있습니까?"

"도울 마음이 있을 줄은 모르지만 일단 들어와."

맬든 형사의 심기는 그다지 좋아 보이지 않았다.

더글러스 형사는 그에게 커피를 내밀며 사무실 안을 둘러보았다. 사무실 벽에 압정으로 꽂아둔 열 장의 사진이 시선을 끌었다. 형사들은 지문을 '속이지도 거짓 진술도 하지 않는 정직한 제보자'라 여겼다. 끝을 맞대어 붙여놓아 카펫처럼 넓게 펼쳐진 지문 사진들은 마치 거대한 지도처럼 보였다. 부드러운 선, 분기점, 뾰족하게 솟아올라온 부분, 작은 섬 같은 선들이 서로 어우러져 무한한 가능성의 세계를 열어놓은 듯했다.

지문이라는 예술작품은 자궁 속에 있을 때부터 형성된다. 엄마의 배 속에 있는 태아는 갖가지 사소한 스트레스를 받게 되고, 그런 상황들이 계속 이어지다 보면 손가락의 연한 살가죽이 파이게 된다. 이 모든 과정이 임신 6개월까지 일어나고, 그 후 이 미세한 선들이 고정되면서 죽을 때까지 변하지 않게 된다.

더글러스는 경찰학교에서 손가락마다 대략 150가지 특성이 있다고 배웠다. 지문이 동일한지 판단하려면 작은 특성들이 일치하는지 알아보면 된다. 동일한 지문으로 인정되려면 적어도 공통점이 열두 가지 이상이어야만 했다.

"그럼 지문 분석을 시작해 볼까요?"

더글러스 형사가 상관에게 말했다. 그는 예리한 눈의 소유자였다. 맬든 형사의 인내심은 어느 누구에게도 뒤지지 않았다. 두 사람은 몇 시간 전에 쌓인 감정의 앙금을 모두 털어버리고 하나의 팀을 이루어 지문을 분석하기 시작했다.

*

엘리엇은 잠시 눈을 붙이고 일어나 샤워를 했다. 그는 병원으로 출근하기 위해 집을 나섰다. 몇 시간 만에 날씨는 아주 딴판으로 변해 있었다. 간밤에는 더없이 맑았던 하늘에 먹구름이 몰려와 있었고, 초겨울의 스산한 비를 뿌리고 있었다.

엘리엇은 뉴스를 듣기 위해 라디오를 켰다. 중국에서 발생한 지진,

아르헨티나 정부의 시위대 무력 진압, 프랑스 해상에 발생한 기름띠, 인종차별 정책으로 유명한 남아프리카공화국의 소웨토에서 발생한 학살 사건 소식이 이어졌다.

휴스턴에서는 집에 바리케이드를 친 미치광이가 사람들을 향해 총을 난사한 사건이 발생했다. 온통 암울한 뉴스 일색이었다. 대통령 선거 캠페인이 절정으로 치닫고 있었고, 유권자들은 지미 카터와 제럴드 R. 포드 가운데 누구에게 미국의 운명을 맡길지 고민하고 있었다.

암울한 뉴스에 환멸을 느낀 엘리엇은 채널을 돌렸고, 비틀스의 〈렛잇 비(Let It Be)〉를 들으며 병원으로 향했다.

엘리엇이 막 병원 로비로 들어설 때 경비원이 그를 불러 세웠다.

"선생님, 전화 왔습니다!"

엘리엇이 수화기를 받아 들었다.

맬든 형사가 말했다.

"지문 분석 결과가 나왔어."

엘리엇이 숨을 크게 들이쉬었다.

"어떻게 나왔죠?"

"동일한 지문으로 판명되었어."

엘리엇은 잠시 충격에서 벗어나지 못해 멍하니 서있었다.

"지문 분석 결과는 충분히 믿을 만합니까?"

"여러 번 확인했으니 오류일 확률은 없어."

엘리엇은 여전히 그 사실을 받아들일 준비가 되어있지 않았다.

"각기 다른 사람이 동일한 지문을 가지고 있을 확률은 얼마나 됩니까?"

"수천억 분의 일도 안 되지. 일란성 쌍둥이도 지문은 다르니까."

잠시 엘리엇의 말이 없자 맬든 형사가 검사 결과를 보다 분명하게 각인시켰다.

"자네가 고심하는 문제가 뭔지 모르지만 라이터에서 채취한 지문과 자네의 지문은 의심할 여지없이 같아."

7

살고, 괴로워하고, 속고, 위험에 처하고, 주고, 잃고 하면서 나는 죽음을 밀쳐낸다.
-아나이스 닌

2006년 9월

엘리엇의 나이 예순

유리벽을 통과한 햇살이 벽면을 훑고 들어와 캘리포니아산 호두나무로 깐 마루에 부서졌다. 낡은 리바이스 청바지와 케이블 스웨터를 입은 엘리엇이 주방으로 이어지는 금속 계단을 내려왔다. 모처럼 쉬는 날이어서 여유 있게 아침식사를 즐길 생각이었다. 샤워를 하고 면도까지 하고 나자 비로소 활력이 느껴졌다. 오늘 아침은 폐암이 그를 괴롭히지 않았다. 마치 지난밤 겪은 기막힌 사건 때문에 죽음의 유령이 멀찍이 물러나기라도 한 것 같았다.

엘리엇은 오렌지주스 한 잔과 뮤즐리 한 그릇을 들고 정원으로 나갔다. 다시 눈부신 하루가 시작되고 있었다. 지난밤 시간여행의 잔영이 아직도 머릿속을 수놓고 있었지만 당혹감보다는 기대감이 더 크게 느껴졌다. 그는 여전히 알약에 어떤 성분이 포함되어 있는지 알지 못했다. 다만 효과만큼은 탁월하다는 걸 인정하지 않을 수 없었다. 어젯밤 두 번째 시간여행을 다녀온 후로 중요한 사실을 깨닫게 되었다. 시간여행을 할 때마다 매번 일정한 원칙이 적용된다는 것이었다.

첫 번째 원칙은 현재 시점으로부터 딱 30년 전 바로 그날로 되돌아간다는 것이었다. 처음 여행 때 그는 공항 전광판에서 날짜를 확인했고, 어제 여행에서는 테라스의 테이블에 놓인 신문을 보고 날짜를 확인할 수 있었다.

두 번째 원칙은 여행을 할 때마다 입고 있던 옷 그대로 되돌아간다는 것이었다. 그렇다면 현재의 물건을 과거의 세계로 가져갈 수도 있는 게 분명했다. 과거의 물건을 현재로 가지고 돌아올 수도 있었다. 피 묻은 휴지가 확실한 증거였다.

다만 아직도 풀리지 않는 수수께끼가 있었다. 과거에 머무는 시간이 매우 짧다는 것이었다. 기껏해야 20분 정도만 머물 수 있었다. 젊은 엘리엇과 몇 마디 이야기를 나누다 보면 몸에 경련이 일면서 미래로 돌아갈 시간이라는 걸 깨닫게 해주었다.

일정한 원칙 뒤에 감추어진 내재적 논리를 모두 발견하기에는 아직 너무 이르다고 할 수 있었다. 어찌 되었든 한 가지만은 분명했다. 금빛 알약을 먹으면 시간의 장벽을 통과할 수 있다는 것이었다.

엘리엇은 실내로 들어와 컴퓨터 모니터 앞에 앉았다. 그는 외과의
사였지만 잠과 꿈의 세계에 대해서는 아는 게 없었다. 인터넷에 접속
한 그는 웹 의학 백과사전을 클릭했다.

수면은 몇 가지 단계로 구성되어 있는데, 각 단계가 연속적으로 반복
되면서 일어난다.

'그래, 맞아, 이건 기억난다. 또 뭐가 있더라?'

얕은 수면은 서파수면 단계에 해당하고, 깊은 수면은 역설수면 단계
에 해당한다.

'역설수면? 어디서 많이 들어 본 것 같은데……'

역설수면은 뇌 활동이 가장 활발한 반면 목에서 발에 이르는 몸의 근
육은 전체적으로 이완되어 무기력한 상태에 놓이게 되는 수면 단계를
지칭한다.

'좋아, 그런데 꿈이 이것들과 무슨 상관이지?'

사람이 살면서 수면으로 보내는 시간은 평균 25년에 해당하고, 그중
꿈을 꾸는 시간은 평균 10년 정도이다. 대개 10만 번에서 50만 번 정

도의 꿈을 꾸는 셈이다.

엘리엇은 마지막 숫자를 쳐다보며 생각에 잠겼다. 그러니까 인간은 살아가는 동안 무수히 많은 꿈을 꾼다는 뜻이었다. 환상적인 동시에 불안감을 느끼게 하는 자료였다. 그는 이제 감이 잡힌다는 생각을 하며 담배를 한 대 피운 뒤 계속 자료를 읽어내려 갔다.

역설수면의 순간은 대략 90분마다 한 번씩 찾아오고, 15분 정도 지속된다. 이 단계에서 가장 격렬한 꿈을 꾸게 된다.

엘리엇은 자료와 자신의 경험이 정확하게 일치한다는 사실을 발견하고 놀라움을 금할 수 없었다. 전날 밤, 그는 밤 10시경에 잠이 들었고, 30년 전 밤 11시 30분경으로 돌아가 있었다. 그러니까 여행에 걸린 시간은 정확하게 90분이었다. 역설수면의 첫 번째 단계에 도달하는 데 소요되는 시간과 똑같은 시간이 경과한 것이다.

자, 그러니까 역설수면 단계에서 두뇌 활동이 활발하게 일어날 때 알약에 들어있는 성분이 그를 과거로 돌아가게 만드는 것이다. 물론 과학적으로 따지자면 황당한 이야기였다. 하지만 그가 실제로 경험한 사실이었고, 이제는 믿을 수밖에 없었다.

엘리엇은 마우스를 클릭하며 계속 꿈에 대해 연구한 자료들을 검색했다. 과학은 인간이 '어떻게' 꿈을 꾸는지에 대해서는 밝혀냈지만 '왜' 꿈을 꾸는지에 대해서는 아직 밝혀내지 못했다는 사실을 알게 되었다. 그렇다면 꿈은 여전히 수수께끼 같은 신비로 남아있는 셈이었다. 인체의 모든 기관과 뇌에 입력되어 있는 일정한 활동들처럼 꿈에도 어떤 기능과 목적이 숨겨져 있는 게 분명한데 과학은 아직 그것을 찾아내지 못한 것이다.

'꿈에는 도대체 어떤 기능과 목적이 숨겨져 있을까?'

이 질문에 과학적인 해답을 제시한 사람은 아직까지 전무했다. 물론 고대 이집트에까지 거슬러 올라가는 꿈의 해석이 있긴 했다. 고대 이집트 사람들은 꿈을 신이나 불가시(不可視)의 세계에서 보내오는 일종의 신호로 보았다. 그러나 그런 신비주의적 관점을 곧이곧대로 믿을 수는 없었다.

엘리엇이 꿈에 대한 다양한 학설을 떠올리고 있는데 갑자기 전화벨이 울렸다. 병원 검사실 책임자인 새뮤얼 벨로우였다. 그에게 알약을 담은 용기의 바닥에서 긁어낸 찌꺼기의 성분 검사를 의뢰해 놓았던 게 기억났다.

"선생님이 부탁하신 분석 결과가 나왔습니다."

1976년

엘리엇의 나이 서른

30년 전 같은 시각, 엘리엇은 레녹스 메디컬센터 휴게실에서 커피를 마시고 있었다. 그는 벌써 수십 번째 맬든 형사가 택배로 보낸 지문 사진을 들여다보고 있었다. 이제는 믿기지 않아도 믿을 수밖에 없었다. 미래의 어느 시점에서 미래의 남자가 시간여행을 통해 잠깐씩 찾아오고 있다는 사실을 믿어야 하는 상황이었다.

미래의 남자가 어떤 방법을 통해 오는지는 또 다른 차원의 문제였다. 그는 공상과학 소설을 즐겨 읽는 편은 아니었지만 대학에 다닐 때 아인슈타인의 상대성 이론에 대해 공부한 적이 있었다. 아인슈타인은 시간여행이 충분히 가능한 일이라고 주장하면서 빛의 속도를 뛰어넘을 수 있어야만 한다는 전제를 달았다. 그러나 그 기이한 방문객이 마치 슈퍼맨처럼 초당 30만 킬로미터의 속도로 날아온다는 가정은 도무지 성립되기 힘들었다.

시간 여행이 어떻게 가능한지에 대한 해답은 다른 곳에서 찾아야 할 것 같았다.

'그렇다면 블랙홀 쪽에서?'

언젠가 텔레비전에서 블랙홀에 대한 다큐멘터리를 본 적이 있었다. 블랙홀에는 공간과 시간을 마음대로 조정할 수 있는 중력장이 존재한다고 했다. 이론적으로는 사람이 블랙홀로 빨려 들어갈 경우 다른 시간에 다시 나타나는 게 가능하다고 했다. 물론 현실적으로 가능한 가설은 아니었다. 만약 사람이 블랙홀로 빨려 들어갈 경우 중력장지대를 통과하는 동안 몸이 갈가리 찢기고 산산조각으로 부서질 테니까. 사람의 몸이 블랙홀에서 견딜 수 있는 가능성은 매우 희박했다.

시간여행이 가능해진다면 SF영화와 소설의 단골 메뉴가 되고 있는 시간의 역설 문제에 대한 해결책이 선결되어야 할 것이다. 만약 시간여행자가 과거로 돌아가 장차 누군가의 아버지와 어머니가 될 사람을 서로 만나지 못하게 한다면 어떤 일이 벌어질까? 만약 누군가를 잉태하기도 전에 부모가 될 사람을 죽인다면? 그렇게 된다면 존재와 비존재의 악순환과 혼란이 반복될 테니까.

누군가 조상을 죽였다. 고로 누군가는 태어나지 않았다. 고로 누군가는 조상을 죽이지 않았다. 고로 누군가는 태어났다. 고로 누군가는 조상을 죽였다. 고로…….

엘리엇은 절로 한숨이 나왔다. 시간여행의 가능성을 인정한다는 건 과학을 부정하는 것이고, 인과관계와 논리적 일관성에도 위배되는 것이 분명했다. 그렇지만 지금 그가 양손에 쥐고 있는 사진들은 바로 시간여행이 가능하다는 증거였다. 최고의 과학적 증거로 인식되는 지문이 갖고 있는 유일무이의 권위를 고려해 볼 때 시간여행은 이제 도저히 부정할 수 없는 현실이었다.

엘리엇은 맬든 형사가 돌려보낸 지포라이터를 만지작거리며 탁탁 불티를 일으켰다. 그러다가 지포라이터 덮개를 닫고 의자에서 벌떡 일어섰다. 가만히 앉아있을 수 없을 만큼 기분이 스산했다. 시간여행자에 대한 두려움이 완전히 가시지는 않았지만 통제권 밖의 세계를 경험하고 있다는 생각은 또 다른 감흥을 불러일으켰다. 지극히 특별한 상황이 벌어지고 있었다. 어떤 결과를 초래할지 전혀 짐작할 수조차 없었고, 대처 방안도 없는 일이었다.

엘리엇은 다시 커피를 한 잔 따른 뒤 도로와 면해 있는 창문을 열었다. 그는 아무도 없었기 때문에 조심조심 담뱃불을 붙인 뒤 화재경보기가 울리지 않게 신경 쓰며 담배를 피웠다. 몇 분 전부터 그의 머릿속을 끈질기게 괴롭히는 한 가지 생각이 있었다.

'미래에서 시간여행을 왔다는 노신사와 서로 연락을 취할 수만 있다면? 굳이 안 될 이유가 없잖은가? 어떻게 그리고 또 어떤 메시지를 그에게 보내야 할까?'

아무리 머리를 쥐어짜도 속 시원한 해답이 나오지 않았다. 그때 진원지를 알 수 없는 혜성처럼 그의 머리를 휙 스쳐 지나가는 생각이 있었다. 일단 그 생각은 머릿속에 갈무리해 두고 서류 더미가 잔뜩 쌓인 테이블 앞에 앉았다.

엘리엇은 일단 수술 보고서 작성을 마무리하려다가 이내 마음에도 없는 짓을 그만두기로 했다. 이런 상황에서 일이 손에 잡힐 리 없었다. 앞으로 두 시간 정도는 수술 스케줄이 없었고, 운이 따라준다면 오늘 저녁에 대신 당직을 서줄 사람을 찾을 수도 있었다.

가운을 벗어 옷걸이에 건 엘리엇은 재킷을 걸쳐 입고 밖으로 나왔다. 5분 뒤, 그는 레녹스 메디컬센터를 벗어났다. 주차장을 빠져나오던 그는 페덱스 익스프레스 택배 트럭 한 대와 마주쳤다. 그는 지금 겪고 있는 이상한 일들을 생각하며 어깨를 한 번 으쓱했다.

'페덱스와 유피에스는 발 닦고 잠이나 자라지. 이 엘리엇 쿠퍼는 30년 후의 미래로 메시지를 보낼 테니까.'

2006년

엘리엇의 나이 예순

"선생님이 부탁하신 분석 결과가 나왔습니다."

새뮤얼이 말했다.

"어떤 성분이던가?"

"아시아산 뽕잎과 모과 잎이 주성분인 식물 혼합물이었습니다."

엘리엇은 귀를 의심했다.

"특별한 성분은 없었나?"

"제가 보기에 이 알약은 치료 효과가 전혀 없는 플라세보일 가능성이 크던데요."

엘리엇은 어안이 벙벙해져 전화를 끊었다.

'알약 속에 전혀 특별한 성분이 들어있지 않다면 캄보디아 노인이 소원을 빌어 보라고 했던 말은 단지 허풍이었을까? 그 말을 철석같이 믿고 일리나를 다시 만날 수 있을 거라는 기대를 품은 건 망상에 지나지 않을까?'

이제 폐암이 뇌에까지 전이된 게 틀림없었다. 30년 전 세계로 돌아갔던 건 모두 머릿속에서만 벌어졌던 환상일 가능성이 컸다. 생의 막바지에 다다른 한 인간이 목전에 임박한 죽음이 두려워 잠시 망상에 빠졌던 게 분명했다. 꿈의 기능에 대한 해답이라면 물리과학이 아니라 정신분석학에서 찾았어야 마땅했다. 꿈이란 억압된 욕망의 표현에 불과했다. 정신적 균형을 과도하게 깨뜨리지 않는 상태에서 무의식을 표출하는 일종의 배출구 같은 것이다. 처음에는 알베르트 아인슈타인에게 말을 걸었으나 실마리를 준 인물은 지그문트 프로이트였다.

엘리엇은 전화 한 통에 시간여행의 가능성을 부정하며 현실 세계로 돌아왔다. 강렬한 아침 햇살 속에서 마법이 사라지면서 전날 밤만 해도 그토록 현실적으로 느껴지던 시간여행이 이제는 얼빠진 망상으로 인식되었다. 그 멋진 모험, 그 짧았던 시간여행은 그의 정신세계가 연출한 판타지 작품일 뿐이었다. 폐암에 걸려 죽음이 임박하자 가장 안타깝고 서글펐던 과거의 한때로 돌아갈 수 있다는 환상을 품었던 것이다.

엘리엇은 솔직히 죽음이 두려웠다. 삶이 이미 끝나버렸다는 사실을 순순히 받아들이고 싶지 않았다. 삶은 순식간에 지나가 버렸다. 유년기, 소년기, 젊은 시절, 중년 시절…….

이제 남은 건 죽음밖에 없었다.

'아직 죽기에는 너무 이른 나이 아닌가?'

엘리엇은 지금껏 자신을 노인으로 생각해 본 적이 없었다. 폐암 진단을 받기 전만 해도 그는 어느 누구보다도 건강하다고 자부했고, 실제로 기운도 팔팔했다. 아프리카나 아시아 지역으로 구호활동을 나가 험준한 산길을 걸을 때에도 30~40대의 젊은 의사들에 비해 체력이 약하지 않았다. 인도 출신인 미모의 인턴 샤리카도 젊은 의사들은 쳐다보지도 않고 그에게 데이트를 청하기도 했다. 다만 이제는 모두 지나가 버린 과거의 이야기일 뿐이었다. 이제 그를 기다리는 건 죽음과 두려움이 전부였다.

엘리엇은 암세포에 점령당해 고통을 당할까 봐, 어느 순간 몸이 제대로 말을 듣지 않을까 봐, 병실에서 혼자 쓸쓸하게 죽음을 맞이하게 될까 봐, 불확실한 세상에 앤지만 달랑 남겨두고 떠나게 될까 봐 두려웠다.

"빌어먹을!"

엘리엇은 뺨을 타고 흘러내리는 눈물을 닦았다. 그때 갑자기 극심한 통증이 밀려왔다. 그는 약장을 뒤져 진통제를 한 알 삼키고 얼굴을 물에 적셨다. 촉촉한 물기를 머금은 한 가련한 남자의 두 눈이 거울 속에 비치고 있었다.

'남은 시간이 얼마나 될까? 며칠, 아니면 몇 주일?'

엘리엇은 그 어느 때보다 더 살고, 달리고, 숨 쉬고, 나누고, 사랑하고 싶은 생각이 절실했다. 그동안 실패한 인생을 살았다고 할 수는 없었다. 사랑하는 딸 앤지가 있었고, 의사를 필요로 하는 환자에게 달려가 힘이 되어주었고, 여행도 많이 했고, 행복한 순간도 많았고, 친구 매트와 좋은 시간도 보냈다. 하지만 가슴이 터져버릴 만큼 간절한 후회를 불러일으키는 사람이 있었다.

일라나. 30년 전, 그녀가 죽고 나서부터 엘리엇은 삶의 주인이기보다는 방관자로서 살아왔다. 최근 며칠간 시간여행의 가능성을 믿으며 어쩌면 일라나를 다시 만날 수 있을 거라는 기대감에 부풀었다. 일라나를 다시 만날 수 있다면 당장 죽는다고 해도 두렵지 않았다. 이제 그의 환상은 무참하게 깨져버렸다.

엘리엇은 아직 꺼지지 않고 남아있는 한 가닥 희망의 불씨를 없애기 위해 황금빛 알약이 들어있는 병을 변기 속에 던져버렸다. 그는 한동안 망설이다가 레버를 눌러 물을 내렸다.

1976년
엘리엇의 나이 서른

엘리엇은 미션 디스트릭트에 차를 주차했다. 히스패닉계 주민들이 모여 사는 이 동네는 이른 시간부터 활기가 넘쳐 보였다. 값이 저렴한 가게들, 타코 전문점, 과일 노점상들이 밀집해 있는 이 동네는 샌프란시스코에서 가장 매력적인 거리 가운데 하나로 손꼽히고 있었다.

엘리엇은 시끌벅적하게 호객행위를 하는 상인들 사이를 성큼성큼 걸어갔다. 거리 곳곳의 건물 외벽에 생동감 넘치는 색상으로 그려진 벽화들이 활기를 불어넣고 있었다. 그는 디에고 리베라*의 환영이 떠도는 벽화 앞에서 잠시 발걸음을 멈췄다. 하지만 오늘은 그림을 감상하기 위해 온 것이 아니어서 다시 발걸음을 재촉했다. 이 거리는 문명으로 가공되기 이전의 원시적인 생명력을 지니고 있었다. 가끔 멕시칸 갱들이 행인들에게 욕지거리하며 분위기를 망쳐놓는 일만 없다면 여러 가지 즐거움을 주는 거리임에 틀림없었다.

* **디에고 리베라** 사회주의 계열의 벽화를 주로 그린 멕시코 출신 화가

엘리엇은 돌로레스 스트리트 사거리를 건너고, 살사 클럽과 종교용품 매장이 늘어선 곳을 지나 마침내 목표로 한 가게의 간판 앞에 당도했다.

블루 문 : 보석 & 문신

문을 밀고 안으로 들어서자 그룹 퀸의 보컬 프레디 머큐리가 처절할 정도로 열창하는 모습이 담긴 포스터가 눈에 들어왔다. 도발적이고 관능적인 자세였다.

계산대 옆 턴테이블에서는 에릭 클랩튼이 〈아이 샷 더 셰리프(I Shot The Sheriff)〉를 연주하면서 각광받기 시작한 밥 말리의 레게 리듬이 귀가 찢어지도록 큰 소리로 흘러나오고 있었다.

엘리엇은 한숨을 푹 내쉬었다. 평소 이런 장소와 분위기를 편하게 받아들이는 사람은 아니었지만 마냥 당황하고 있을 때가 아니었다.

"크리스티나?"

엘리엇이 가게 뒤쪽에 붙은 방 쪽으로 걸어가며 이름을 불렀다.

"엘리엇! 해가 서쪽에서 뜰 일이네요."

엘리엇의 앞에 키가 훤칠하게 큰 갈색머리 여성이 서있었다. 이 거리를 통틀어 눈에 확 띄는 미모의 소유자였다. 폭주족들이 즐겨 신는 부츠에 초미니 가죽 팬츠를 입고 있는 그녀의 등 아래쪽에 에로틱한 문신이 새겨져 있었다.

엘리엇은 여섯 달 전 허리가 기형인 크리스티나의 아들을 수술해

주었다. 그 이후 주기적으로 수술 경과를 지켜보고 있었다. 그녀는 엘리엇과 같은 병원에 근무하는 간호사 리일라와 동거하면서 중국 출신 아이를 입양해 키워왔다.

엘리엇은 처음 만났을 때부터 크리스티나의 자유분방한 모습에 매료되었다. 버클리 대학에서 아시아 문화를 전공한 크리스티나는 대학 강단에 서는 대신 문신 가게를 여는 쪽을 선택했다. 그녀는 자신이 원하는 방식대로 삶을 꾸려가고 있었고, 동성애자라는 사실을 공개적으로 밝혔다. 사실 샌프란시스코에서 동성애는 그다지 문제 되지 않았다. 몇 년 전부터 히피족을 대신해 동성애자들이 샌프란시스코의 상징적인 집단으로 자리 잡기 시작했다. 샌프란시스코라는 도시의 톨레랑스에 이끌린 수만 명의 동성애자들이 대대적으로 카스트로와 노밸리 마을에 정착했다.

크리스티나가 그에게 의자를 가리키며 말했다.

"잠깐이면 끝나니까 의자에 앉아 잠시만 기다리세요."

엘리엇은 귀에 피어싱을 끝낸 남미계 여자 옆 의자에 앉았다. 그는 매트에게 전화를 걸어 몇 가지 새로운 뉴스를 전했다. 매트에게 지문 분석 결과를 알려주었지만 딱히 당혹해하지 않았다.

"너를 제외하면 시간여행자를 본 사람이 없어. 내가 생각하기에도 이번 일은 네 머릿속에서만 벌어진 게 분명해."

엘리엇이 다소 흥분해서 소리쳤다.

"라이터에 내 지문이 묻어있는데 내가 꾸민 일이라는 거야?"

"라이터를 사놓고 기억을 못 할 수도 있잖아."

엘리엇은 기가 막혔다.

"내 말을 믿지 않는다는 뜻이지?"

"믿을 수가 없잖아. 내가 만약 너에게 그런 소리를 하거든 절대로 믿지 마. 그 대신 내가 빨리 제정신을 찾을 수 있도록 따끔하게 야단을 쳐줘."

매트는 이제 시간여행자가 다녀갔다는 사실을 허무맹랑한 거짓으로 치부하고 있었다.

엘리엇은 화가 나 씩씩대며 소리쳤다.

"알았으니까 전화 끊어!"

그때 크리스티나가 웃는 얼굴로 다가오며 물었다.

"문신을 새기러 왔어요? 헬스 에인절스* 문신이나 등 쪽에 용 문신은 어때요?"

"둘 다 내 취향은 아니네요."

엘리엇이 셔츠를 걷어 올리며 말을 이었다.

"그냥 어깨 위쪽에 몇 개의 글자만 새겨 넣어줘요."

크리스티나가 문신용 바늘을 준비하며 물었다.

"매력적인 문신이 많아요. 이 문신은 어때요?"

크리스티나가 다리를 약간 벌려 망사 스타킹 속에 숨겨진 일본 악마 문신을 보여주었다. 문신은 허벅지 위쪽으로 점점 기어 올라가다가 은밀한 곳의 신비 속으로 사라졌다.

엘리엇이 고개를 저으며 말했다.

* 헬스 에인절스 미국의 폭주족

"진짜 예술작품이라고 해도 손색이 없는 문신이지만 내가 원하는 스타일은 아니네요."

"당신처럼 잘생긴 사람이 몸에 문신까지 새겨 넣으면 더할 나위 없이 섹시할 텐데요."

"내 여자 친구는 좋아하지 않을 거예요."

"의외로 좋아할 수도 있어요."

엘리엇이 재킷 안주머니에서 만년필을 꺼내 잡지 뒤표지에 몇 자 갈겨썼다.

"자, 이게 내가 원하는 문신입니다."

크리스티나가 눈살을 찌푸렸다.

"무슨 암호 같아요."

"나이 든 친구에게 보내는 메시지라고 해두지요."

크리스티나가 문신용 바늘을 보여주었다.

"처음에는 약간 아프지만 곧 괜찮아질 거예요. 나중에 후회 안 하실 거죠?"

"후회하지 않을 겁니다."

엘리엇은 눈을 감았다.

'이 문신으로 과거와 미래가 서로 소통하게 만들 수 있을까?'

엉뚱한 생각일 수도 있었지만 한번 시도해 볼 필요는 있었다. 엘리엇은 30년 후 미래에 있는 시간여행자가 메시지를 받으면 어떤 표정을 짓게 될지 상상해 보았다.

크리스티나가 문신을 새기며 읊조렸다.

"몸은 우리에게 마지막으로 남은 해방 공간 가운데 하나이다."

2006년

엘리엇의 나이 예순

엘리엇은 황금빛 알약이 들어있는 병을 변기에 넣어버린 후 크게 후회하며 거실 소파에 누워있었다. 12시에 앤지와 약속이 있었고, 좀비 같은 몰골을 보이고 싶지 않았다. 엘리엇은 두 눈을 감고 숨소리에 귀를 기울였다. 맑고 고른 소리가 아니라 불규칙하고 거친 소리가 났다. 이제 곧 숨을 쉬지 못하고 질식해 버릴 듯했다.

암세포에 점령당한 몸이 유리창을 통해 들어오는 찬란한 빛과 대조를 이루었다. 창문 너머로 바다 소리와 지저귀는 새소리가 들려왔다. 밖에서는 삶의 노래가 계속되고 있었지만 그가 낄 자리는 없어 보였다. 따스한 햇볕이 쏟아져 들어오고 있는데도 몸에서 오한이 일었다. 그때 어깨 아래쪽에서 뭔가 거북한 느낌이 들었다. 겨우 몸을 일으켜 세운 그는 스웨터를 벗고 티셔츠를 위로 걷어 올렸다. 처음에는 아무것도 눈에 들어오지 않았다. 그는 욕실에 있는 큰 거울 앞에 섰다. 거울에 비치는 광경을 통해 등에 차례차례 새겨지고 있는 글씨가 눈에 들어왔다.

엘리엇은 크게 놀라며 어안이 벙벙해졌다.

'도대체 무슨 일이지?'

엘리엇은 드디어 알게 되었다. 심장이 쿵쾅거리며 뛰고 있었지만 그는 깊은 안도감을 느꼈다.

'나는 미친 게 아니었고, 머릿속에서 꾸며낸 일이 아니었어. 30년 전 엘리엇이 몸에 문신을 새겨 나에게 메시지를 보내오고 있는 거야. 젊은 친구라서 역시 머리가 잘 돌아가네.'

엘리엇은 몹시 흥분해 거울 속에 비친 자신의 두 눈을 들여다보았다. 모처럼 눈이 형형하게 빛나고 있었다.

'암세포가 퍼져 곧 죽을 몸이지만 아직 노망이 난 건 아니었어!'

비로소 어깨에 완성된 문장이 새겨졌다.

WAITING FOR YOUR NEXT VISIT*

엘리엇은 기겁을 하며 변기 앞에 꿇어앉았다.

'알약을 모두 버리다니?'

변기 안으로 깊숙이 손을 집어넣으며 아직 병이 깊이 빨려 내려가지 않았을지도 모른다는 실낱같은 희망을 품어 보았지만 허사였다.

엘리엇은 차분하게 생각을 거듭했다.

'변기 물이 어디로 흘러가더라?'

이 집의 DIY와 배관이 어떻게 설비되어 있는지 전혀 아는 게 없었다. 차고로 달려 내려가 천장을 올려다보니 복잡하게 얽혀있는 배관이 눈에 들어왔다. 주 배관을 따라가다 보니 배수구 뚜껑이 나왔다.

---

* WAITING FOR YOUR NEXT VISIT 다음 방문을 기다리며

유지(油脂) 제거 탱크도 보였다. 운이 좋으면 병이 이 지점에 박혀있을 수도 있을 거라는 생각이 들었다. 금속 맨홀을 들어내고 맨손으로 빽빽한 찌꺼기를 뒤적거려 보았지만 아무것도 찾을 수 없었다. 병은 정화시설까지 떠내려간 게 틀림없었다.

'빌어먹을! 내 스스로 일을 망쳐버렸어. 좋은 방법이 없을까?'

엘리엇은 절박한 마음으로 집 밖으로 나와 가장 가까운 이웃집 초인종을 눌렀다. DHEA와 비아그라를 애용하는 노부부 집이었다. 자글자글한 주름을 성형수술로 팽팽하게 편 노부부는 건강과 영양섭취에 대해서라면 목숨을 걸고 집착하는 스타일이었다.

엘리엇이 현관에 서서 이웃에게 인사했다.

"안녕하세요, 니나."

이웃집 여자 니나가 악취 나는 진흙을 팔과 손에 잔뜩 묻힌 그의 몰골을 아래위로 훑어보며 물었다.

"안녕하세요, 엘리엇. 여긴 어쩐 일로?"

니나는 사실 엘리엇을 별로 좋아하지 않았다. 건강을 목숨처럼 소중하게 여기는 그들 부부가 줄담배를 피워대고, 커피를 애용하고, 콜레스테롤 덩어리인 고기를 즐겨 먹는 이웃집 남자를 좋아할 까닭이 없었다.

"폴이 쓰는 연장을 빌릴 수 있을까요?"

"폴은 지금 수영하러 갔어요. 창고에 가서 필요한 연장이 있는지 직접 찾아봐요."

니나를 따라 창고에 간 엘리엇은 몇 개의 연장을 집어 들었다.

"엘리엇, 괜찮아요? 몸이 몹시 안 좋아 보여요."

"난 아주 좋아요, 니나."

엘리엇은 영화 〈샤이닝(The Shining)〉에서 잭 니콜슨이 지었던 미소를 니나에게 날려주고 자신의 집 차고로 돌아왔다. 그는 빌려온 연장들을 사용해 배관을 해체하기 시작했다. 차고는 금세 물바다로 변했다. 그는 배관을 하나씩 해체하는 동안 혹시 이음새 부분에 병이 끼어있지는 않은지 면밀히 확인했다.

'대충 넘겨서는 안 돼. 꼼꼼하게 살펴봐야 해.'

물이 무릎까지 차오른 데다 손에 도끼를 들고 있으니 만약 누군가의 눈에 띌 경우 정신병자로 오해하기 십상인 몰골이었다.

'경찰이 들이닥치면 정신병원에 감금당하는 신세를 면하기 어렵겠어.'

어쩌면 미치광이나 할 수 있는 짓일 수도 있었다.

미치광이는 스스로 현자라 생각하고, 현자는 자신이 미치광이일 뿐이라고 인정한다.

'누가 그런 말을 했더라? 셰익스피어? 예수? 부처?'

지금 그가 직면한 상황과 딱 맞아떨어지는 말이었다.

설령 미쳤다는 말을 듣게 될지라도 살아있다는 기분을 느낄 수 있어서 좋았다.

'나는 살아있다.'

배관을 모두 해체했지만 애타게 찾고 있는 병은 끝내 보이지 않았다.

엘리엇은 기진맥진해진 가운데 물속에 철퍼덕 주저앉았다.

'이제 다 끝난 거야. 알약은 영원히 사라지고 말았어.'

그 순간 갑자기 기적 같은 일이 벌어졌다. 원기둥 모양의 유리병이 물 위에서 둥둥 떠다니고 있는 모습이 그의 눈에 들어왔다.

엘리엇은 몸을 날려 병을 손에 쥐었다. 그는 떨리는 손으로 밀폐용기의 뚜껑을 열었다. 황금빛 알약 여덟 개가 물기 하나 묻지 않은 상태로 고스란히 들어있었다. 그는 물구덩이에 그대로 주저앉으며 안도의 한숨을 내쉬었다.

엘리엇은 앞으로 살아갈 날이 얼마나 남아있을지 알 수 없었지만 매우 소중한 가치를 되찾았다는 생각이 들었다. 삶에 대한 희망을.

8

당신은 무엇이든 할 수 있고 원하는 대로 생각할 수도 믿을 수도 있습니다.
세상의 모든 과학을 다 손에 넣을 수도 있습니다. 하지만 사랑을 하지 않는다면 당신은 아무것도 아닙니다.

–마르셀 소바죠

2006년

엘리엇의 나이 예순

엘리엇은 콜택시가 오는지 확인하기 위해 연신 창문을 통해 밖을
내다보고 있었다. 몸에 밴 퀴퀴한 냄새를 제거하기 위해 샤워를 하고
깨끗한 옷으로 갈아입고 나자 다시 인간의 모습으로 되돌아왔다. 수
도 밸브를 잠가 물이 계속 넘치지 않도록 해놓아 부득이 이웃집 욕실
을 빌려 써야 했다. 배관공을 불러 공사를 맡기면 될 일이었지만 당
장 시급한 문제는 아니었다. 지금은 공항에 도착할 앤지를 만나보러
가야 할 시간이었다.

거울을 들여다보았다. 아직 겉모습은 멀쩡해 보였지만 이미 가슴 통증, 근육 장애, 등 아랫부분의 통증으로 자각할 수 있는 폐암의 제반 증세들이 나타나고 있었다.

엘리엇은 수납장 서랍을 뒤져 각성제 대신 사용하는 마리화나 한 개비를 찾아냈다. 주머니에 손을 넣어 보았지만 오늘따라 앤지가 새 밀레니엄을 맞은 기념으로 선물한 지포라이터가 손에 잡히지 않았다. 그는 주방으로 가서 가스레인지를 켜 마리화나에 불을 붙였다. 마리화나를 즐겨 피우는 편은 아니었고, 대마의 의학적 효능을 주장하며 투쟁하는 사람도 아니었다. 다만 죽음을 앞둔 폐암 환자가 마리화나를 한 개비 피운다고 큰일 날 일은 아니라고 생각했다. 마리화나를 두세 모금 빨아들이고 나자 제법 통증이 가시는 느낌이 들었다.

엘리엇은 머릿속 생각을 비우기 위해 눈을 감았다. 얼마 지나지 않아 택시 클랙슨 소리가 내면의 세계로 침잠해 있는 그를 불러냈다.

*

엘리엇은 앤지가 좋아하는 〈로리스 다이너〉 레스토랑에 도착한 순간 시계를 보았다. 아직 약속 시간이 몇 분 남아있었다. 종업원이 파월 스트리트가 내려다보이는 2층의 창가 테이블로 그를 안내했다. 엘리엇은 스툴에 올라앉아 스테이크를 굽고, 계란을 깨고, 널찍한 석쇠에 베이컨을 노릇노릇 구워내는 요리사들의 화려한 동작을 물끄러미 바라보고 있었다.

실내 공간을 50년대풍으로 꾸며놓은 레스토랑으로 콜레스테롤과 다이어트가 관심을 끌기 이전의 전통적인 미국 음식을 푸짐하게 내오는 집이었다. 건강을 고려한다면 혹평을 늘어놓아야 마땅하지만 모두들 가끔 마음속으로는 군침을 흘리며 떠올리는 햄버거와 감자튀김, 아이스크림과 밀크셰이크 같은 음식들이 이 집의 주요 메뉴였다. 홀 한가운데 마련되어 있는 주크박스에서는 엘비스 프레슬리의 히트곡들이 끊임없이 흘러나왔고, 구석에 늘어선 핀볼 게임기들 위로는 할리 데이비슨 오토바이를 와이어로 칭칭 묶어 천장에 매달아 놓았다.

　엘리엇은 이 레스토랑에 올 때마다 영화 〈백 투 더 퓨처(Back To The Future)〉에 출연하고 있는 것 같은 착각이 일었다. 문이 열릴 때마다 마티 맥플라이와 닥 브라운이 그들의 충견(忠犬) 아인슈타인을 앞세우고 나란히 등장할 것 같은 느낌을 받았다. 그때 마침 문이 열리며 젊은 여성 하나가 안으로 들어섰다. 수려한 미모의 금발 여성이 안으로 들어서는 순간 주변이 온통 환해진 느낌이 들었다.

　엘리엇은 멀리서 걸어오는 앤지의 모습을 한참 동안 가만히 바라보았다. 몸에 착 달라붙는 캐시미어 스웨터, 벨벳 스커트(그에게는 너무 짧게만 느껴지는)를 받쳐 입고, 반짝이는 검은색 스타킹과 가죽 부츠를 신은 앤지의 눈부신 외모는 사람들의 눈길을 끌기에 충분했다. 앤지를 넋 놓고 쳐다보는 사람은 그뿐만이 아니었다. 옆 테이블에 앉은 놈팡이도 침을 질질 흘리며 앤지를 힐끔거리고 있었다. 아빠 입장에서 보자면 딸을 성적 대상으로 바라보며 힐끔거리는 남자가 있다면 누구든지 증오의 대상이 될 수밖에 없었다.

이제야 엘리엇을 발견한 앤지가 반갑게 손을 흔들었다. 앤지가 날아갈 듯 가벼운 발걸음으로 걸어오는 모습을 보면서 엘리엇은 자신의 인생에서 최고의 걸작품이 있다면 두 말 나위 없이 딸일 거라고 생각했다. 그런 생각을 하는 아빠가 그 혼자만은 아니겠지만 죽음을 눈앞에 두고 있어서인지 유난히 감회가 새로웠다.

그토록 딸을 애지중지하는 그가 젊은 시절에는 아이를 원하지 않았다니!

알코올 의존자 아버지와 신경과민인 엄마와 살아가는 집 안 분위기는 하루하루가 살얼음판을 걷듯이 위태로웠다. 매일이다시피 숨막힐 듯이 조마조마한 분위기 속에서 자랐기에 아빠가 된다는 건 너무나 두려운 일이었다.

폭력에 대한 공포로 얼룩진 어린 시절의 기억은 엘리엇의 뇌리에 여전히 생생하게 각인돼 있었다. 일리나를 목숨보다도 더 사랑했지만 아빠가 되는 것만큼은 망설일 수밖에 없었다. 일리나는 그가 아이를 원하지 않는 이유를 알고 싶어 했다. 그는 끝내 자신이 아이를 원하지 않는 뚜렷한 이유를 찾을 수 없었다. 그저 사랑을 주지 못할까봐, 그의 부모처럼 자식에게 고통만 안겨주게 될까 봐 두려웠다. 아빠가 된다는 생각만 하면 어린 시절의 고통스런 기억이 생생하게 떠올랐다.

일리나가 아이를 간절히 원했었다는 생각을 하자 가슴이 미어지는 듯했다. 일리나가 사고로 목숨을 잃은 후 10년 동안은 그에게 끝나지 않는 악몽처럼 긴 시간이었다. 절망의 늪에서 허우적대면서도 그나마 근근이 버틸 수 있었던 건 의사로서의 책임감이 있었기 때문이다.

간혹 여자를 만나긴 했지만 하나같이 스쳐 지나가는 인연으로 끝났다. 엘리엇은 떠나는 여자를 잡으려고 애쓴 적이 없었다. 어느 날, 이탈리아에서 열린 의학 세미나에 참석했다가 베로나에서 온 심장병 전문의를 만났다. 주말에 국한된 짧은 만남이었고, 샌프란시스코로 돌아온 후로는 한 번도 연락을 주고받지 않았다. 아홉 달 뒤, 그녀로부터 딸을 출산했다는 연락을 받았다. 그때까지도 아빠가 되고 싶지 않았지만 이미 일이 터져버린 후라 이탈리아로 즉시 날아갔다. 그녀는 지극한 모성애도 없었고, 혼자서 아이를 키우겠다는 의지도 없었다.

아이가 태어난 지 석 달 만에 엘리엇은 다시 이탈리아로 날아가 앤지를 데려왔다. 쌍방 합의에 따라 방학 동안에는 앤지가 엄마와 함께 지내기로 했다.

엘리엇은 아무런 준비 없이 아빠가 되었지만 그의 인생은 이전과 완전히 달라졌다. 칠흑같이 어두운 터널 속에서 헤매던 그의 인생은 마침내 삶의 진정한 의미를 찾게 되었다. 그는 매일 저녁 앤지가 편안하고 기쁜 마음으로 잠들 수 있도록 옆에서 자장가를 불러주고 동화책을 읽어주는 아빠가 되었다. 어디론가 사라져 버렸던 '미래'라는 단어가 젖병, 기저귀, 분유 같은 단어들과 어우러지며 다시 그의 사전에 등장했다.

엘리엇은 과중한 일 때문에 바삐 지내느라 쉴 틈이 없었다. 일이 아무리 힘들어도 딸아이 앞에 서면 피로감이 눈 녹듯이 사라졌다. 앤지의 반짝이는 눈동자와 해맑은 미소를 대하는 순간 그는 더없이 기쁘고 행복했다.

엘리엇은 앤지가 걸어오는 모습을 지켜보는 동안 유모도 없이 혼자서 딸을 키우던 시절을 회상했다. 처음에는 도저히 불가능한 일이라고 생각했고, 잠시 동안이지만 어떻게 해야 할지 갈피를 잡지 못했다. 솔직히 아빠가 된다는 게 어떤 의미인지도 몰랐다. 소아전문 외과의사라는 직업도 일상생활에는 그다지 도움이 되지 않았다. 딸이 심실 봉합수술이나 관상동맥 4중 바이패스 수술을 받아야 한다면 의사라는 직업이 유용했겠지만 육아는 그런 것과는 전혀 차원이 다른 문제였다.

엘리엇은 수많은 고생을 치르며 딸을 키우고 났을 때 커다란 진리 하나를 깨달았다. 아빠로 태어나는 게 아니라 노력해서 아빠가 된다는 것이었다. 언제나 딸을 위해 최선의 결정을 내리려고 애쓰는 동안 어느새 그는 진정한 아빠가 되어있었다. 그는 마흔이 되어서야 사랑 말고는 혼탁한 세상을 치유할 해결책이 없다는 사실을 깨달았다. 일리나가 기회 있을 때마다 아빠가 된다는 건 고귀한 축복이라고 말한 적이 있었지만 그때는 전혀 실감할 수 없었다. 그런 말을 들을 때마다 그는 번번이 고개를 저으며 받아들이길 거부했다. 이제야 일리나의 말이 옳았다는 걸 인정하지 않을 수 없었다.

*

"아빠, 안녕!"

앤지가 몸을 숙여 엘리엇을 포옹했다.

"헬로, 원더우먼! 여행은 괜찮았어?"

엘리엇이 앤지의 미니스커트와 롱부츠를 염두에 두며 말했다.

"비행기에 오르자마자 잠이 들어 지루할 틈이 없었어요."

앤지는 그의 앞에 있는 스툴에 앉으며 열쇠 꾸러미와 크롬 코팅한 휴대폰을 테이블에 내려놓았다.

"배가 많이 고파요."

앤지는 메뉴판을 들고 좋아하는 햄버거와 감자튀김을 시켰다. 엘리엇도 딸과 같은 음식을 주문했다.

앤지는 뉴욕에서 의대를 다니면서 겪는 에피소드를 신이 나서 이야기했다. 엘리엇은 딸에게 의사가 되어야 한다고 말한 적이 없었다. 앤지는 어릴 때부터 의사가 되고 싶어 했고, 왜 그런지 이유를 물으면 아빠를 닮아서 그런 것 같다고 자랑스럽게 말했다.

엘리엇은 딸과 이야기를 나누는 동안 쉴 새 없이 터져 나오는 웃음소리를 들었다. 한편 그의 마음 깊은 곳에서는 점점 걱정이 쌓여가고 있었다. 오늘은 딸에게 폐암 말기 진단을 받았고, 곧 인생을 마무리해야 한다는 사실을 털어놓을 작정이었다.

이제 스무 살인 앤지에게 아빠가 말기 암환자이고, 앞으로 두세 달밖에 살지 못한다는 말을 했을 때 큰 충격을 받을까 봐 걱정되었다.

엘리엇은 딸에 대해 잘 알고 있었다. 앤지는 뉴욕에서 학교를 다니고 있었지만 두 사람은 거의 매일 통화하며 지내왔다. 외모로 보자면 어른이 다 되었지만 그가 보기에 앤지는 아직 감수성이 예민한 어린아이에 불과했다.

의사는 직업상 아이가, 배우자가, 부모가 숨을 거두었다는 말을 가족들에게 전할 수밖에 없었다. 그런 말을 전해 듣는 입장에서 보자면 그야말로 최고의 악역이었다. 그 말을 전해야 하는 의사들에게는 매번 괴로움을 동반하는 일이었다. 의사는 매일이다시피 죽음과 조우하고 있다고 해도 과언이 아니었다. 이번에는 그 자신이 죽어야만 하는 때가 왔다.

누구에게나 죽음은 두려운 법이었다. 엘리엇은 영생이나 윤회를 믿지 않았다. 이승에서 생이 끝나면 모든 게 끝이라고 생각했다. 화장터에서 시신을 태우고 나면 매트가 적절한 장소를 찾아 유골을 뿌릴 것이다. 그것으로 인생의 게임은 끝이라고 보면 되었다.

앤지에게도 그렇게 말해줄 작정이었다. 사람은 누구나 한 번은 죽어야 하고, 지금이 그때일 뿐이라고. 오래 살면 좋겠지만 이미 정해진 운명을 마음대로 바꿀 수는 없다고. 다만 어디서부터 운을 떼야 할지 감이 잡히지 않았다. 앤지의 밝은 얼굴에 그늘이 드리워지는 모습을 지켜보아야만 한다는 사실이 끔찍하게 여겨졌다.

"아빠는 별일 없어요?"

앤지가 느닷없이 묻는 바람에 엘리엇은 정신이 번쩍 들었다. 그는 허스키 블루 톤의 눈 쪽으로 끈질기게 쏟아져 내리는 머리카락을 긴 손가락으로 쓸어 올리고 있는 딸의 얼굴을 애처로운 눈길로 바라보았다. 갑자기 서글픈 감정이 북받쳤다.

"아빠가 너에게 긴히 얘기할 게 있단다."

벌써부터 좋지 않은 예감이 들었는지 앤지의 얼굴이 어두워졌다.

"무슨 일인데요?"

"아빠가 폐암 말기야."

앤지가 도저히 믿기지 않는다는 듯이 되물었다.

"뭐라고요?"

"아빠가 암에 걸렸어."

잠시 멍해있던 앤지가 목멘 소리로 물었다.

"아빠, 설마 회복되겠죠?"

"이미 암세포가 사방으로 전이되었어."

"아빠, 말도 안 돼요. 어쩌다가 아빠가 폐암에……."

앤지가 머리를 움켜쥐고 흐느끼다가 희망의 끈을 놓지 않고 물었다.

"요즘 웬만한 암은 다 치료가 가능하잖아요?"

"그렇지만 너무 늦게 발견해서 확률이 제로야."

앤지가 흘린 눈물이 테이블 위로 방울방울 떨어져 내렸다.

"언제 알았어요?"

"두 달 전쯤 알았어."

"왜 그동안 아무 말도 안 했어요?"

"전화로 얘기하기에는 적절하지 않은 주제라서."

앤지가 버럭 화를 냈다.

"아빠랑 통화할 때마다 암인지도 모르고 나 혼자 마냥 신이 나 떠들어댔어요. 미워요! 아빠가 정말 미워요."

앤지가 테이블을 박차고 일어났다. 엘리엇이 서둘러 잡아 보려 했지만 이미 식당 밖으로 달려 나가버렸다.

*

엘리엇이 뒤따라 나가 보니 바깥에서는 비가 억수처럼 퍼붓고 있었다. 온통 칠흑 같은 먹구름으로 뒤덮인 하늘에서 떠나갈 듯 요란한 천둥소리가 울려 퍼졌다. 도로는 차들로 꽉 막혀있었고, 사람들이 택시를 잡기 위해 손을 흔들고 있었다.

엘리엇은 파웰 스트리트와 마켓 스트리트가 교차하는 케이블카 터미널로 가려다가 이내 포기했다. 케이블카를 타기 위해 관광객들이 무더기로 몰려들고 있었기 때문이다. 그는 걸어서 케이블카를 따라잡을 생각으로 유니언 스퀘어 쪽을 향해 걸어갔다. 처음 두 대는 만원이라 탈 수 없었지만 운 좋게 세 번째 케이블카에는 빈자리가 있었다.

엘리엇은 관광객을 상대하는 식당과 기념품 가게들이 즐비한 피셔맨스 와프에 도착해 케이블카에서 내렸다. 그는 비를 흠뻑 맞아 덜덜 떨리는 몸을 이끌고 해산물을 파는 노점상 앞을 지나갔다. 입심 좋은 상인들이 킹크랩을 인도에 늘어놓은 솥에 집어넣고 있었다. 빗줄기가 한층 더 거세졌고, 그는 포트 메이슨으로 가기 위해 과거에는 초콜릿 공장이 있던 자리를 지나갔다.

엘리엇은 빗물에 젖어 오들오들 떨면서도 잰걸음으로 발걸음을 옮겼다. 세찬 바람을 맞은 거센 빗줄기가 얼굴을 때렸다. 몸을 많이 움직이는 바람에 폐와 등 아랫부분의 통증이 심해졌지만 앤지를 찾아 나선 그의 발걸음을 멈추게 하지는 못했다. 그는 앤지가 슬플 때마다 찾아가는 장소가 어딘지 잘 알고 있었다.

엘리엇은 마리나 그린과 크리시 필드의 옛 군사훈련장 사이에 있는 모래사장에 도착했다. 거센 풍랑에 집채 같은 파도가 수십 미터 높이의 포말로 부서졌다. 그는 천천히 해변을 둘러보았다. 짙은 안개와 낮게 내려앉은 구름에 가려 골든게이트의 모습이 보이지 않았다. 인적이 드문 해변에 굵은 빗줄기만 하염없이 쏟아지고 있었다. 그는 큰 소리로 딸의 이름을 불렀다.

"앤지! 앤지!"

대답 대신 바람 소리만이 요란하게 들려왔다. 엘리엇의 두 눈에 눈물이 그렁그렁했다. 그는 비로소 자신이 기력이 쇠한 암환자라는 걸 실감했다.

"아빠!"

앤지가 세찬 빗줄기를 뚫고 그를 향해 달려왔다.

"아빠, 나 혼자 내버려 두고 죽으면 어떡해!"

비에 흠씬 젖어 기진맥진해진 두 사람은 슬픔이 북받쳐 한참동안 서로를 꼭 끌어안고 있었다.

엘리엇은 내심 마지막 순간이 다가오는 걸 최대한 늦추기 위해 혼신의 힘을 다해 싸우리라 다짐했다. 그러다가 끝내 죽음의 순간이 찾아오면 담대한 마음으로 모든 걸 받아들이고 후회 없이 떠나리라 마음먹었다.

9

친구와 책은 조금이라도 좋은 걸 가져라.

—격언

1976년

엘리엇의 나이 서른

엘리엇은 당직 근무를 마치고 제법 서늘한 새벽 공기를 마시며 병원을 나섰다. 여러모로 걱정거리가 많아 마음이 어수선한 데다 잠시 생각에 잠겨 걷느라 주차장에 제법 많이 모여있는 사람들을 보지 못했다. 매트가 모여 선 사람들에게 흥미로운 구경거리를 제공하고 있었다. 크림색 벨벳 정장에 V자로 푹 파인 와이셔츠를 입은 매트의 차림새가 가관이었다. 그는 〈토요일 밤의 열기〉에 나오는 존 트라볼타처럼 카오디오에서 흘러나오는 디스코 리듬에 맞춰 몸을 흔들어대고 있었다. 그의 쉐보레 콜벳 자동차의 헤드라이트 불빛이 즉석 무대를 비추는 조명등 역할을 훌륭하게 해냈다.

"유 슈드 비 댄싱(You Should Be Dancing)!"

매트가 그룹 비지스를 흉내 낸 가성으로 노래를 불렀다.

가지런한 이를 드러내 보이는 매트의 환한 미소가 그를 소탈하고 매력적인 남자로 보이게 했다. 엘리엇은 매트의 엉뚱한 자신감과 호탕한 태도가 그저 놀라울 따름이었다.

엘리엇이 가까이 다가가면서 소리쳤다.

"매트, 여기서 뭐 하는 거야?"

매트가 친구의 어깨를 다정하게 감싸 안으며 말했다.

"유 슈드 비 댄싱!"

함께 춤을 추고 싶어 하는 눈치였지만 엘리엇은 단호하게 거부했다. 매트는 아침부터 고약한 술 냄새를 풍기고 있었다.

"매트, 아침부터 술 마셨어?"

"잠깐 관객들에게 인사부터 하고 나서 설명해 줄게."

엘리엇이 눈살을 찌푸리며 쉐보레 콜벳 안으로 들어가 자리에 앉아 기다리는 동안 매트는 모여선 관객들을 위해 춤 실력을 뽐냈다. 매트의 춤에 매료된 간호사들이 열렬한 박수를 보냈다.

"저를 위해 모여주신 여성분들에게 감사를 표하며 이만 즉석 공연을 마치겠습니다."

매트가 정중하게 허리 굽혀 인사하자 관객들이 열렬한 환호를 보냈다. 매트가 마치 스타라도 된 양 손을 흔들어 주며 운전석으로 들어섰다.

엘리엇이 핀잔의 눈길을 보내며 말했다.

"아침부터 웬 술이야?"

매트는 대답 대신 차를 후진시켜 반 바퀴쯤 돌렸다. 그가 뒷좌석에 실려있는 여행 가방을 가리켰다.

"너의 집에 들러 위스키 한 병을 마시고 나서 짐을 싸 가지고 왔어."

"짐이라니? 도대체 무슨 소리야?"

"비행기는 오전 9시에 출발해."

"비행기라니?"

매트가 끼이익 소리를 내며 주차장을 빠져나왔다. 가속 페달을 한 번 더 밟아주자 300마력의 8기통 엔진이 순식간에 시속 100킬로미터가 넘는 속도로 달리기 시작했다.

엘리엇이 매트를 나무랐다.

"여긴 시내야. 괜히 딱지 끊기지 말고 제한속도를 지켜."

매트는 엘리엇의 경고에도 아랑곳하지 않고 계속 가속 페달을 밟았다.

"이 차는 8기통 엔진이야. 이 정도는 과속 축에 들지 않으니까 걱정 마."

"어디로 가는지 아직 말해주지 않았어."

매트가 태연스럽게 말했다.

"일리나를 만나러 플로리다에 가는 길이야."

"무슨 소리야?"

"일리나를 만나 당장 화해하고, 그 자리에서 청혼도 해. 결혼하면 아이들도 두셋쯤 낳아 행복하게 살아."

"매트, 혹시 머리가 돌아버린 거 아냐?"

"머리가 살짝 이상한 사람은 내가 아니라 너야. 시간여행자니 뭐니 하면서 이상한 말을 하고 있잖아."

"나도 믿을 수 없지만 실제로 있었던 일인 걸 어쩌겠어."

매트는 시간여행자 이야기로 또다시 언쟁하고 싶지 않아 서둘러 일침을 놓았다.

"이제 시간여행자 얘긴 그만하자. 일리나를 만나 진심으로 사과하고 예전처럼 죽고 못 사는 커플로 돌아가."

"병원에 무단결근을 할 수는 없어. 이번 주에 잡아놓은 수술 스케줄도 많아."

매트가 손을 내저으며 말했다.

"넌 의사이지 신이 아니야. 레녹스 메디컬센터는 큰 병원이야. 널 대신할 의사를 찾아놓았을 테니까 걱정하지 마."

엘리엇 역시 어느 누구보다 일리나를 만나고 싶은 마음이 간절했지만 수술 스케줄을 바꾸면서까지 휴가를 낼 생각은 없었다. 게다가 외과 과장 아만도자는 성품이 까다로운 사람이었다. 수하 의사들의 일거수일투족을 눈을 빛내며 살피고 있었고, 칭찬보다는 핀잔하길 좋아하는 사람이었다.

"매트, 나를 도와주고 싶어 하는 심정은 충분히 이해하지만 이렇게 무턱대고 밀어붙이는 방식은 곤란해. 난 전문의가 된 지 불과 몇 달밖에 안 된 애송이야. 한시바삐 내 실력을 입증해 보여야 할 때야. 외과 과장 아만도자는 사사건건 트집을 잡는 사람이야. 가뜩이나 나를 못마땅한 눈으로 쳐다보고 있는데 며칠간 무단결근을 하면 아마 잡아먹으려고 들 거야.”

매트가 어깨를 으쓱했다.

“내가 그럴 줄 알고 아만도자 과장을 먼저 만나 이야기를 나누었지. 그가 월요일까지 휴가를 주기로 했으니까 걱정할 필요 없어.”

“네가 아만도자를 만났다고?”

“내 말을 못 믿겠어?”

“아만도자는 호락호락한 사람이 아니야. 그가 그런 친절을 베풀 리 없어.”

매트가 고개를 저었다.

“아만도자 과장도 요즘 네가 너무 무리한다고 걱정이 많더라. 그가 널 아주 우수한 의사라고 칭찬했어.”

“장난해? 그 사람은 나를 좋게 보지 않아.”

“간호사들 말이 아만도자 과장이 너를 뛰어난 의사라고 칭찬하고 다닌다고 했어.”

“무슨 소리를 하는 거야? 내가 그리도 눈치코치가 없는 사람인 줄 알아?”

“아무튼 걱정하지 말고 푹 쉬면서 복잡한 머릿속을 깨끗이 정리하고 돌아와.”

매트가 호주머니를 뒤져 비행기표를 꺼냈다.

"넌 내 말을 따르면 절대로 후회할 일이 없어. 나만큼 널 잘 아는 사람은 없으니까."

엘리엇은 반박할 말을 잃고 마지막으로 한마디 덧붙였다.

"강아지를 혼자 내버려 두면 안 될 텐데."

"내가 매일 찾아가 밥을 챙겨 줄 테니까 걱정하지 마."

엘리엇은 할 말이 바닥나 못이기는 척 비행기표를 받아 들었다. 매트가 친구라는 게 얼마나 복 받은 일인지 실감하는 순간이었다.

10년 전 매트를 처음 만났던 날이 떠올랐다. 두 사람은 그날 일을 단 한 번도 화제로 떠올린 적이 없었다. 그날 이후 엘리엇은 매트에게 감사를 표하고 싶었지만 늘 적당한 표현을 찾지 못했다.

매트가 먼저 침묵을 깼다.

"너를 만나지 않았다면 지금쯤 나는 어디에서 무엇을 하고 있을까?"

엘리엇이 어깨를 으쓱할 뿐 말이 없자 매트가 말을 이었다.

"아마도 죽었을 거야."

"말도 안 되는 소리."

"아니, 죽었을 확률이 높아."

구겨진 옷에 벌겋게 충혈된 눈으로 보아 간밤에 매트는 한숨도 잠을 이루지 못하고 날을 꼬박 새운 것 같았다. 그는 늘 술에 찌들어 살았다. 아직도 죽음을 말하는 걸 보면 여전히 우울증을 떨쳐버리지 못한 게 분명했다. 쾌활하고 밝아 보이는 그의 이면에는 깊은 고통과 짙은 우울의 그림자가 드리워져 있었다.

"매일 아침 일어나자마자 하늘과 바다를 바라봐. 그때마다 내가 아직 이 세상에 살아있는 건 너 때문이라고 생각해."

"이른 아침부터 술을 너무 많이 마셨어."

"넌 매일 죽어가는 환자들의 목숨을 살리는데 난 늘 술에 찌들어 여자들을 꼬드기는 것 말고는 달리 하는 일 없이 지내."

엘리엇이 말했다.

"넌 나파 밸리에 포도 농장과 와이너리를 만들 계획으로 땅을 구입했잖아. 너에게는 이루고자 하는 꿈과 희망이 있어."

매트는 잠시 말이 없었다.

"그래, 포도 농장과 와이너리는 나의 꿈이자 희망이야. 아무튼 내가 아직 이 세상에 존재하는 이유는 너 때문이라는 걸 알았으면 해."

엘리엇이 가벼운 주제로 대화를 돌렸다. 그가 최신형 카오디오를 신기하다는 듯이 만져 보며 말했다.

"카오디오가 정말 멋져 보여."

"2×5와트 앰프가 탑재돼 있어."

"카오디오로 밥 딜런의 최신 앨범이나 들어 볼까?"

"밥 딜런은 이제 한물 갔어."

매트가 콘솔 박스를 뒤져 카세트테이프를 하나 꺼냈다.

"요즘은 브루스 스프링스턴이 대세야."

엘리엇은 생전 처음 들어 본 이름이었다.

매트가 브루스 스프링스턴에 대해 아는 걸 읊어대기 시작했다.

"뉴저지 노동자 계급의 삶을 노래해 인기를 얻고 있는 록 가수인데 음악을 들으면 폭발적인 힘이 느껴져."

매트가 카세트테이프를 카오디오에 집어넣었다.

브루스 스프링스턴이 부른 〈본 투 런(Born To Run)〉이 힘차게 울려 퍼지는 가운데 아침햇살이 비치기 시작했다. 공항까지 가는 동안 그들은 음악에 취해있었다. 각자 다른 생각을 하면서도 둘이서 함께.

공항 청사에 도착하자 매트는 베스트 드라이버답게 터미널 앞에 능숙하게 차를 세웠다.

"걱정하지 말고 푹 쉬었다가 와."

엘리엇이 여행 가방을 밀고 터미널로 가다가 매트를 돌아보며 소리쳤다.

"비행기가 추락하면 내가 먼저 가서 네 자리도 하나 마련해 놓을게."

"이왕이면 마릴린 먼로 옆자리로 부탁해."

10

사랑은 두 사람의 가장 강한 끈이 아니다. 그건 섹스다.
—타룬 텟팔, 《머나먼 찬디가르》 11페이지

섹스는 두 사람의 가장 강한 끈이 아니다. 그건 사랑이다.
—타룬 텟팔, 《머나먼 찬디가르》 670페이지

1976년

엘리엇의 나이 서른

승객 여러분, 우리 비행기는 잠시 후 올랜도 공항에 착륙하겠습니다. 좌석으로 돌아가 등받이를 세워주시고 안전벨트를 착용해 주시기 바랍니다.

엘리엇은 창밖을 내다보고 있던 시선을 거두어들이고 주변을 살펴보았다. 좌석은 절반쯤 비어있었다. 그는 이제 자신이 경험했던 일을 의심하지 않았다. 가끔 비행기 안에 시간여행자가 타고 있지는 않은지 살펴보기도 했다. 지문 분석을 통해 시간여행자가 다녀간 사실이 확인되면서 기대와 불안감이 교차했다. 그는 이제 시간여행자가 다시 찾아오기를 기다리고 있었다.

엘리엇은 공항 출구를 빠져나오자마자 렌터카를 빌려 오션월드를 향해 출발했다. 야간 당직근무를 마치자마자 여섯 시간 동안 비행을 해서인지 몸이 극도로 피곤했다.

엘리엇은 머스탱의 차창을 내리고 바닷바람을 맘껏 들이마셨다. 플로리다의 날씨는 샌프란시스코보다 훨씬 온화했다. 플로리다는 아직 늦여름이 한창이었다. 그는 멋진 신축 호텔들이 많이 보이는 인터내셔널 드라이브로 접어들었다. 올랜도는 언제나 축제 같은 분위기를 풍겼다.

엘리엇은 오션월드 주차장에 차를 세우고 나서 곧장 일리나에게 전화를 하려다가 깜짝 놀라게 해줄 작정으로 입장권을 구입해 안으로 들어갔다.

60헥타르에 달하는 수중공원은 그 자체로 하나의 작은 도시라고 해도 과언이 아니었다. 오션월드에서 일하는 직원만 해도 수백 명에 달했다. 이미 여러 차례 오션월드를 방문한 적이 있어 일리나를 만나려면 어디로 가야 하는지 훤히 알고 있었다. 플라밍고 구역을 지나자 코끼리거북을 위해 조성한 모래사장이 나왔다. 나른해진 악어들이 기어 다니는 울타리를 따라 걷다가 드디어 범고래 수족관에 도착했다.

이미 여러 번 와 봤지만 거대한 수족관을 볼 때마다 입이 딱 벌어졌다. 범고래 여섯 마리가 해수 4천500만 리터를 넣은 깊이 12미터의 수족관 안에서 지내고 있었다. 공연이 없는 시간이어서 계단식 관람석은 텅 비어있었다.

엘리엇은 관람석의 접이식 의자에 앉아 범고래들 주위를 부산하게 움직이는 수의사들을 바라보고 있었다. 그는 곧 일리나를 찾아냈다. 잠수복 차림의 일리나가 치과용 드릴을 이용해 범고래의 치아를 치료해 주고 있었다. 그 모습을 보자 사자 입에 머리를 집어넣는 서커스 장면이 오버랩되어 오싹한 소름이 돋았다.

일리나는 유리제품들 사이에 섞인 다이아몬드처럼 단연 미모가 돋보였다. 일리나를 앞세우고 식당에 들어갈 때마다 그녀에게 일제히 시선이 쏟아져 당혹한 적이 많았다. 그가 뒤따라 들어가면 사람들의 눈에 실망감이 떠올랐다. 그럴 때마다 그는 자기도 모르게 어깨에 힘이 들어갔다.

남자 조련사 두 명이 일리나 주위를 맴돌았다. 일리나는 그들과 스스럼없이 대화를 주고받으면서도 언제나 일정한 거리를 유지했다.

'내가 일리나처럼 멋진 여자를 만날 자격이 있나? 내가 그녀를 행복하게 해준 적이 있었나?'

요즘은 일 핑계를 대고 일리나를 자주 만나지 못했다. 여전히 그녀를 사랑했지만 각자의 삶에 충실하다 보니 얼마간 소원해진 면도 있었다. 지리적으로도 멀리 떨어진 데다 바쁘다 보니 서로를 챙길 틈이 없었다.

'10년 전, 일리나를 만나지 않았다면 내 인생은 어떻게 되었을까?'

일리나는 삶에 활력을 느끼게 해준 햇살 같은 존재였다. 그가 의사의 길을 걸을 수 있도록 확신을 불어넣어 주었고, 세상의 현실에 눈 뜨게 해주었다.

'나는 일리나를 위해 무엇을 했지?'

아무리 생각해 봐도 일리나에게 딱히 해준 게 없었다. 어느 날 아침, 잠에서 깬 일리나가 그와 함께했던 시간이 무의미했다는 생각을 갖게 된다고 해도 할 말이 없을 듯했다.

'일리나 없이 살 수 있을까?'

그런 생각을 하자 오싹 소름이 돋았다. 일리나와 함께할 수 있다면 무엇이든 할 수 있을 듯했다.

'샌프란시스코 생활을 포기하고 올랜도에 와서 일리나와 살 수 있을까?'

일리나가 원한다면 플로리다에서 일할 수 있는 병원을 찾아볼 수도 있을 것 같았다.

엘리엇은 당장 일리나에게 가기 위해 관람석에서 벌떡 일어섰다. 그녀의 주위를 돌고 있는 조련사들을 이제는 물러가게 해야겠다는 생각이 들었다.

엘리엇이 헬륨 풍선을 파는 남자아이를 불렀다.

"풍선 한 개에 얼마씩이니?"

"두 개에 1달러인데요."

엘리엇은 아이에게 서슴없이 20달러를 내밀었다. 풍선을 다 사고도 남는 액수였다. 풍선으로 몸을 가린 그가 살금살금 수족관 쪽으로 다가갔다.

남자 조련사 하나가 엘리엇을 제지하고 나섰다.

"일반인 출입금지 구역입니다."

오션월드 직원 가운데 얼굴을 아는 사람이 많았는데 전혀 안면이 없는 조련사였다. 그의 시선이 공격적으로 느껴졌다.

엘리엇은 남자의 경고에도 아랑곳하지 않고 발걸음을 옮겼다.

'조련사 때문에 내 깜짝쇼를 망칠 수는 없잖아.'

상대는 생각이 크게 달라 보였다.

"거기 서지 못해! 당신 귀머거리야?"

조련사가 달려와 엘리엇을 밀쳤다.

엘리엇은 넘어지지 않으려고 균형을 잡다가 그만 풍선을 놓쳐버렸다.

조련사가 두 주먹을 쥐고 엘리엇의 앞에 떡 버티고 섰다.

"이런 미친놈을 봤나?"

일리나가 가까이 다가오며 소리쳤다.

"대체 무슨 일이죠?"

조련사가 엘리엇을 가리키며 말했다.

"이 정신 나간 놈이 오션월드 수족관이 자기 집인 줄 아나 봐요. 일반인 출입금지 구역에 들어가기에 제지했더니 말을 듣지 않아요."

헬륨 풍선이 하늘로 떠오르는 동안 일리나는 엘리엇의 얼굴을 확인하고 만면에 미소가 번져갔다.

"지미, 이 작자는 내가 처리할 테니까 이제 그만 가 봐요."

조련사가 엘리엇을 다시 한번 노려보며 중얼거렸다.

"이런 멍청이!"

엘리엇도 지지 않고 반격을 가했다.

"이런 돌대가리!"

조련사가 구시렁거리며 다른 곳으로 걸어갔다.

엘리엇과 일리나는 서로 마주 보며 한동안 말없이 서있었다.

"갑자기 웬일이야? 내가 보고 싶어서 왔나 보네."

"당신은 내가 보고 싶지 않았어?"

"나야 항상 멋진 남자들에게 둘러싸여 지내잖아. 당신은 내 주변 남자들에 대해 심각하게 걱정해야 할 거야."

"당신 앞에서 껄떡대는 놈들을 단속하려고 왔어."

일리나가 도발적인 눈빛으로 엘리엇을 쳐다보았다.

"당신이 준비한 깜짝쇼는 제법 마음에 들어."

"그 인간과 티격태격해서 미안해."

"당신이 나를 위해 싸우는 건 언제든 환영이야."

엘리엇이 하늘에 떠있는 풍선들을 가리켰다.

"당신을 주려고 산 풍선들이야."

일리나가 하늘을 올려다보았다. 풍선들이 하늘 높이 날아가고 있었다.

"설마 당신의 사랑이 풍선처럼 날아가 버린 건 아니겠지?"

엘리엇이 고개를 저었다.

"내 사랑은 쉽게 날아가 버릴 만큼 가볍지 않아."

야자수들 뒤로 석양이 지고 있었다.

"사랑해."

엘리엇이 말했다.

일리나가 그의 품으로 뛰어들었다.

엘리엇이 그녀를 안아 들고 맴을 돌았다.

*

"좋은 생각이 있어."

엘리엇이 일리나를 내려놓으며 말했다.

"뭔데?"

일리나가 그의 볼에 닿은 입술을 떼지 않고 물었다.

"우리, 아이를 가지면 어떨까?"

"여기서, 지금 당장?"

"그래, 고래들이 지켜보는 앞에서."

"안 될 거야 없지."

*

일리나가 집에 다다라 선더버드를 자갈길 진입로 끝에 세웠다. 하얀 기둥에 붉은색 벽돌을 쌓은 이층집이었다. 몇 달 전부터 아래층은 아보트라는 할머니에게 임대해 주고 있었다. 보스턴의 부잣집 상속자인 아보트는 대부분의 시간을 플로리다에서 보내고 있었다. 햇빛이 풍성한 플로리다의 날씨가 류머티즘을 잃는 그녀에게 좋아서라고 했다.

아보트는 보수적이고 깐깐해 교양 있는 사람들만이 그 집에 드나들기를 바랐다. 그녀는 일리나에게 집으로 남자를 끌어들여서는 안 된다고 여러 번 강조했다.

일리나가 검지를 입에 대고 조용히 해야 한다는 신호를 보냈다. 아보트가 가는귀를 먹어 다행이지만 조심할 필요가 있었다. 두 사람은 현관문을 통하지 않고 외부에 설치한 비상계단을 통해 2층으로 올라갔다.

엘리엇이 통금시간을 어긴 청소년 시절로 돌아간 게 마음에 들지 않는다는 듯 투덜거렸다. 일리나는 이런 상황이 재미있다는 듯 키득키득 웃었다.

출입문이 열리더니 아보트가 현관으로 나왔다.

"일리나?"

"날씨가 참 좋은 날이네요."

아보트가 의심스러운 표정으로 물었다.

"왜 비상계단을 이용해요?"

그녀는 뭔가 미심쩍은 듯 계단 전체를 볼 수 있는 쪽으로 자리를 옮겼다. 그러나 이미 엘리엇은 집 안으로 사라지고 없었다.

"주무시는 것 같아 방해하지 않으려고요."

아보트가 어깨를 으쓱하고 나서 한층 부드러워진 목소리로 물었다.

"나하고 차 한잔 할래요?"

"아니, 그게 좀……."

"마들렌을 구웠는데 맛이 어떤지 봐줘요."

"그러니까 그게……."

"할머니가 전수해 준 레시피를 그대로 따라해 봤어요. 마들렌을 좋아하면 내가 레시피를 줄게요."

"그 귀한 음식을 제가 먹어도 될까요?"

"먹어주면 고맙지."

*

엘리엇은 집 안으로 혼자 들어가 안절부절못하다가 살금살금 밖으로 나가 아래층을 힐끔거렸다. 일리나는 아래층 할머니와 대화를 나누고 있었다. 찻잔을 들고 흔들의자에 앉은 일리나는 내심 초조해하며 아보트의 말을 귓등으로 흘려듣고 있었다.

엘리엇은 시나몬 향기가 밴 방을 휘젓고 다니며 무료한 마음을 달랬다. 다양한 색상의 쿠션들과 인도산 골동품들로 아기자기하게 꾸며놓은 방이었다. 방 한편에는 어쿠스틱 기타와 조안 바에즈, 레너드 코헨 등의 악보집이 놓여있었다. 벽에는 매트가 얼마 전 파리에 다녀오면서 사다 준 프랑스 영화 〈쥘과 짐〉의 포스터가 걸려있었다. 나이트 테이블 위에는 동물 심리학 서적들과 아가사 크리스티의 추리소설들이 놓여있었다. 엘리엇은 읽은 적이 없는 스티븐 킹의 《캐리》라는 소설도 보였다.

엘리엇의 눈에 이상한 기계 한 대가 들어왔다. 코아나무 케이스 안에 들어있는 기계가 텔레비전에 연결되어 있었다. 일리나가 지난여름에 샌프란시스코의 바이트숍에서 600달러나 되는 거금을 주고 산 기계였다. 그녀는 사람들이 컴퓨터라고 부르는 이 기계에 관심이 많았다. 그녀의 말에 따르면 머지않아 대부분의 가정에서 냉장고나 세탁기처럼 그 기계를 사용하게 될 거라고 했다.

엘리엇은 책상 위에 놓여있는 컴퓨터 매뉴얼을 몇 페이지 뒤적여보았다. 다들 간단한 기계라고 하던데 그가 보기에는 너무 복잡했다. 그 기계가 실생활에서 어떤 용도로 쓰일지 감이 잡히지 않았다. 그가 그 기계에 대해 기억하고 있는 건 애플 컴퓨터라는 이름밖에 없었다.

'기계에 왜 애플이라는 이름을 붙였을까? 정말 황당한 사람들이네.'

엘리엇은 침대에 벌렁 드러누워 스티븐 킹의 소설을 읽기 시작했다.

'생각보다 재미있는 소설이네.'

그때 일리나가 들어왔다. 창밖의 나무들이 방 안을 아름다운 빛으로 물들이고 있었다. 일리나가 장난기 넘치는 웃음을 지으며 그를 쳐다보았다. 그녀는 통이 넓은 청바지에 셔츠 차림이었고, 손에는 터키옥 팔찌를 끼고 발에는 가죽 샌들을 신고 있었다.

일리나가 셔츠 단추를 풀며 물었다.

"방금 푹 쉬었지?"

"그건 왜?"

"지금부터 왕성한 기력이 필요할 테니까."

일리나가 문을 발로 차 밀고는 창가로 다가가 커튼을 내렸다. 엘리엇은 그녀를 안고 침대로 쓰러뜨렸다. 그녀가 그를 바싹 끌어당기며 벽으로 밀어붙였다.

엘리엇은 두 손으로 일리나의 얼굴을 감싸 쥐었다. 일리나의 머리에서 싱그러운 바다 냄새가 났다. 일리나는 재빨리 손을 놀려 그의 벨트를 풀고 바지를 끌어 내렸다.

엘리엇이 거칠게 일리나의 셔츠를 벗겼다. 두 사람은 누가 먼저랄 것도 없이 서로의 입술을 찾아 혀의 감촉을 느꼈다. 엘리엇이 몸을 번쩍 들어 올리자 일리나가 두 다리로 그의 엉덩이를 감쌌다.

엘리엇의 손길이 브래지어를 벗긴 가슴을 지나고, 벌거벗은 배를 지나 더 아래쪽으로 내려갔다. 숨을 헐떡이는 신음소리와 속삭임이 이어지다가 이내 그녀의 손이 척추를 따라 올라왔다.

엘리엇이 그녀를 가슴 쪽으로 끌어당겼다. 몹시 긴장한 그녀의 근육이 팽팽하게 부풀어 올랐다. 그 순간 뜨거운 기운이 몸속으로 밀려들었다. 그녀의 배가 가볍게 떨리며 온몸의 긴장이 풀렸다.

바깥에서 강한 바람이 불고 있었다. 창문이 흔들리다가 벌컥 열리며 꽃병을 넘어뜨려 산산조각을 내버렸다. 멀리서 개 짖는 소리와 정체불명의 고함이 들려왔다. 두 사람은 이제 다른 건 안중에 없었다. 서로의 숨결에 빠져들며 느끼는 취기, 깊은 심연으로 미끄러지는 현기증만이 있을 뿐이었다.

일리나는 손에 닿는 그의 피부, 머리카락, 살결에 밴 냄새, 혀의 감촉을 조금도 빠뜨리지 않고 만끽하고 있었다. 그가 몸을 밀착시킬 때마다 심장이 빠르게 요동쳤다. 그러다가 마치 진공상태처럼 그녀의 배 속이 움푹 파이는 느낌이 들었다. 그다음에는 그녀의 몸 안에서 뭔가 타들어 가는 느낌이 이어졌다. 그 순간, 마치 시간이 멈춰버린 듯했고, 땅에서 발을 떼고 하늘을 나는 느낌이었다.

*

두 사람은 어둠 속에서 몸을 밀착하고 말없이 누워있었다. 땅거미가 내리면서 서늘한 기운이 퍼졌지만 두 사람이 몸을 맞대고 누워있는 침대는 더없이 후끈하고 안온했다.

졸음이 쏟아지며 잠이 들려고 하는 순간 전화벨이 울렸다. 일리나가 시트를 몸에 두르고 벽에 걸린 전화기를 집어 들었다.

"알았어요, 금방 갈게요."

일리나가 전화를 끊고 엘리엇을 향해 돌아섰다.

"잠시 기다리고 있어, 베이비."

"설마 가 봐야 한다는 말은 하지 마."

"급한 상황이라 어쩔 수 없어."

"고래에게 문제가 생겼어?"

"공연을 진행해야 하는데 사람이 한 명 부족하대."

일리나가 침대로 돌아와 엘리엇의 어깨를 어루만져 주었다.

"저녁 7시에 공연을 한다고?"

"여름 시즌이 끝날 때까지 야간 공연을 할 거야."

"벌써 10월이야. 여름 시즌은 진작 끝났어."

"10월은 플로리다에서 늦여름에 속해."

일리나가 가볍게 키스하고 나서 침대에서 일어섰다.

"당신은 집에서 쉬고 있어. 아보트는 일찍 잠자리에 드니까 염려하지 않아도 될 거야."

"나도 같이 가면 안 될까?"

"내가 다른 남자들의 유혹에 넘어갈까 봐 두려워?"

"아까 오션월드 기념품 가게에서 예쁜 아가씨를 하나 봐두었거든. 당신이 공연하는 동안 그 아가씨 친구 노릇이나 해야겠어."

엘리엇을 향해 베개가 날아왔다.

"다른 여자에게 눈길을 돌렸다가는 가만 안 둘 거야."

일리나가 옷을 입고, 재빨리 머리를 매만졌다.

엘리엇도 다시 셔츠를 걸쳐 입었다.

"만약 다른 여자에게 껄떡대다가 걸리면 그 즉시 끝장이니까 그리 알아. 당신과의 섹스도 마지막이 되겠지."

"방금 전 섹스는 정말 좋았어."

"쉿, 그만!"

"왜?"

"좋았다고 발설하면 마법이 풀리니까!"

엘리엇이 재킷을 걸치며 말했다.

"난 우리가 함께한 순간들을 머릿속에 모두 저장해 두고 있어. 마치 기록영화들처럼."

일리나가 문을 닫으며 속삭였다.

"듣기 좋은 말이네."

엘리엇은 아보트에게 들키지 않게 조심하며 비상계단을 내려갔다.

"내가 늙고 무기력해져 양로원에 들어가 있을 때 다시 돌려 볼 영화들이지. 우리 두 사람이 함께한 순간을 떠올리면 그나마 행복할 테니까."

11

세 번째 만남

어제만 해도, 난 스무 살이었네. 시간을 어루만지고 있었네.
-샤를 아즈나부르

어제는 사랑이란 게임이 너무나 쉬웠어.
-존 레논과 폴 매카트니

1976년

엘리엇의 나이 서른

아쿠아틱 카페는 방문객들이 고래 수족관을 바라보며 시간을 보낼 수 있는 명소였다. 조련사들과 범고래들이 대담무쌍한 묘기를 선보이기 시작하자 사람들이 환호하며 즐거워했다.

엘리엇은 공연을 보러 온 사람들이 카페의 빈자리를 빼곡하게 채우는 모습을 지켜보았다. 종업원이 그가 주문한 버드와이저를 들고 왔다.

카페 안은 부드러운 빛에 싸여있었다. 계산대 옆에서는 기타 연주자와 가수가 듀엣을 이루어 캐롤 킹, 닐 영, 사이먼 앤 가펑클의 히트

곡들을 어쿠스틱 기타 버전으로 들려주고 있었다.

엘리엇은 기타의 감미로운 멜로디와 방금 전 일리나와 함께한 섹스의 여진에 취해 옆 테이블에 시간여행자가 다가와 앉는 걸 미처 보지 못했다.

엘리엇은 맥주를 한 모금 마시고 나서 기계적으로 담배에 불을 붙였다.

"내 라이터를 슬쩍한 사람이 자네였어?"

엘리엇은 범행 현장을 들킨 사람처럼 깜짝 놀라며 황급히 몸을 돌렸다. 노신사가 재미있다는 듯 활짝 웃는 얼굴로 그를 쳐다보고 있었다. 이미 마음의 준비를 하고 있었기 때문에 노신사가 다시 나타난 것에 대해 그리 놀라지는 않았다. 지금껏 벌어진 일들이 꿈이 아니었다는 사실이 분명하게 밝혀지는 순간이었다.

엘리엇이 떨리는 목소리로 말했다.

"이제는 저도 인정해요."

"무엇을 인정한다는 거야?"

"당신의 말이 모두 진실이라고요. 당신이 미래의 내 자신이라는 것도 인정해요."

노신사가 자리에서 일어나 재킷을 벗더니 가까이 다가와 앉았다.

"문신 아이디어는 제법 훌륭했어."

그가 셔츠를 올려 문신을 보여주었다.

"마음에 들 거라 생각했어요."

일행이 한 사람 더 있는 걸 발견한 종업원이 다가와 물었다.

"주문하시겠습니까?"

노신사가 엘리엇의 버드와이저 맥주병을 가리키며 말했다.

"나도 버드와이저로 줘요. 이 친구와 나는 취향이 같으니까."

두 사람은 동시에 피식 웃음을 터뜨렸다. 카페의 화사한 불빛 아래에서 처음으로 동질감이 들었고, 이전보다는 훨씬 친밀감이 느껴졌다. 두 사람은 새롭게 형성된 유대감 속에서 이전보다는 편안한 마음으로 서로를 대했다. 마치 오랫동안 만나지 못했던 가족과 다시 재회하게 된 느낌이었다.

엘리엇이 물었다.

"30년 후의 미래에서 여기까지 어떻게 올 수 있는 겁니까?"

"시간여행이 어떻게 가능한지에 대해서는 나 역시 아무것도 몰라. 그래서 자네 못지않게 놀라고 있어."

"우리가 30년이라는 세월을 뛰어넘어 만날 수 있게 된 원리를 모른단 말입니까?"

"몰라."

엘리엇은 답답한 마음에 담배 연기를 길게 내뿜었다.

"30년 후라면 2006년일 텐데 그 시대는 지금과 어떻게 다릅니까?"

"뭘 알고 싶나?"

궁금한 게 너무 많았다.

"세상은 살 만한 곳이 되었습니까?"

"지금보다 나아진 게 별로 없어."

"동서 냉전의 결과는 어떻게 되었죠?"

"동서 냉전 시대는 이미 끝난 지 오래야."

"미국과 소련 중에서 누가 이겼는데요?"

"처음부터 이기고 지는 문제는 아니었잖아."

"제3차 세계대전이 발발하지는 않았나요? 핵전쟁은요?"

"대규모 전쟁이 발발하지는 않았지만 새로운 문제들이 다수 등장했어. 환경문제, 세계화문제, 테러문제, 9·11테러와 다양한 후유증들……."

"9·11테러라면?"

"2001년 9월 11일에 테러리스트들이 항공기를 몰고 뉴욕의 세계무역센터 건물을 들이받았어. 그 결과 건물이 붕괴되고, 수많은 희생자들을 낳은 대형 참사가 빚어졌지."

"그야말로 끔찍한 사고였네요."

엘리엇은 궁금한 게 많아 잠시도 틈을 주지 않았다.

"저는 어떻게 지내고 있습니까?"

"그럭저럭 잘 지내."

"훌륭한 의사가 되었습니까?"

"자네는 이미 훌륭한 의사야."

"제가 지금과 달리 환자들의 죽음에 더러 무감각해지기도 하고, 적당한 거리를 둘 줄 아는 의사가 되었습니까?"

"자네가 훌륭한 의사가 될 수 있었던 이유는 환자들의 죽음에 무감각해지거나 그들과 거리를 두지 않았기 때문이야."

엘리엇은 소름이 돋을 만큼 깜짝 놀랐다. 그는 지금껏 의사라는 직업에 대해 그런 관점으로 바라본 적이 없었다. 물어보고 싶은 게 정말 많았지만 시간이 많지 않은 만큼 핵심 사항에 집중하기로 했다.

"저에게 아이가 있습니까?"

"예쁘고 똑똑한 딸이 하나 있어. 자네 딸도 뉴욕에서 의사가 되기 위한 공부를 하고 있지."

"아……."

엘리엇은 잘된 일인지 아닌지 알 수 없었다.

"저는 좋은 아빠입니까?"

"좋은 아빠가 되려고 최선을 다했지. 그 결과 실제로 좋은 아빠가 되었어."

"일리나는 잘 지냅니까?"

"질문이 너무 많아."

"이미 답을 알고 있으니 대답하기 쉽지 않나요?"

"대답하기 쉬운 문제가 아니야."

시간여행자가 맥주를 한 모금 마시고 나서 주머니에서 말보로를 꺼냈다.

엘리엇이 지포 라이터로 불을 붙여주며 물었다.

"원하신다면 라이터를 다시 가져가세요."

"그냥 넣어둬. 어차피 자네 라이터가 될 테니까."

카페의 뮤지션들이 비틀스의 〈예스터데이(Yesterday)〉를 부르고 있었다.

"미래에는 주로 어떤 음악을 듣죠?"

"다양한 음악이 유행하고 있지만 비틀스보다 낫다고 장담 못 해."

"비틀스는 재결합했습니까?"

"결국 재결합하지 못했어. 이제는 재결합 가능성이 단 1퍼센트도 안 돼. 존 레넌은 암살당했고, 조지 해리슨은 죽었으니까."

"폴 매카트니는?"

"그는 아직 활발하게 활동하고 있어."

공연이 시작되면서 실내가 조용해졌다. 두 사람은 거의 동시에 고래 수족관을 향해 몸을 돌렸다. 수의사들이 관객들의 박수를 받으며 입장했다.

노인이 눈을 가늘게 떴다.

"저 여자가 일리나인가?"

"예, 일리나."

"난 여기 오래 머물러 있지 못해. 이제 몇 분만 더 지나면 다시 돌아가야 하니까. 이제부터 일리나만 바라보고 있기에도 시간이 부족해."

엘리엇은 시간여행자가 카페 밖으로 나가 관람석 위쪽으로 걸어 올라가는 모습을 지켜보고 있었다.

엘리엇의 나이 예순

엘리엇은 일리나를 가장 잘 볼 수 있는 앞자리로 가기 위해 중앙 통로를 따라 내려갔다. 세계 최대 규모인 이 수족관은 세 구역으로 나뉘어

있었다. 대형 수족관 옆에 규모가 조금 작은 수족관 두 개가 붙어있었다. 작은 수족관 중에서 하나는 고래가 다쳤을 때 치료해 주는 곳, 다른 하나는 고래를 훈련시키는 공간으로 사용되었다. 사람들은 범고래 여섯 마리가 공연을 앞두고 대형 수족관에서 유영하는 모습을 볼 수 있었다.

드디어 공연이 시작되었다. 몸무게가 7톤이 넘는 범고래들이 허공으로 도약했다가 떨어지며 물방울을 흩뿌렸다. 엘리엇의 시선은 물속에서 범고래들을 능수능란하게 다루는 일리나에게 쏠려있었다. 그는 지금 충격과 회한이 교차하는 가운데 일리나의 일거수일투족을 눈이 빠지도록 주시하고 있었다. 일리나는 지난 30년 동안 무수히 꾸었던 꿈에서처럼 눈부시게 아름다웠다. 지난 세월 그는 일리나의 사진을 수없이 봐왔지만 지금 눈앞에 보이는 그녀처럼 생기발랄한 아름다움을 느낄 수는 없었다. 뭉클한 감정이 봇물처럼 밀려오는 가운데 지난 일들이 두서없이 떠올랐다. 일리나를 더 사랑해 주지 못했고, 더 이해해 주지 못했고, 더 보호해 주지 못한 것에 대해 자책감을 느꼈다. 그들의 사랑을 파괴해 버리고 멀리 달아나 버린 시간 앞에 아무런 저항도 하지 못하고 굴복해 버린 자신의 무기력했던 모습이 떠오르면서 분노와 회한을 금할 수 없었다.

엘리엇의 나이 서른

시간여행자가 관람석에 앉아 공연을 구경하는 동안 엘리엇은 방금 전 나누었던 대화의 충격에서 헤어나지 못하고 의자에 멍하니 앉아있었다. 시간여행자로부터 들은 이야기는 궁금증을 해소시켜 주기는커녕 오히려 의구심만 증폭시켰다.

엘리엇은 의자 등받이에 걸어두고 간 시간여행자의 재킷이 눈에 들어오는 순간 문득 호주머니를 뒤져 보고 싶은 충동이 일었다. 남의 호주머니를 뒤지는 건 분명 나쁜 짓인데 이상하게 죄의식이 느껴지지 않았다. 시간여행자의 주머니에서 지갑과 이상한 물건 두 개가 나왔다. 지갑 안에는 스무 살쯤 된 여자의 사진이 들어있었다.

'이 여자가 내 딸일까?'

일리나와 비슷한지 살펴보았지만 전혀 닮은 구석이 없었다. 엘리엇은 당혹감을 느끼며 사진을 제자리에 넣고 나서 이상한 물건들을 유심히 살펴보았다. 검은색 바탕에 은빛이 도는 기계에 작은 스크린이 붙어있었다. 스크린 위쪽에 'NOKIA'라는 글자가 보였는데 그 기계를 만든 업체 이름인 듯했다. 어떤 용도에 쓰이는 물건인지 이리저리 돌려 보며 들여다봤지만 도저히 알 길이 없었다. 그때 갑자기 기계에서 멜로디가 울려 퍼지기 시작했다. 엘리엇은 깜짝 놀라 기계를 집어 들긴 했지만 어떻게 해야 소리를 끌 수 있는지 알 길이 없었다. 멜로디가 계속 울리자 사람들이 호기심과 비난이 섞인 눈빛으로 쳐다보았다.

엘리엇은 그 작은 기계가 전화기라는 생각이 들었다. 그는 통화버튼으로 짐작되는 초록색 버튼을 눌렀다.

"여보세요?"

엘리엇이 작은 기계를 귀에 갖다 댔다.

"엘리엇, 전화가 오면 냉큼 받아야지 뭘 그리 꾸물거려?"

'이 목소리의 주인공은······.'

"매트?"

"그 사람 참 생뚱맞기는······. 내가 매트지 그럼 누구겠어?"

"너 지금 어디에 있어?"

"오늘따라 뭘 잘못 먹었나? 내가 농장에 있지 어디 있겠어?"

"농장? 포도 농장? 우리가 농장을 샀어?"

"농장을 산 지 30년이나 지났는데 무슨 소리야? 상태가 좀 나아진 줄 알았더니 여전하네."

"매트?"

"무슨 일 있어?"

"넌 지금 나이가 몇 살이나 되었어?"

"자꾸만 늙어가는 사람 나이를 꼭 들춰야겠어?"

"그냥 몇 살인지 말해 봐."

"너랑 나이가 같으니까 예순 살이지. 나이도 잊어버렸어?"

엘리엇은 갑자기 할 말을 잃었다.

"매트, 넌 지금 나에게 무슨 일이 벌어지고 있는지 상상도 못할 거야."

"넌 늘 엉뚱한 편이었으니까 자주 이상한 일이 벌어지겠지. 그나저나 넌 지금 어디야?"

"지금은 1976년이고, 내 나이는 서른이야."

"농담이지? 끔찍하게 재미없는 농담이었다는 것만 알아둬. 중대한 문제가 생겼어. 프랑스로 수출하는 와인 상자를 제때에 선적하지 못할 것 같아. 내가 어떻게든 잘 처리해 볼 테니까 너무 신경 쓰지 마. 모든 게 망할 놈의 파업 때문이니까."

매트가 투덜거리며 전화를 끊었다.

엘리엇은 미래의 매트와 기상천외한 통화를 해놓고도 너무 놀라운 일이라서 실감이 나지 않았다. 두 번째 물건에는 가느다란 전선이 감겨있었다. 전선을 풀어 보니 맨 끝에 마개가 두 개 달려있었다. 라이트(Right), 레프트(Left)라는 표시를 보니 감이 왔다.

'헤드폰?'

엘리엇은 헤드폰을 자세히 관찰하고 나서 이번에는 동전보다 조금 더 큰 물건을 들고 요모조모 살펴보았다. 작은 물건에 컬러 스크린이 달려있었고, 가운데에 톱니바퀴 비슷한 게 있었다. 작은 물건을 뒤집어 보니 이렇게 쓰여있었다.

iPOD

Designed by Apple in California Made in China

톱니바퀴 모양을 조작하자 스크린에서 이름들이 줄줄이 나타났다. U2, R.E.M, 콜드플레이, 라디오헤드……. 드디어 그가 아는 이름도 나왔다. 롤링 스톤즈.

엘리엇은 신기한 듯 미소를 머금었다.

'이 작은 물건은 미니 전축이 분명해.'

엘리엇이 플레이 버튼을 누르자 〈세티스팩션(Satisfaction)〉이 흘러나왔다. 마치 보잉기가 이륙할 때처럼 큰 소리였다. 그는 질겁하고 놀라 기계를 내려놓고 서둘러 헤드폰을 빼냈다. 완전히 얼이 빠져 달아난 그는 황급히 지갑과 전화기, 미니 전축을 재킷 호주머니에 다시 집어넣었다. 미래 세상은 복잡하게 변한 게 분명했다.

엘리엇의 나이 예순

공연은 이제 막바지에 다다랐다. 수족관 한가운데서 거대한 범고래 두 마리가 로켓처럼 솟아올랐다가 전광석화처럼 물을 가르며 헤엄쳤다. 수족관 끝에 도달한 고래들은 반 바퀴를 돌아 다시 한번 위로 도약했다가 물 위로 떨어졌다. 물이 튀면서 앞쪽에 앉아있던 관객들의 옷을 흠뻑 적셨다.

엘리엇은 바닷물 세례를 받았지만 일리나를 쳐다보느라 여념이 없어 전혀 개의치 않았다.

일리나가 공연의 대미를 장식하기 위해 수족관 위의 가로대 꼭대기까지 올라가 입에 생선을 물고 섰다. 수족관의 대장 격인 아누쉬카가 물 밖으로 솟구쳐 오르며 생선을 채가는 동안 관객들은 숨죽이며 지켜보고 있었다. 일리나가 우레와 같은 박수를 받으며 관객들을 향해 인사했다. 일리나의 시선이 시간여행자를 발견한 순간 그대로 멈췄다. 그녀의 눈빛에 당혹감이 어려있었다.

'어쩜 이리 비슷하게 생긴 사람이 있을까?'

일리나는 자기도 모르게 노신사를 향해 환한 미소를 지어 보였다. 엘리엇은 그녀의 미소에 흠뻑 빠져들었다.

엘리엇은 이제 캄보디아 노인에게 부탁했던 소원을 모두 이루었다는 생각이 들었다. 지금 이 순간, 죽기 전에 목숨보다 더 사랑한 여자를 만나 보고 싶어 했던 소원은 이루어졌다.

그때 갑자기 입안에서 쇠 맛이 느껴지다가 갑자기 숨이 가빠지며 미래로 돌아갈 시간을 알리는 경련이 일기 시작했다. 그는 서둘러 젊은 엘리엇이 앉아있는 테이블로 돌아갔다. 이제 남은 시간이 별로 없었다.

"이번이 마지막 시간여행이 될 거야. 내가 자네에게 했던 말은 이제 모두 잊어버리는 게 좋을 거야. 나를 만나 보았던 걸 잊고 자네가 계획했던 인생을 그대로 살아가면 돼."

"이번을 마지막으로 다시는 돌아오지 않을 겁니까?"

"그래야겠지. 이번이 마지막이야."

"이유가 뭐죠?"

"내가 바라던 걸 얻었으니까. 이제 자네의 삶도 다시 정상궤도로 진입해야 하지 않겠나?"

시간여행자는 점점 심하게 몸을 떨었다. 엘리엇은 그가 재킷을 잘 입을 수 있도록 도와주며 화장실로 향하는 그를 뒤따라갔다.

"어르신이 바라던 게 무엇이었죠?"

"일리나를 꼭 한 번 만나 보고 싶었어. 방금 전, 내 소원이 모두 이루어졌어. 일리나를 보았으니까."

엘리엇은 이대로 물러서고 싶지 않았다. 그가 떠나지 못하게 막으려는 듯 노신사의 옷깃을 꽉 움켜쥐었다. 그가 노신사를 화장실 벽면으로 밀어붙이며 소리를 질렀다.

"일리나를 다시 보고 싶었던 이유가 무엇입니까?"

노신사가 마지못해 대답했다.

"유감이지만 일리나는 곧 목숨을 잃어."

"일리나가 죽는다고요? 언제요?"

"이제 곧."

"일리나는 이제 겨우 스물아홉 살이에요. 그 나이에 죽는 사람은 없어요."

"죽음은 예고 없이 찾아오는 거야. 자넨 의사니까 그 사실을 누구보다 잘 알잖아."

"일리나가 왜 젊은 나이에 죽어야 하죠?"

노신사는 눈물이 그렁그렁한 얼굴로 아무 대답도 하지 못하고 서 있다가 사라지기 직전에야 겨우 청천벽력 같은 말을 던졌다.

"일리나를 죽게 만든 사람은 바로 자네야."

12

우리는 누구나 인생의 부족한 점을 채워줄 수 있는 단 하나뿐인 사람을 찾고 있다.
우리가 그를 찾지 못하면 그가 우리를 발견하게 해달라고 기도하는 방법밖에 없다.

-〈위기의 주부들〉

플로리다, 1976년

엘리엇의 나이 서른

동이 트자 엘리엇은 일리나와 함께 길을 나섰다. 세찬 바람이 불었고, 날씨는 활짝 개어있었다. 초가을 낙엽들이 바람에 실려 멀리까지 날아갔다.

엘리엇이 선더버드 운전대를 잡고 마이애미를 향해 달리는 동안 조수석의 일리나는 깊이 잠들어 있었다. 일리나는 이틀간 휴가를 얻었고, 그녀의 삼촌이 사는 키웨스트 섬에서 엘리엇과 함께 주말을 보내기로 했다. 두 사람은 이미 몇 년 전부터 일상에서 탈출해 즐기다가 오자는 약속을 했지만 계속 미루어 왔다. 사람들은 언젠가 기회가 있을 거라고 믿지만 노력하지 않는 한 결코 그냥 주어지지는 않는다.

엘리엇은 그녀가 잠을 깨지 않도록 조심스럽게 운전했다. 편안하고 고른 숨소리를 내며 잠든 일리나의 모습이 복잡한 심경을 추스르지 못하는 엘리엇과 대조를 이루었다.

엘리엇은 모처럼 주어진 기회인 만큼 이번 휴가를 맘껏 즐기고 싶었지만 마음은 온통 다른 곳에 가있었다. 그의 머릿속은 온통 시간여행자가 남기고 간 말들로 가득 차있었다.

유감이지만 일리나는 곧 목숨을 잃어.

일리나를 죽게 만든 사람은 바로 자네야.

노신사의 말은 모두 터무니없어 보였지만 지금껏 그의 말이 모두 사실로 입증된 만큼 불길한 느낌이 가시지 않았다. 밤새 그 문제에 대해 깊이 고민해 본 결과 여전히 풀리지 않는 의혹이 있었다.

'일리나가 죽는다는 사실을 알고 있으면서 시간여행자는 왜 그녀를 구할 수 있는 정보를 알려주지 않았을까? 게다가 왜 이번이 마지막 여행이라고 못을 박았을까?'

일리나가 기지개를 켜며 말했다.

"운전하면서 도로를 봐야지 나를 보면 어떡해!"

"당신이 플로리다 경치보다 아름다우니까."

일리나가 몸을 숙여 그를 안았다. 엘리엇은 갑자기 일리나에게 모든 사실을 다 털어놓고 싶은 충동을 느꼈다.

'미래에서 온 시간여행자를 만났어. 그가 말하길 당신이 곧 죽는 대. 그 사람은 바로 30년 후의 나야.'

일리나에게 시간여행자가 한 말을 있는 그대로 해줄 수는 없었다. 근거도 없이 불길한 말을 해 괜한 걱정거리를 안겨주면 안 되니까. 매트와 일리나의 도움을 기대할 수 없기에 어떡하든 혼자 해결해야 할 문제였다.

'시간여행자가 미래의 나라면 그가 내 편이 되어줄 수 있지 않을까?'

우선 시간여행자가 다시 오게 할 수 있는 방법을 찾아야만 했다. 일단 만나야 도움을 요청할 수 있을 테니까.

'지난번에는 문신으로 메시지를 보냈는데 이번에는 어떤 방법이 있을까?'

샌프란시스코, 2006년

엘리엇의 나이 예순

비가 이틀 연속 내리고 난 뒤 샌프란시스코 하늘에 다시 찬란한 해가 솟아올랐다. 엘리엇은 오늘 하루 앤지와 피크닉을 즐기기로 했다. 자전거를 빌려 타고 골든게이트를 건너 마린 카운티를 향해 달렸다. 정오 무렵 소살리토에 도착해 해변에 돗자리를 깔았다.

엘리엇은 그저 딸과 함께 시간을 보내고 있다는 것에 감사했다. 함께 있다는 사실 말고는 아무것도 중요하지 않았다. 해변에서 식사를 마치고 다시 자전거에 올라 해안도로를 따라 달렸다. 티뷰론에 도착한 앤지는 수상 스쿠터 대여점 앞에서 걸음을 멈췄다.

"아빠, 수상 스쿠터를 타 보고 싶어요."

"겁나지 않아?"

"아빠가 곁에 있잖아요."

엘리엇은 수상 스쿠터에 올라 조심스럽게 바다로 향하는 앤지를 지켜보며 지난밤 일을 생각해 보았다. 세 번째 알약 덕분에 그는 일리나의 얼굴을 볼 수 있었다. 과거로 돌아가 일리나를 보았고, 노인에게 말했던 소원이 이루어졌다. 다만 그의 마음은 이전보다 훨씬 더 심란했다. 지난날의 고통, 상처, 죄의식, 후회가 되살아났다. 무엇보다 젊은 엘리엇에게 일리나가 곧 죽게 된다는 이야기를 털어놓은 게 후회되었다. 그 말이 불러올 파장이 두려웠다.

엘리엇은 다시 과거로 돌아가 상황을 바꿔놓고 싶은 유혹을 느꼈다. 과거로 한 번만 더 돌아갈 수 있다면 일리나의 목숨을 구할 수도 있었다. 다만 과거를 바꾸면 응분의 대가를 치러야 할 것이다.

지금까지는 잠시 과거로 돌아온 시간여행자에 머물렀기에 혼란을 최소화할 수 있었다. 과거의 인생에 직접 개입할 경우 몹시 혼란스러운 상황이 벌어질 가능성이 컸다. 엘리엇은 나비 효과와 카오스 이론에 대해 모르지 않았다. 사소한 사건 하나가 연쇄반응을 일으켜 대규모 재앙을 초래하게 될 수도 있었다. 대서양에서 나비 한 마리가 날개를 파닥거리면 플로리다에 폭풍우가 몰아칠 수도 있었다.

엘리엇은 과거로 돌아가지 않기로 마음먹었다. 일리나를 구하고 싶은 마음이 절절했지만 뒤따를 파장을 감당할 자신이 없었다. 일리나를 살릴 경우 젊은 엘리엇은 당연히 그녀와 함께 미래를 계획하게 될 테고, 집도 사고, 아이도 낳게 될 것이다. 그렇게 될 경우 앤지의 생모인 심장병 전문의를 만나지 못할 가능성이 컸다. 결국 앤지는 세상에 나올 수 없게 된다는 뜻이었다.

좋은 방법이 없을지 아무리 머리를 굴려 보아도 언제나 결론은 똑같았다. 일리나를 살리려면 앤지를 포기해야 한다는 뜻이었다. 도저히 받아들일 수 없는 일이었다. 일리나를 살리고 싶은 마음은 간절했지만 뒷일을 생각하면 차라리 지금 이대로가 좋을 듯했다.

엘리엇의 나이 서른

플로리다의 홈스테드에서 여러 개의 섬을 거쳐 키웨스트까지 이어지는 오버시즈 하이웨이에 접어들었을 때 해는 이미 머리 위로 높이 솟아올라 있었다.

엘리엇은 바다 한가운데를 가로지르는 것 같은 기분을 맛보며 세상에서 가장 아름다운 길을 달렸다. 그는 눈높이까지 날아오른 펠리컨을 경이로운 눈길로 바라보았다. 바다 위에 세운 다리를 건널 때마다 새로운 섬이 등장하는 도로였다.

엘리엇은 선더버드의 덮개를 내리고 록 음악이 나오는 라디오를 켰다. 차가 다리 위를 달리는 동안 동화의 세계를 연상시키는 풍경들이 뒤로 밀려났다. 엘리엇은 키 라르고에 있는 레스토랑 앞에 차를 세웠다. 두 사람은 산호초로 꾸민 레스토랑에서 게, 소라, 새우튀김 요리를 시켜 식사를 했다.

엘리엇이 자그마한 우체국을 손으로 가리키며 말했다.

"우체국에 가서 매트에게 전화해야겠어. 강아지 밥을 잊지 않고 잘 챙겨주고 있는지."

"그동안 나는 선크림 사 올게."

엘리엇은 배 모양으로 꾸민 우체국 건물 안으로 들어섰다. 오전 내내 고심한 끝에 미래로 메시지를 보낼 수 있는 방법을 찾아냈다. 그는 매트에게 전보를 쳤다.

매트.

네 도움이 필요해. 내가 무슨 이유로 이런 부탁을 하는지 지금은 알려 줄 수 없어. 언젠가 기회가 되면 모두 설명해 줄게. 그때까지 나를 믿고 기다려 줘.

......

샌프란시스코, 1976년

매트의 나이 서른

늦은 오후의 황금빛 햇살이 커튼을 뚫고 들어왔다. 매트가 기타를 연주하며 티파니를 위해 노래했다. 엘튼 존이 부른 노래에 티파니의 이름을 넣어 가사를 바꾼 곡이었다.

티파니가 소파에 나른한 자세로 기대앉아 칵테일을 홀짝거리며 재미있다는 듯 매트를 쳐다보았다.

"노래로 내 마음을 사로잡을 수 있을 거라고 생각했어?"

매트가 기타를 내려놓고 그녀를 향해 다가갔다.

"아니, 전혀. 난 당신을 즐겁게 해주고 싶었을 따름이야. 그 마음이 가상하지 않아?"

티파니가 칵테일을 한 모금 더 마시며 미소로 화답했다. 매트는 언제나 거침없이 저돌적이었고, 늘 그런 박력 있는 모습이 여자들에게는 거부할 수 없는 매력 포인트가 되고 있었다.

티파니는 마음속으로 생각했다.

'남자에게 속지 않을 정도로 나이를 먹었지만 남자를 사랑하지 않기란 불가능해.'

매트는 날씬하고 긴 티파니의 다리와 매혹적인 네크라인에 빠져 정신이 혼미할 지경이었다.

'환상적인 몸매에 백치미가 있는 여자라니까.'

매트는 지적인 여성과는 코드가 맞지 않았다. 그는 대학 교육을 받지 않았고, 지적인 면이 많이 부족하다고 자인했다.

매트는 몸을 구부려 그녀의 입술에 키스했다.

'지적인 건 중요하지 않아. 뜨거운 시간을 보낼 수 있으면 돼.'

매트는 지난번 일로 토라진 티파니를 설득하기 위해 공을 들여왔고, 이제 고지가 눈앞에 있었다. 그가 입술을 떼지 않은 자세로 허벅지에 손을 올려놓고 서서히 위쪽으로 손길을 옮기기 시작했다.

"계십니까?"

매트는 깜짝 놀라며 자리에서 벌떡 일어섰다. 그는 일이 자연스럽게 되어가는 순간에 하필이면 분위기를 깨는 소리가 들려오는 바람에 화가 치밀었다.

"누구세요?"

"매트 들뤼까 씨 앞으로 전보가 두 통 왔는데요."

"젠장맞을! 타이밍 한번 절묘하네."

티파니가 재빨리 옷매무새를 고치는 동안 매트는 아쉬움이 크다는 듯 혼잣말로 투덜거리며 문을 열었다.

"전보에 번호가 매겨져 있으니 순서대로 읽어달랍니다."

매트가 첫 번째 봉투를 개봉했다. 그의 머릿속에 입력되어 있는 전보들은 대개 죽음, 병, 사고 같은 나쁜 소식들이었다. 파란 종이 위에 타자로 친 글씨가 보였다.

엘리엇이 보낸 전보로 다른 내용은 눈에 들어오지도 않고, '나를 믿고 기다려 줘.'와 '최대한 빨리 우리 집에 가줘.'라는 두 문장만이 시선을 사로잡았다.

매트가 티파니에게 말했다.

"미안하지만 급한 일이 생겨서 당장 나가 봐야겠어."

티파니가 소파에서 일어나 구두를 손에 들고 매트 앞에 버티고 섰다.

"지금 이 문을 나서는 순간 나를 다시는 만날 수 없을 거야."

매트는 강렬한 눈빛으로 티파니를 쏘아보았다. 석양빛을 받은 그녀의 스커트 안이 훤히 들여다보였고, 고혹적인 몸의 곡선이 뚜렷이 드러나 있었다.

"급한 일이 있으니까 이해해 줘."

티파니가 날을 세우며 반박했다.

"나는 늘 뒷전으로 생각한다는 뜻이지?"

티파니는 내심 이 플레이보이 같은 남자가 겉모습과 달리 신뢰할 수 있는 면이 있다는 생각이 들었다. 그를 잡고 싶었지만 지난번에 이어 두 번이나 연속으로 자존심을 굽히고 싶지 않았다.

그녀가 스커트 단추를 되는대로 끼우며 쏘아붙였다.

"당신의 선택을 후회하지 않길 바랄게."

"분명 후회하게 될 테지만 지금은 어쩔 수 없어."

티파니가 물건을 손가방에 챙겨 들고 집을 나섰다.

"잘 먹고 잘 살아!"

그녀가 문을 세차게 닫았다.

플로리다, 1976년

엘리엇의 나이 서른

엘리엇은 최종 목적지인 키웨스트에 도착했다. 바다가 석양빛을 받아 황금빛으로 물들어 있었다. 미국의 최남단인 키웨스트는 좁은 도로들, 식민지 시대에 지은 가옥들, 열대림으로 꾸민 정원들이 어우러져 독특한 분위기를 자아내고 있었다.

엘리엇은 바닷가에 선더버드를 주차하고 일리나와 함께 왜가리와 펠리컨들이 날아다니는 해변을 거닐다가 자그마한 카페 안으로 들어갔다. 그 카페에서 일리나의 삼촌인 로베르토 크뤼즈를 만나기로 약속되어 있었다. 그는 어니스트 헤밍웨이가 1930년대에 키웨스트에 머물 당시 수발을 들어준 사람이었다. 키웨스트 시에서 헤밍웨이가 머물렀던 집을 사들여 박물관으로 개조했는데, 그는 현재 박물관 관리인을 맡고 있었다.

하와이언 셔츠 차림에 수염이 희끗희끗한 로베르토 크뤼즈는 헤밍웨이와 외모가 흡사했다. 그는 박물관 건물의 별채에 살고 있었는데, 두 사람에게 호텔 대신 그의 집에서 지내라고 했다.

엘리엇과 일리나는 노인의 청을 받아들여 그의 집으로 갔다.

로베르토 크뤼즈가 스페인 식민지 시대에 지은 가옥으로 통하는 철문을 열며 말했다.

"여기가 바로 헤밍웨이가 살았던 집이야."

엘리엇은 그를 따라 정원 안으로 걸어 들어가면서 매트가 전보를 받았는지 궁금해했다.

샌프란시스코, 1976년

매트의 나이 서른

"안녕, 이방인!"

매트가 문을 열자 강아지가 반갑다는 듯 쏜살같이 달려 나왔다.

매트는 강아지의 머리를 쓰다듬어 주고 나서 그릇에 비스킷을 채워주었다. 삼나무에 등을 기대고 선 그는 엘리엇이 보낸 전보를 다시 한번 읽어 보았다. 그는 요즘 들어 엘리엇의 말과 행동이 점점 이상해지고 있다는 느낌을 받았다. 그는 엘리엇이 망상을 떨쳐버릴 수 있게 도와주지 못한 것에 대해 자책감을 느꼈다. 엘리엇이 일리나를 만나 즐거운 시간을 보내면 예전처럼 상식적이고 합리적인 생각을 되찾을 수 있을 거라고 기대했는데 여전히 망상의 세계에서 벗어나지 못한 눈치였다. 얼마 전, 시간여행자를 만났다고 할 때부터 조짐이 좋지 않다고 생각했는데, 시간이 갈수록 망상이 심각해지고 있었다.

매트는 일단 엘리엇이 부탁한 내용을 그대로 실행하기로 했다. 엘리엇의 정신이 이상해지고 있다 하더라도 그에게는 이 세상에서 가장 소중한 친구였다.

매트는 어린 시절에 버려진 아이들을 돌보는 파리의 빈민구제소에 맡겨졌고, 여러 위탁 가정을 전전하며 성장기를 보냈다. 열다섯 살이 되었을 때 더는 학교를 다닐 수 없는 처지가 되었다. 그때부터 생활비를 벌기 위해 닥치는 대로 일을 했다. 가끔 불량한 아이들과 어울려 다니며 나쁜 짓을 저지르기도 하고, 패싸움을 하다가 잡혀가 유치장 신세를 지기도 했다.

경찰서 단골이 되어갈 무렵 매트는 새로운 인생을 시작하기로 결심하고 수중에 있던 돈을 몽땅 털어 미국행 편도 항공권을 구입했다. 아마 보통 사람이었다면 이미 오래전 아메리칸드림에 대한 환상을 접었겠지만 매트는 보기와 달리 강단이 있었고, 무슨 일을 맡기든 요령 있게 해내는 재주가 있었다. 어디에 가든 주눅 들지 않고 당당하게 버틸 수 있는 배짱과 탁월한 붙임성이 있었다. 처음에는 뉴욕에서 살다가 캘리포니아로 이주했고, 미국 시민으로 정착하기 위해 최선을 다해왔다. 미국 사회가 그나마 학벌이나 출신, 계층을 따지지 않는 편이어서 꿈을 위해 매진할 수 있었다.

매트는 전보에 적혀있는 대로 일단 책장에서 지도책을 찾아 펼쳤다. 그는 66페이지와 67페이지 사이에 두 번째 전보를 끼워 넣고 나서 지도책을 다시 제자리에 꽂아두었다.

엘리엇이 부탁한 첫 번째 과제를 마친 매트는 차고로 내려가 연장통에서 용접용 인두를 찾아내 다시 서재로 올라왔다. 그는 인두가 달아오를 때까지 잠시 기다렸다. 마침내 발갛게 달아오른 인두를 손에 잡은 그는 원목 책상을 향해 다가갔다.

샌프란시스코, 2006년

엘리엇의 나이 예순

엘리엇은 한밤중에 마리나로 돌아왔다. 뉴욕으로 가는 앤지를 배웅하러 공항에 갔다가 곧장 돌아오는 길이었다. 현관문을 밀고 집으로 들어서는 순간 무력감과 고독이 동시에 밀려들었다. 그는 서재의 창가로 다가가 어둠 속에서 빛나는 마리나의 불빛을 바라보았다. 보일러를 켜지 않아 집에서 냉기가 돌았다. 몸이 덜덜 떨려와 보일러를 켜려고 걸어가다가 문득 걸음을 멈추었다. 책상 위에 인두로 지져놓은 글자가 눈에 들어왔다.

지도책 66페이지

엘리엇은 깜짝 놀라며 글자를 자세히 들여다보았다. 분명 오늘 아침까지만 해도 없던 글자였는데 오래도록 그 자리에 있었다는 듯이 틀이 자연스럽게 잡혀있었다.

대체 누가 이런 짓을 벌였는지 짐작을 할 수 있기까지 그리 많은 시간이 걸리지 않았다. 젊은 엘리엇이 지난번에는 문신을 이용하더니 이번에는 글자로 메시지를 보낸 게 분명했다.

엄마가 그에게 선물한 지도책으로 지금껏 서재에 그대로 꽂혀있었다. 그 지도책을 고이 간직해 왔지만 정작 한 번도 열어 본 적은 없었다.

엘리엇은 책장으로 다가가 문제의 책을 찾아냈다. 그는 떨리는 손길로 66페이지를 펼쳐 보았다. 파란색 봉투 하나가 마루 위로 툭 떨어졌다.

'전보인가?'

너무나 오랜만에 보는 전보였다.

엘리엇은 전보를 뜯었다. 이내 30년이라는 시간의 벽을 통과해 도착한 글자가 눈에 들어왔다.

많이 놀라셨죠?

당신은 30년이라는 시간의 벽을 필요할 때마다 쉽게 드나드는 방법을 알고 있으니 마치 자신이 전지전능한 사람이라도 된 양 착각하는 건 아닌지요? 과거의 시간에 그대로 머물러 있는 저에게 잔뜩 불길한 생각을 떠안기고 그냥 사라져버리면 그만이라고 생각하십니까? 당신이 저의 미래에 대해 누구보다 잘 알긴 하겠지요. 하지만 곰곰이 생각해 보니 주도권을 쥐고 있는 쪽은 당신이 아니라 오히려 저라는 생각이 들더군요. 제가 어떤 행위를 하든지 그 결과가 곧장 당신의 인생에 영향을 미치게 될 테니까요.

당신에게 감히 경고합니다. 앞으로 저의 의견을 무시해서는 안 됩니다. 이제부터는 제가 주도권을 행사하겠습니다. 우선 시급히 저에게 들려주어야 할 말이 있습니다. 시간의 벽을 통과해 30년 전 과거로 와주시길 바랍니다. 오늘 밤, 당장.

엘리엇은 기겁하듯 놀라며 전보를 책상 위에 올려놓았다. 판도라의 상자가 열렸다. 가장 우려했던 일이 현실이 되었다는 뜻이었다. 일단 젊은 엘리엇을 만나 봐야 한다는 생각이 간절했다.

엘리엇은 늘 몸에 지니고 다니는 약병에서 황금빛 약 한 알을 꺼내 꿀꺽 삼켰다.

갑자기 번개가 번쩍이더니 천둥소리가 천지개벽이라도 하듯 요란하게 울려 퍼졌다. 유리창에 이제는 적이 되어버린 자신의 얼굴이 비쳤다.

13

네 번째 만남

우리는 두 눈에 붕대를 감고 현재를 통과한다. 시간이 흘러, 붕대가 벗겨지고
과거를 자세히 들여다보게 될 때가 되어서야 우리는 비로소 살아온 날들을 이해하고, 그 의미를 깨닫는다.

-밀란 쿤데라

플로리다 키웨스트, 1976년

새벽 2시

엘리엇의 나이 서른

키웨스트에 폭풍우가 몰아치면서 섬 전역에 전기 공급이 끊겼다. 엘리엇은 전보 생각 때문에 잠을 이룰 수 없었다. 그는 옆에서 잠들어 있는 일리나를 깨우지 않고, 석유램프에 불을 붙여 어니스트 헤밍웨이가 살았던 저택을 둘러봐야겠다고 생각하며 침실 밖으로 나왔다.

번갯불이 번쩍거리는 가운데 저택이 마치 태풍을 맞은 배처럼 기우

뚱 흔들리는 듯했다. 저택의 중앙 계단을 올라가는 동안 다시 요란한 천둥소리가 울리며 창문들이 요동쳤다. 그는 소스라치게 놀라며 발길을 돌려 되돌아가려다가 어깨를 으쓱했다.

위층으로 올라가 삐거덕거리는 마루를 지나자 헤밍웨이의 집필실이 나왔다. 살짝 문을 여는 순간 갑자기 뭔가 위로 뛰어오르더니 얼굴을 살짝 할퀴고 달아났다.

'고양이!'

헤밍웨이가 고양이를 좋아해 50마리쯤 키웠다는 이야기를 들은 적이 있었다. 얼굴을 만져 보니 뺨에 고양이가 할퀸 상처가 나 있었다.

'나는 여전히 동물과 궁합이 안 맞는군.'

엘리엇은 서재 안으로 들어가 대작가가 소장했던 물건들을 감탄 어린 눈길로 둘러보았다. 내전 중이던 스페인까지 주인을 따라갔던 낡은 타자기, 피카소가 선물한 도자기, 여러 자루의 만년필, 위협적인 아프리카 가면, 수십 장의 신문 스크랩과 사진들.

헤밍웨이의 서재에서는 왠지 마법의 분위기가 감돌았다. 키웨스트에서 헤밍웨이는 낚시를 즐기고, 술판을 벌이는 틈틈이 《무기여 잘있거라》,《노인과 바다》같은 걸작을 집필했다.

어둠 속에서 대작가의 유품을 둘러보는 재미가 생각보다 각별했다. 그때 돌연 전등에 불이 들어와 램프의 불을 껐다. 엘리엇은 낡은 축음기가 비치되어 있는 곳으로 걸어갔다. 손에 가장 먼저 잡힌 레코드판을 올려놓자 바이올린과 기타 소리가 어우러진 음악이 울려 퍼졌다. 1930년대 재즈의 최고봉인 장고 라인하르트와 스테판 그라펠리의 연주였다. 갑자기 레코드판이 튀며 전구에서 찌지직거리는 소리가 나더니 방은 다시 암흑 속에 잠겨 들었다.

'램프를 괜히 껐네.'

램프에 다시 불을 붙이려고 하다가 라이터를 방에 두고 왔다는 게 생각났다. 이제 창문을 때리는 빗줄기 말고는 아무것도 보이지 않았다. 그는 불이 다시 들어오기를 기다리며 어둠 속에서 한참 동안 꼼짝도 하지 않고 서있었다.

갑자기 인기척이 느껴지더니 누군가의 숨소리와 함께 금속성 소음이 들려왔다.

엘리엇이 가슴이 조마조마해진 가운데 작은 소리로 물었다.

"거기 누구 있어요?"

대답 대신 멀찍이 떨어진 곳에서 라이터의 불꽃이 일었다. 엘리엇은 어둠 속에서 자신을 쳐다보고 있는 시간여행자의 눈을 발견했다.

"내 설명이 필요하다고 했나? 그럼 내가 알아듣도록 설명해 줄게."

*

시간여행자가 램프 심지에 불을 붙이고 나서 갈색 가죽의자에 앉아 엘리엇을 바라보았다.

엘리엇이 젊은 혈기가 끓어 넘치는 목소리로 말했다.

"일리나가 목숨을 잃게 된다고 했죠? 무슨 일 때문인지 어서 말씀해 주세요."

"핏대만 세우지 말고 우선 이리 와 앉아 봐."

엘리엇은 마지못해 맞은편 의자에 앉았다. 시간여행자가 재킷 안주머니를 뒤져 사진을 한 장 꺼냈다. 그가 엘리엇에게 사진을 건넸다.

엘리엇은 사진을 찬찬히 들여다보았다.

"누군지 짐작할 거야. 그 아이의 이름은 앤지이고, 현재 스무 살이야. 내게는 목숨보다 소중한 딸이고, 세상에서 가장 소중한 보물이지."

"아이 엄마가 일리나인가요?"

"이 아이 엄마는 일리나가 아니야."

"그럼 누구죠?"

"일리나가 목숨을 잃은 지 10년이나 지났을 때 앤지가 태어났어."

"제가 그 말을 어떻게 믿을 수 있죠?"

"내가 거짓말할 이유가 없잖아."

엘리엇은 어젯밤부터 머릿속을 떠나지 않고 있는 궁금증을 털어놓았다.

"제가 일리나를 죽게 했다고 말한 이유가 뭐죠?"

시간여행자가 신중하게 어휘를 선택하려는 듯 잠시 머뭇거렸다.

"자네는 일리나를 제대로 사랑해 주지 못했어."

엘리엇이 화를 벌컥 내며 자리를 박차고 일어섰다.

"저는 지금 일리나를 목숨보다도 더 소중하게 생각하고 있어요."

"자네는 인생이 한참이나 남은 것처럼 일리나를 대했어. 사랑은 그런 식으로 느긋하게 하는 게 아니야."

엘리엇은 그의 말이 구체적으로 무엇을 의미하는지 잠시 생각해 보다가 고개를 저었다. 지금은 시시콜콜하게 사랑의 방법론을 논할 때가 아니었다. 가능한 한 그의 입을 최대한 많이 열게 해 긴요한 정보를 수집하는 게 시급했다.

엘리엇은 가장 궁금했던 걸 물었다.

"일리나는 무슨 일로 목숨을 잃게 되었죠?"

"오션월드에서 사고가 발생했어."

"언제, 무슨 사고였는지 말씀해 주세요."

"그건 곤란해."

"이유가 뭐죠?"

"나도 가슴이 찢어질 듯 안타까운 일이지만 자네가 일리나를 살려 내길 바라지 않기 때문이야."

*

엘리엇은 갑자기 말문이 막혀 창문을 뒤덮는 빗줄기를 멍하니 바라보았다. 그가 말하고자 하는 의미가 뭔지 제대로 파악할 수 없었다.

"당신은 시간여행을 하게 된 애초의 목적이 일리나를 만나고 싶었기 때문이라고 했잖아요. 그런데 왜 일리나를 구할 생각을 하지 않고 사고로 죽게 내버려 두려고 하죠?"

그가 역정을 내며 테이블을 내리쳤다.

"이미 말했지만 내 마음도 죽을 만큼 아파. 나도 그런 선택을 해야 한다는 게 가슴이 미어질 정도로 아프지만 달리 방법이 없어."

"자꾸 말을 빙빙 돌리지 말고 왜 그래야 하는지 이유를 말해주세요."

"지난 30년 동안 나는 일리나를 그리워했어. 과거로 돌아가 일리나를 만날 수만 있다면, 그녀를 살릴 수만 있다면 더 이상 여한이 없을 거라고 생각했지."

"그러니까 일리나를 살리면 되잖아요!"

"그럴 수 없으니까 답답하다는 거야."

"그래서 이유가 뭔지 물었잖아요."

"일리나를 살리면 자네는 당연히 그녀와 살게 되겠지."

"그래서요?"

"그럼 내 딸 앤지는 세상에 태어나지 못하게 되는 거야."

엘리엇은 이제야 뭔가 감이 잡힐 듯했지만 확실하게 이해가 되지는 않았다.

"일리나와 다른 아이를 낳으면 되잖아요."

"자네는 딸을 낳아 보지 않아서 그런 소리를 하는 거야. 나에게 다른 아이는 앤지와 같을 수 없어. 나는 오로지 앤지만을 원해. 나는 결코 앤지를 잃고 싶지 않아. 앤지가 존재하지 않는 세상은 나에게 아무런 의미가 없으니까."

엘리엇이 물러서지 않고 결연하게 말했다.

"저는 일리나가 죽게 내버려 둘 수 없습니다."

거의 동시에 자리를 박차고 일어난 두 사람은 상대를 향해 얼굴을 들이대고 으르렁거렸다.

"자네가 주도권을 쥐고 있다고 했지? 착각하지 마. 내가 입을 열지 않는 이상 자네는 일리나가 어떻게 죽었는지 절대로 알 수 없어. 결국 일리나를 살릴 수 있는 방법을 찾아낼 수 없을 거라는 뜻이야."

"만약 당신 말대로 일리나가 죽는다면 나는 결코 앤지를 낳지 않을 겁니다."

"아빠가 되어 보면 자네도 내 마음을 이해하게 될 거야. 이 세상에서 딸을 잃을 수도 있는 결정을 내릴 아빠는 없으니까. 아무리 사랑하는 여자를 구하기 위한 일이라고 해도 딸을 포기할 수는 없지."

두 사람은 서로의 눈을 뚫어져라 노려보며 한참 동안 그대로 서 있었다. 지난번에 만났을 때에는 동질감을 느꼈는데 이번에는 반목과 대립의 양상으로 변해있었다.

현재와 과거라는 시간의 벽이 가로놓여 있을 뿐 동일인인 두 사람은 끝까지 물러서지 않고 대립하고 있었다. 젊은 엘리엇은 사랑하는 여자를 구하기 위해, 늙은 엘리엇은 사랑하는 딸을 잃지 않기 위해.

팽팽한 대립이 계속되자 늙은 엘리엇이 먼저 해결책을 모색하고 나섰다.

"일리나를 살릴 수 있다면 자네는 무엇을 할 수 있겠나?"

엘리엇은 잠시도 망설이지 않고 즉시 대답했다.

"무슨 대가든 치를 각오가 되어있습니다."

"일리나를 살릴 수만 있다면 무엇이든 포기할 수 있다는 뜻인가?"

"필요하다면 제 목숨까지도 내놓을 수 있습니다."

"자네 말에 책임질 수 있겠지? 그런 각오가 되어있다면 나에게 한

가지 생각이 있긴 해."

*

비가 세차게 퍼붓는 가운데 두 남자는 호두나무 의자에 마주 앉았
다. 창문을 통해 보이는 키웨스트의 등대 불빛이 벽과 마룻바닥에 깜
박거리는 그림자를 만들어 냈다.

"일리나를 살리려면 세 가지 조건을 받아들이겠다는 약속이 필요해."

"세 가지 조건이라면?"

"첫째, 어느 누구에게도 자네와 내가 추진하려는 일에 대해 말해서
는 안 돼. 일리나는 물론이고, 매트에게도 말해서는 안 돼."

엘리엇이 반기를 들었다.

"매트는 신뢰할 만한 친구이지 않습니까?"

"신뢰 문제가 아니야. 우리는 지금 운명을 바꾸려는 거야. 운명을
전복하려면 응분의 대가가 따르는 건 지극히 당연한 일이지. 다른 사
람은 절대로 개입시키지 않겠다고 약속해야만 나는 자네와 함께 이
일을 추진할 수 있어."

"두 번째 조건은 뭐죠?"

"일리나를 살리게 되면 자네는 그녀와 헤어져야 해."

"제가 왜 일리나와 헤어져야 하죠?"

"일리나와 헤어져야 하는 건 물론이고, 절대로 만나서는 안 돼. 자
네는 일리나를 죽은 사람으로 치부하고 살아가야 한다는 뜻이야."

엘리엇은 너무나 끔찍한 말이라 잠시 말문이 막혔다.

"자네에게 얼마나 끔찍한 말인지 알지만 무조건 받아들여야만 하는 조건이야."

엘리엇이 핏기 없는 목소리로 겨우 물었다.

"세 번째 조건은 무엇입니까?"

"앞으로 9년 뒤인 1985년 4월 6일에 이탈리아 밀라노에서 열리는 외과학회에 참석하면 자네에게 관심을 보이는 여성 심장병 전문의가 있을 거야. 그녀가 접근해오면 자연스럽게 응해주고 함께 주말을 보내야만 해. 앤지는 그 여자와의 사이에서 태어나게 될 테니까. 지금까지 이야기한 게 자네가 수용해야 하는 세 가지 조건이야. 일리나와 앤지를 동시에 살릴 수 있는 유일한 방법이지."

밤하늘에서 천둥소리가 위협적으로 울렸다.

엘리엇이 아무런 대답을 하지 않자 시간여행자가 다시 강조했다.

"인간사의 흐름을 바꾸려고 할 때 의당 지불해야 하는 대가쯤으로 생각하면 될 거야. 자네가 거절한다고 해도 나는 상관없어. 자, 어서 말해 봐. 세 가지 조건을 받아들일 건가?"

시간여행자가 자리에서 일어서더니 이제 곧 떠날 준비를 하는 듯 외투의 단추를 잠갔다.

엘리엇은 그가 제시한 세 가지 조건을 받아들이기로 했다. 아무리 생각해 봐도 더 좋은 방법이 보이지 않았다. 그동안 일리나와 함께했던 행복한 기억들이 뇌리를 스쳐 지나갔다. 이제 그녀와의 기억을 모두 잊고 살아가야 한다고 생각하자 가슴이 무너져 내릴 듯 아팠다.

엘리엇이 방을 나서려는 시간여행자를 잡았다.

"세 가지 조건을 받아들이겠어요."

시간여행자가 뒤도 돌아보지 않고 말했다.

"돌아갔다가 다시 올게."

14
다섯 번째 만남

당신이 아무리 피하려고 애써도 일어날 일은 일어난다.
당신이 아무리 간절히 원해도 일어나지 않을 일은 일어나지 않는다.
−라마나 마하르쉬

모든 건 운명이다. 운명은 절대 바꿀 수 없다고 말하는 사람들조차
길을 건너기 전에 좌우를 살피는 것을 나는 보았다.
−스티븐 호킹

샌프란시스코, 1976년

엘리엇의 나이 서른

10월, 11월, 12월. 미래의 시간여행자로부터 소식이 끊긴 지 세 달이 훌쩍 지나갔다. 겉으로는 평소와 다름없는 일상이 이어지고 있었다. 엘리엇은 병원에서 환자들을 진료하느라 바빴고, 일리나는 범고래를 돌보느라 쉴 틈이 나지 않았다. 매트는 포도 농장을 운영하느라 여념이 없었다.

엘리엇은 하루하루 불안감을 떨쳐버리지 못하고 살얼음 위를 걷듯 조마조마한 심정으로 살아가고 있었다. 일리나의 사소한 행동들이

모두 그의 신경을 곤두서게 만들었고, 미래로 돌아간 시간여행자가 언제 다시 나타날지 마음을 졸이며 기다렸다. 어떤 날은 이 모든 일들이 한낱 꿈이었으면 좋겠다는 생각이 들기도 했다.

'시간여행자와의 만남이 머릿속에서만 벌어진 일이었다면?'

전혀 불가능한 일은 아니었다. 많은 사람들이 과도한 업무로 스트레스를 호소하고 있었고, 그 역시 마찬가지였다. 스트레스가 심해지면 우울증이나 현실감각 상실로 이어질 수 있는 문제였다. 차라리 이 모든 일들이 머릿속에서 만들어 낸 상상이었다면 악몽을 꾸었다고 치부해 버리고 잊으면 그만이었다.

'그렇게 할 수 있다면 오죽 좋을까?'

*

샌프란시스코에 겨울이 찾아왔다. 추위로 얼어붙은 잿빛 도시 어디에서나 들을 수 있는 크리스마스 캐럴과 휘황찬란한 장식들이 크리스마스 분위기를 돋우었다.

12월 24일 새벽, 엘리엇은 기분 좋게 병원으로 출근했다. 휴가를 떠나기 전, 마지막으로 당직을 서는 날이었다. 일리나가 저녁에 도착하면 함께 하와이의 호놀룰루로 떠나 야자수 아래에서 유유자적하며 크리스마스 휴가를 보내기로 약속되어 있었다.

미처 날이 밝지 않은 새벽에 화급을 다투는 환자를 실은 앰뷸런스가 병원 주차장에 도착했다. 30분 전 헤이트 애시베리의 한 건물에서 화재가 발생했다. 마약 상습 복용자들이 간혹 불법 점거해 사용하는 낡고 허름한 건물이었는데 즉시 출동한 소방관들은 초기에 불길을 잡는 데 성공했다. 환각상태에 빠진 사람에게는 절정의 시간인 새벽 5시에 젊은 여성 하나가 휘발유 한 통을 몸에 붓고 성냥을 그어댄 게 화재의 원인으로 밝혀졌다. 나이 스무 살인 에밀리 던컨은 이제 치명적인 화상을 입은 가운데 죽음을 목전에 두고 있었다.

*

엘리엇은 응급실에서 외과의사가 급히 필요하다는 연락을 받고 즉시 달려갔다. 그는 보기에도 끔찍한 환자의 상처를 접하고 몹시 놀랐다. 온몸에 3도 화상을 입어 성한 곳이 없을 지경이었다. 다리, 등, 흉부는 심하게 화상을 입어 변형되어 있었고, 머리카락은 불에 전소된 상태였고, 얼굴은 원래의 형태를 알아보기 힘들 만큼 문드러져 있었다. 환자는 상반신과 양쪽 가슴에 광범위하게 수축성 화상을 입은 상태였고 흉부협착증으로 숨을 쉬지 못했다.

엘리엇은 환자의 호흡을 돕기 위해 일단 두 군데 측면 절개를 하기로 결정했다. 그러나 막상 가슴 부위에 메스를 대려는 순간 끔찍한 상처에 놀라 뒤로 한 발짝 물러섰다. 그는 수술에 집중하기 위해 잠시 눈을 감고 두려움을 떨쳐버리려고 애썼다. 결국 의사라는 직업의식이 두려운 감정을 제압해 떨지 않고 수술을 시작할 수 있었다.

의료진은 오전 내내 에밀리의 주위에서 동분서주하며 최선을 다해 치료에 임했고, 통증을 덜어주기 위해 혼신의 노력을 기울였다. 하지만 애쓴 보람도 없이 상처가 심해 에밀리를 소생시키는 건 불가능하다는 판단이 조심스럽게 내려졌다. 상처 부위가 광범위해 호흡 기능이 극도로 저하되어 있었고, 신장이 정상적으로 작동하지 않았기 때문이다. 일단 환자를 안정시키고, 기다리는 수밖에 달리 방법이 없었다.

*

엘리엇은 오후가 되어 병실 문을 밀고 안으로 들어갔다. 온몸에 붕대를 감고 다양한 주사약을 투입 중인 에밀리의 모습이 눈에 들어왔다. 병실 안에 흐르는 적막감이 기분을 으스스하게 했다. 심전도 모니터에서 흘러나오는 소리만이 병실의 적막을 깨뜨리고 있었다.

엘리엇은 병상으로 다가가 에밀리의 상태를 살펴보았다. 헤로인 효과가 사라지고 의식은 돌아온 것 같았지만―죽는다는 사실을 자각할 수 있을 만큼―혈압은 위험한 수준이었다. 그는 일면식도 없고, 이제 의사로서 아무런 조치도 해줄 수 없는 환자 옆에 조용히 앉았다. 가족을 찾지 못해 그녀의 마지막 가는 길을 지켜봐 줄 사람도 없었다. 그는 이 끔찍한 자리에서 어서 벗어나고 싶었지만 자신의 눈을 응시하는 에밀리의 절망적인 시선을 외면할 수 없었다. 엘리엇은 그녀의 공포 어린 눈빛에서 그 역시 아직 해답을 얻지 못한 질문을 읽었다.

에밀리는 지금 그에게 무슨 말인가 하려고 애쓰고 있었다. 그가 몸을 기울여 에밀리가 쓰고 있는 산소마스크를 들었을 때 얼핏 "아파요."라는 말을 들은 듯했다. 그녀의 고통을 덜어주기 위해 모르핀 투여량을 늘리기로 결정하고, 처방 내용을 적으려던 그는 문득 그녀가 "아파요."가 아니라 "무서워요."라고 했다는 사실을 깨달았다.

'환자의 무섭다는 말에 의사로서 어떤 대답을 해줄 수 있을까?'

엘리엇은 사실 자신도 두렵다고, 살려주지 못해 유감이라고, 환자를 구하지 못한 날은 직업이 의사라는 게 정말 싫다고 말해주고 싶었지만 전할 방법이 없었다. 그는 문득 그녀를 두 팔로 따스하게 안아주며 두려움을 가라앉혀 주고 싶었다.

'얼마나 삶에 대한 절망이 깊었으면 이제 겨우 스무 살밖에 안 된 여자가 몸에 휘발유를 붓고 불을 붙일 수 있었을까?'

에밀리의 마지막 가는 길을 지켜줄 수 있는 보호자가 아무도 없었다. 크리스마스이브였고, 병원은 최소 인원으로 돌아가고 있는 실정이었다. 사실 병원은 환자를 치료해 주는 곳이지 죽음을 앞둔 환자나 호스피스를 위해 존재하는 시설이 아니었다.

에밀리는 갈수록 호흡이 가빠지며 온몸을 떨었다. 엘리엇은 모르핀을 아무리 많이 투여해도 끔찍한 고통을 완벽하게 해소시켜 주지는 못한다는 걸 알고 있었다. 살아있는 동안 그의 눈을 간절히 바라보고 있는 그녀의 눈빛을 절대로 잊을 수 없으리라는 것도 알고 있었다. 의사를 오래 하다 보니 최악의 상황을 모두 겪었다고 말하는 베테랑 의사들이 많았지만 그것은 오산이었다. 최악은 언제나 미래형일 뿐이었다. 의사로 살다 보면 자주 최악의 상황을 만나게 되어있었다.

*

병실에 머무른 지 두 시간이 지났다. 오후 3시였고, 근무 시간이
모두 끝났다.

엘리엇은 살며시 자리에서 일어서며 말했다.

"다시 올게요."

에밀리에게 다시 오겠다고 약속한 엘리엇은 복도로 나와 엘리베이
터 버튼을 눌렀다. 일리나에게 연락해 공항으로 마중 나갈 수 없게
되었다는 것과 한밤중이 되어야 집으로 돌아갈 수 있을 거라고 양해
를 구할 생각이었다. 엘리엇은 병원의 전화 부스에서 일리나가 아직
출발 전이길 바라면서 오션월드의 전화번호를 눌렀다.

오션월드의 교환원이 전화를 받았고, 일리나를 연결해 달라고 부
탁했다.

"여보세요?"

일리나의 목소리가 들려왔다.

"안녕……."

일리나와 통화하려는 순간 전화가 끊겼다. 누가 전화기의 차단기
를 눌러 전화를 끊어버린 게 분명했다. 깜짝 놀라 뒤돌아보니 시간여
행자가 등 뒤에 서있었다.

그가 말했다.

"바로 오늘이야."

"오늘이라니요?"

"오늘이 바로 일리나가 사고로 목숨을 잃게 되는 날이야."

*

그들은 사람들 눈에 띄지 않게 병원 옥상의 테라스로 올라갔다. 두 사람에게 옥상 테라스는 익숙한 장소였다. 병원 관계자들 몰래 담배를 피우던 장소였으니까.

그들은 여기라면 어느 누구에게도 방해받지 않고 이야기를 나눌 수 있으리라는 생각이 들었다.

시간여행자가 조바심이 일어 안절부절못하는 엘리엇의 어깨를 잡았다.

"일리나와 통화를 하면 안 돼."

"왜죠?"

"일리나가 납득하지 못할 테니까."

"무슨 뜻인지 모르겠어요."

"엄연히 근무 시간이 끝났는데 환자 곁을 지키느라 약속을 뒤로 미루는 자네의 태도 말이야. 자네가 일리나를 못 본 지 3주쯤 되었을 거야. 일리나는 자네가 공항으로 마중 나와 함께 저녁 시간을 보내길 간절히 바라고 있어."

엘리엇이 그 말에 반박했다.

"끔찍한 화상을 입고 죽어가는 환자가 있습니다. 지금 그 환자 옆에 있어줄 보호자가 아무도 없어요. 그리고……."

"자네가 애써 설명하지 않아도 잘 알아. 30년 전, 나는 밤새도록 환자의 곁을 지켰으니까. 아직도 그날 일이 눈에 선해."

"그 결과 어떤 문제가 생겼는데요?"

"새벽에 병원 문을 나서던 나는 너무나 충격적인 소식을 듣게 되었어. 일리나가 사고로 죽었다는 소식이었지."

시간여행자의 목소리에 새삼 울컥하는 감정이 실려있었다.

엘리엇은 그의 말을 납득할 수 없어 거세게 팔을 뿌리쳤다.

"그 여자 환자와 일리나의 죽음이 도대체 무슨 연관이 있죠?"

"우리의 계약은 여전히 유효하지?"

"그런데요."

"자네가 일리나와 통화를 하면 어떤 일이 벌어지게 되는지 내가 설명할 테니까 잘 들어 봐."

시간여행자가 한참 동안 혼자서 이야기를 했다. 엘리엇은 눈을 감고 이야기를 집중해 들었다. 그의 머릿속에서 마치 영화를 보는 것 같은 장면들이 이어졌다.

*

일리나 : 여보세요?

엘리엇 : 안녕, 나야.

일리나 : 무슨 일이야? 아무리 떼를 써도 당신에게 줄 크리스마스 선물이 뭔지 말해주지 않을 거야.

엘리엇 : 그런 게 아니라 문제가 생겼어.

일리나 : 무슨 일인데?

엘리엇 : 공항에 못 나갈 것 같아.

일리나 : 틀림없이 3시쯤에 일을 마친다고 했잖아.

엘리엇 : 미안해. 정식 업무 시간은 이미 끝났어.

일리나 : 그런데 아직 할 일이 남은 거야?

엘리엇 : 환자 곁을 지켜야 할 것 같아. 오늘 새벽, 건물을 점거해 몸에 휘발유를 붓고 자살을 기도한 여자 환자인데…….

일리나 : 겨우 몇 시간 전에 알게 된 여자 환자와 크리스마스이브를 보내겠다는 거야?

엘리엇 : 의사로서 마땅히 해야 할 일을 하려는 것뿐이야.

일리나 : 당신만 일이 있는 사람이야? 그 병원에서 일하는 의사가 당신 혼자야?

엘리엇 : 일리나, 제발 화내지 말고 내 얘기를 들어 봐.

일리나 : 그만해, 엘리엇. 이제 당신 얘기를 들어주는 것에 지쳤어.

엘리엇 : 충분히 이해해 줄 수 있는 일이잖아. 도대체 무엇 때문에 화를 내는 거야?

일리나 : 당신이 청혼해 주길 기다리며 10년이나 기다린 내 마음이 어떤지 생각해 봤어?

엘리엇 : 그 얘기는 내일 아침에 다시 해, 일리나.

일리나 : 아니야. 나, 샌프란시스코에 안 갈 거야. 당신이 나와 인
생을 함께하고 싶은 생각이 분명해지면 그때 다시 연락
해. 당신이 말하는 걸 보니 지금은 그럴 생각이 전혀 없어
보이니까.

엘리엇은 한참 동안 전화 부스 앞에서 꼼짝하지 못했다. 일리나에
게 다시 전화해 미안하다고 말하면서 마음을 달래줄 생각으로 세 번
이나 전화기를 들었지만 그때마다 힘없이 내려놓았다. 바로 2층 위
의 병실에서 끔찍한 고통으로 신음하고 있는 환자를 마냥 혼자 있게
내버려 둘 수 없었기 때문이다.

일리나는 전화기 앞에서 30분을 기다리다가 그가 다시 통화할 생
각이 없다는 걸 알고는 비행기표를 찢어 휴지통에 던져 넣어버렸다.
일리나는 자신의 이니셜을 새겨 넣은 시계를 엘리엇에게 줄 크리스마
스 선물로 준비했지만 그것도 휴지통에 던져버렸다.

일리나는 극도로 의기소침해져 일반인에게는 개방하지 않는 오션
월드의 정원으로 숨어 들어가 그녀의 슬픔 따위에는 아무런 관심도
없는 홍학과 악어들 앞에서 펑펑 울었다. 그러고 나서 휴가를 취소
하고 업무에 복귀했다. 마치 아무 일도 없었던 것처럼 그녀는 동물
들을 돌보며 늦은 오후 시간을 보냈다. 마지막으로 그녀가 가장 좋
아하는 범고래를 돌볼 차례가 되었을 때는 이미 사방이 어두컴컴해
진 뒤였다.

"안녕, 아누쉬카. 크리스마스인데 사실 넌 잘 못 보내고 있다며?"

며칠 전부터 오션월드의 범고래들 가운데 가장 나이가 많은 아누쉬카의 기분이 우울해져 먹이도 거부하고 공연에도 참가하지 않고 있었다. 아누쉬카의 지느러미가 물렁물렁해지고 유순하던 성격이 공격적으로 변해 수의사들은 물론이려니와 동료 범고래들에게도 자주 사나운 태도를 보여왔다.

아누쉬카가 포악해진 이유가 있었다. 오션월드 측에서 이제 생후 여덟 달이 지난 아기 범고래 에리카를 강제로 아누쉬카에게서 떼어내 유럽에 있는 해양공원으로 보냈으니까. 고래의 생식을 위해 사전에 계획되어 있던 프로그램의 일환이었지만 아누쉬카가 그런 배경을 이해해 줄 리 없었다. 20시간 이상 걸리는 비행시간 동안 아기 고래 에리카는 어르고 달래줄 수의사 하나 없이 철제 용기 안에 꼼짝없이 틀어박혀 있어야 할 것이다.

'그야말로 어처구니없는 짓이야.'

일리나는 고래의 이송 계획을 막기 위해 최선을 다했다. 고래들을 인위적으로 격리시키게 될 때 나타나는 후유증을 줄줄이 열거하며 경영진을 설득했지만 경제적인 이유를 들어 그녀의 충고를 받아들이지 않았다. 오션월드는 고래 포획금지령에 대비해 포획 상태인 고래들로부터 번식 방법을 찾아내기 위해 신경을 곤두세우고 있었다.

"자, 이리 와, 아가."

일리나가 아누쉬카를 수족관 가장자리로 유인해 보려 했지만 좀처럼 말을 듣지 않았다. 제자리에서 빙글빙글 맴을 돌던 아누쉬카가 갑자기 미친 듯이 날뛰며 애달픈 울음소리를 냈다.

일리나는 무엇보다 아누쉬카의 면역체계가 약해질까 염려되었다. 이 거대한 범고래들은 아주 작은 세균에도 치명적인 상처를 입는 경우가 많았다. 콩팥과 폐가 세균에 감염되는 경우도 잦았다. 여섯 달 전에는 조아킹이 패혈증에 걸려 혹독한 고생을 치렀다. 작은 세균에도 맥없이 당하는 존재가 바로 범고래였고, 안타깝지만 그들이 감수해야 하는 운명이었다.

사방이 막힌 수족관에 갇혀 화학약품으로 처리한 물속에서 비타민과 항생제를 달고 살아야 하는 고래의 일상은 공연을 보러 온 관람객들이 무심코 생각하듯 그리 이상적이지 않았다. 보는 이들에게 고래의 공연은 큰 즐거움을 주지만 동물들 가운데 두뇌가 가장 뛰어난 편에 속하는 이 거대한 고래에게는 대단한 스트레스가 될 수도 있었다.

아누쉬카가 느닷없이 돌진하더니 수족관 가장자리의 철제 펜스를 머리로 들이받기 시작했다.

"그만둬, 아누쉬카!"

일리나가 고래를 뒤로 물러나게 하려고 긴 막대를 집어넣었다. 일리나는 전에도 스스로 목숨을 끊으려는 범고래를 본 적이 있었다. 아누쉬카는 분명 자해를 하고 있었다. 일리나는 생선을 몇 마리 던져주며 아누쉬카의 생각을 바꾸기 위해 애썼다.

"착하지! 우리 예쁜이!"

아누쉬카는 점차 힘이 빠지면서 안정을 되찾은 듯 보였다.

"잘했어, 아누쉬카."

일리나는 그나마 조금 마음이 놓였다. 그런데 가만히 보니 수면에서 가느다란 핏물이 번져가고 있었다.

"안 돼!"

아누쉬카가 부상을 당한 게 분명했다. 일리나는 수면 가까이 몸을 숙였다. 아누쉬카의 턱 부위에서 피가 흘러나오고 있었다. 일리나는 아무리 급해도 수의사의 안전수칙을 지켰어야 했다. 범고래가 공격성을 보일 때 물속에 들어가서는 안 된다는 건 수의사들이 특히 명심해야 할 중요한 안전수칙 가운데 하나였다. 일리나는 비상벨을 울려 동료 수의사들에게 알렸어야 마땅했다. 그러나 엘리엇과의 말다툼 때문에 기분이 울적했던 그녀는 경계심을 늦추는 실수를 저지르고 말았다. 그녀는 아누쉬카가 거칠게 돌아치는 수족관 속으로 뛰어들었다. 일리나가 가까이 다가가자 범고래가 입을 떡 벌리며 그녀를 덮쳐 수족관 바닥으로 끌고 내려갔다. 일리나는 필사적으로 발버둥을 쳤지만 범고래의 어마어마한 힘을 당해낼 수 없었다. 일리나가 가까스로 물 위로 떠오를 때마다 범고래는 조금도 틈을 주지 않고 그녀를 다시 바닥으로 처박았다.

일리나는 호흡을 멈춘 상태에서 몇 분 정도는 물속에서 견딜 수 있었다. 다만 길이 6미터에 몸무게가 7톤이나 되는 범고래를 상대하면서 호흡을 유지하는 건 불가능했다. 더 이상 숨 쉬기가 곤란해진 순간 그녀는 필사적으로 수면 위로 떠올라 산소를 흡입했다. 그다음, 수족관 가장자리를 향해 안간힘을 다해 헤엄쳐갔다. 목표지점에 거의 다다른 순간 그녀는 뒤를 돌아다보았다. 눈 깜짝할 사이에 범고래의 꼬리지느러미가 무서운 힘으로 그녀를 덮쳤다. 어마어마한 충격을 받고 정신이 가물가물해진 그녀는 바닥으로 맥없이 끌려 내려갔다. 폐에 물이 들어차는 동안 약간의 의식이 남았던 그녀는 몇 년 동안이나 애정을 다해 돌봐온 아누쉬카가 왜 그리도 난폭하게 굴었는지 생각해 보았다. 답답한 수족관 생활이 결국 범고래의 머리를 돌게 만든 게 분명했다. 마지막으로 떠오른 생각은 엘리엇이었다. 둘이 함께 살아가며 나이가 들어갈 거라 믿었는데, 서른이 되기도 전에 죽어야 한다는 게 서글펐다. 인간이 운명을 선택하는 게 아니라 운명이 결정하면 무조건 따라야 하는 존재가 바로 인간이라는 사실을 실감했다. 인간의 삶이란 대체로 그런 것이니까. 이제 운명이 그녀를 데려가려 하고 있었다. 저 너머 세계로 넘어가기 직전 그녀에게 간절한 후회로 남는 일이 있었다. 엘리엇과 말다툼을 끝으로 헤어졌고, 그의 뇌리에 영원히 남을 마지막 그녀의 이미지가 전화로 화를 내는 목소리였다는 게 가슴 아팠다.

*

바람이 병원 옥상에 찬 공기를 몰고 왔다. 시간여행자가 끔찍한 이야기를 마치는 순간, 엘리엇은 악몽에서 깨어나기라도 한 듯 눈을 번쩍 떴다. 두 사람 모두 한동안 말이 없었다. 젊은 엘리엇은 방금 전에 들은 끔찍한 사고 이야기에 몸서리를 쳤고, 시간여행자는 아직도 자신이 말한 내용의 충격에서 벗어나지 못하고 있었다.

엘리엇은 머리를 절레절레 흔들며 뭔가 말하려다가 그만두었다.

시간여행자가 엘리엇의 마음을 알아차리고, 호주머니에서 누렇게 탈색된 종이를 한 장 꺼내 들었다.

"엘리나의 사고 소식을 다룬 신문기사야."

엘리엇이 낚아채듯 종이를 빼앗아 들었다. 《마이애미 헤럴드》지에서 오려 낸 오래전 기사였다. 색은 누렇게 변색되어 있었지만 신문의 발행 날짜는 바로 다음 날인 1976년 12월 25일 자로 되어있었다. 엘리엇은 일리나의 사진이 크게 실린 신문기사를 읽어 내려갔다.

범고래에게 살해당한 젊은 수의사!

지난밤 오션월드에서는 범고래 한 마리가 정확한 원인을 알 수 없는 이유로 자신을 돌보던 수의사를 공격해 사망에 이르게 하는 끔찍한 사고가 발생했다.

고래가 자신을 돌보던 수의사 일리나 크뤼즈를 공격해 익사시키기까지는 불과 몇 분이 걸리지 않았다. 사고의 정확한 경위가 아직 밝혀지지 않았지만 피해자가 안전수칙을 철저히 지키지 않은 것이 사고의 원인으로 추정되고 있다. 사고 경위는 아직 조사 중이고, 오션월드의 수족관 관리부서에서는 아직 이번 사건과 관련해 일체의 입장을 밝히지 않고 있다.

신문기사에서 눈을 뗀 엘리엇의 눈에 안개 속으로 멀어져가는 시간여행자의 실루엣이 보였다.

"이제부터는 자네가 나설 차례야!"

그는 그렇게 소리치고 철문을 열고 사라졌다.

엘리엇은 마치 버려진 사람처럼 한동안 넋을 잃고 옥상에 남아있었다. 그의 말을 믿어야 할지, 믿는다면 어떻게 행동해야 할지 감이 잡히지 않았다. 마냥 의문에 사로잡혀 있을 시간이 없었다. 지금은 행동을 취해야 할 때였다. 옥상에서 내려온 그는 전화 부스를 향해 황급히 걸어갔다.

'내일 벌어질 일 따위는 중요하지 않아. 그 어떤 대가를 치르더라도 상관없어. 지금은 일리나를 구하는 게 무엇보다 중요해. 그 일보다 중요한 건 없어.'

*

로비에 도착한 엘리엇은 전화 부스로 달려가 수화기를 집어 들고 일리나의 전화번호를 눌렀다.

뚜뚜뚜…….

마치 몇 분처럼 긴 몇 초가 지나갔고, 드디어 일리나가 전화를 받았다.

일리나 : 여보세요?

엘리엇 : 안녕, 나야.

일리나 : 무슨 일이야? 아무리 떼를 써도 당신을 위해 준비한 크리
　　　　스마스 선물이 뭔지 말해주지 않을 거야.

엘리엇 : 잊지 않았지? 예정대로 공항으로 마중 나갈게.

일리나 : 보고 싶어.

엘리엇 : 나도.

일리나 : 오늘따라 당신 목소리가 이상해. 별일 없지?

엘리엇 : 아니, 난 괜찮아.

*

엘리엇은 수화기를 내려놓고 에밀리의 병실로 돌아갔다. 차마 에밀리와 눈길을 마주칠 용기가 나지 않았다. 그는 당직 간호사에게 에밀리의 상태를 수시로 체크해 달라고 부탁하고 주차장을 향해 걸어갔다.

'방금 전에 한 행동이 정말로 나와 일리나의 미래를 바꾸어 놓았을까? 원래 하려고 했던 말 대신 다른 말을 했다고 과연 운명이 바뀔 수 있을까?'

차를 향해 걸어가는 동안 풀리지 않는 의문이 머릿속에서 뒤엉켰다. 엘리엇은 기계적으로 담배에 불을 붙인 다음 무심결에 나머지 손을 호주머니에 집어넣었다. 주머니에 들어있는 신문기사가 손에 잡혔다. 그 순간 머릿속에서 번쩍 섬광이 일며 한 가지 생각이 떠올랐다.

'미래가 바뀌었다면, 일리나에게 사고가 일어나지 않았다면, 사고 기사를 다룬 신문기사는 존재하지 않아야 해!'

엘리엇은 신문기사를 꺼내 자세히 살펴보았다. 놀랍게도 기사 내용이 달라져 있었다. 일리나의 사진이 사라져 있었고, 수의사의 죽음을 보도한 기사 대신 범고래의 사망 소식이 신문을 장식하고 있었다.

오션월드 범고래 사망!

지난밤, 오션월드의 범고래 가운데 가장 나이가 많은 아누쉬카가 수족관의 철제 펜스에 턱을 부딪치는 사고로 생긴 상처의 후유증으로 사망했다. 범고래의 상처는 자해로 생긴 것으로 추정되고 있다. 사망 경위에 대해 질문을 받은 고래 관리부서 측에서는 아누쉬카가 절망적인 상황에서 저지른 자해일 가능성이 크다고 밝혔다. 최근 아누쉬카가 낳은 암컷 아기 고래를 어미로부터 강제로 떼어내 유럽의 동물원에 매도한 게 스트레스의 원인이었고, 그 결과 자해로 이어진 것으로 추정된다. 오션월드는 오늘 정상적으로 개장할 예정이며, 다행히 사고로 다친 직원은 없는 것으로 알려졌다.

15
여섯 번째 만남

그는 나의 북쪽, 나의 남쪽, 나의 동쪽 그리고 나의 서쪽이었다.

-오든

샌프란시스코, 1976년

엘리엇의 나이 서른

크리스마스인 12월 25일 아침은 캘리포니아 특유의 온화한 날씨 대신 흐리고 쌀쌀해 마치 뉴욕 같은 느낌을 자아냈다.

어슴푸레한 여명에 잠긴 마리나의 집은 고요 속에 잠겨있었다. 일리나는 엘리엇의 어깨에 몸을 밀착하고 깊이 잠들어 있었다. 그 반면 엘리엇은 뜬눈으로 밤을 지새웠다.

엘리엇은 한참 동안 일리나의 잠든 얼굴을 바라보았다. 그녀와 함께하는 마지막 시간이었다. 그녀의 머리카락 냄새를 들이마시고, 혀로 피부의 보드라운 감촉을 느끼고, 귀를 가슴에 밀착시켜 심장이 뛰는 소리를 들었다. 시트 위로 눈물이 떨어져 내렸다.

엘리엇은 스웨터와 청바지를 걸쳐 입고 침실을 나왔다. 일리나를 떠나야 한다는 사실을 받아들이기 힘들었다. 시간여행자와 세 가지 조건을 받아들이기로 약속했지만 막상 일리나와 헤어져야 한다고 생각하니 억장이 무너졌다. 일리나는 살았고, 시간여행자는 미래의 세계로 돌아갔다.

'만약 일리나와 헤어지지 않는다면 시간여행자가 약속 이행을 강제할 카드가 있을까?'

엘리엇은 시간여행자가 다시 나타나면 비통한 심정을 토로할 생각으로 이 방 저 방 옮겨 다녀 보았지만 그는 오지 않았다. 어쨌든 시간여행자는 약속한 사실을 이행했다.

'이제는 내가 약속을 이행할 차례가 되었어.'

엘리엇은 주방으로 들어가 의자에 주저앉았다. 출입문 옆에 하와이 여행을 떠나려고 꾸려놓은 여행가방이 눈에 띄었다. 이제 여행은 당연히 취소해야 마땅했다. 그가 먼저 일리나를 떠나는 것밖에 다른 방법이 없었다. 몸 안에서 어떤 목소리가 당장 약속을 이행하라고 압박을 가했다. 엘리엇은 이제 자신이 미지의 힘에 조종당하는 꼭두각시 인형이 된 느낌이 들었다. 유리 테이블에 핼쑥한 얼굴이 비쳤다. 적에게 무장 해제당한 군인처럼 무력감이 밀려왔다.

엘리엇은 시간여행자를 만난 이후로 세상이 순리적인 법칙에 따라 돌아가고 있다는 생각이 들지 않았다. 매일 밤 미지의 존재에 대한 두려움 때문에 편히 잠을 이룰 수 없었고, 식욕도 사라졌고, 끊임없이 해답 없는 질문에 시달렸다.

'왜 이런 일이 나에게 벌어지는 걸까? 과연 시간여행자와의 만남은 축복일까, 저주일까? 현재 내 정신은 정상인가?'

엘리엇은 이 복잡한 문제들을 속 시원하게 털어놓고 상의할 상대가 없어 더욱 미칠 지경이었다.

마루가 삐걱거리는 소리가 나더니 그의 셔츠를 허리춤에 동여매고 팬티만 달랑 걸친 일리나가 부엌으로 들어섰다. 그녀가 아바의 노래를 흥얼거리며 장난기를 가득 담은 미소를 보냈다. 이번을 마지막으로 다시는 그녀가 행복해하는 모습을 볼 수 없을 것이라는 생각이 들며 걷잡을 수 없는 슬픔이 밀려들었다. 오늘따라 일리나는 그 어느 때보다 아름다웠다. 이제 잠시 후에는 그녀에게 이별을 통보해야 할 것이고, 그들이 함께 쌓아 올린 사랑은 삽시간에 무너져 내리게 될 것이다.

*

엘리엇에게 다가와 두 팔로 목을 감았던 일리나가 금세 이상한 낌새를 채고 말했다.

"무슨 일 있어?"

"이제 연기는 더 이상 못하겠어."

"연기라니?"

"우리 둘 사이에 문제가 생겼어."

"무슨 얘길 하는 거야?"

"나에게 다른 여자가 생겼어."

순식간에 터져 나온 말이었다. 10년간 애써 가꿔온 사랑을 무너뜨리는 데 불과 몇 초밖에 걸리지 않았다. 일리나는 믿기지 않는다는 표정으로 그의 앞에 있는 의자에 앉았다. 아직은 그저 고약한 농담이나 잠이 덜 깨 헛소리를 들었다고 생각하는 눈치였다.

"농담이지?"

"내 말이 농담처럼 들려?"

일리나가 이제 망연자실해 그를 쳐다보았다. 그의 두 눈은 벌겋게 충혈되어 있었고, 얼굴은 초췌하기 그지없었다. 일리나는 사실 여러 달 전부터 그가 전에 없이 걱정이 많은 사람처럼 안절부절못하며 초조해한다는 느낌을 받아왔다.

"상대는 누구야?"

"당신은 모르는 여자야. 프리클리닉에서 함께 일하는 간호사."

일리나는 여전히 현실감이 들지 않아 꿈을 꾸고 있는 건 아닌지 생각했다. 사실 이런 악몽은 처음이 아니었다. 그녀는 고약한 악몽을 꾸고 있다는 생각이 들었지만 묻지 않을 수 없었다.

"그 여자를 언제부터 만났는데?"

"몇 달 됐어."

엘리엇은 모든 걸 순순히 인정했다. 일리나의 얼굴이 충격을 받아 급격히 창백해졌다.

"우리 사이가 삐걱거리기 시작한 지 제법 오래되었잖아. 당신은 그런 느낌이 들지 않았어?"

"그럼 진작 나에게 말했어야지."

"당신이 우리의 애정이 식고 있다는 걸 스스로 깨닫길 바랐어."

그 순간 일리나는 아무런 말도 들리지 않게 귀를 틀어막고 싶었다. 그녀는 아직 그의 말을 가벼운 바람을 피운 사실을 고백하는 정도로 받아들이고 싶었다. 하지만 엘리엇은 상처받은 마음에 여지없이 대못을 박았다.

"이제 그만 헤어지자."

일리나는 뭐라 대답하고 싶었지만 너무나 괴로워 입이 떨어지지 않았다. 그저 볼을 타고 흘러내리는 눈물이 민망할 뿐이었다.

"우린 결혼도 하지 않았고, 아이도 없잖아."

엘리엇이 내뱉는 말이 그녀의 가슴에 비수처럼 꽂혔다. 일리나는 자존심과 체면 따위는 모두 접어두고 격정적으로 고백했다.

"엘리엇, 내게는 당신이 전부야. 당신은 내 연인이고, 내 친구이고, 내 가족이야."

일리나가 다가가 안으려 하자 그가 뒷걸음질을 쳤다.

엘리엇은 가슴이 갈가리 찢기는 것 같은 아픔을 억누르며 치명적인 말을 한마디 더 내뱉었다.

"나는 이제 더 이상 당신을 사랑하지 않아, 일리나."

*

크리스마스 아침이었고, 아직은 이른 시간이라 사람들의 행적이 뜸했다. 샌프란시스코가 서서히 잠에서 깨어나고 있었다. 항상 부산했던 도심은 텅 비어있었고, 대부분의 상점들은 아직 문을 열지 않았다. 잠에서 깨어난 아이들은 선물 꾸러미를 발견하고 기뻐했고, 집집마다 캐럴과 즐거운 탄성이 울려 퍼졌다.

더없이 즐거운 시간을 보내고 있는 사람들과 달리 어떤 사람들은 힘겨운 하루을 시작하고 있었다. 유니언 스퀘어 근처 벤치에는 거지들이 떼를 지어 모여있었다. 레녹스 메디컬센터에서는 끔찍한 화상을 입은 젊은 여성이 세상을 하직했다. 마리나의 어느 집에서는 지난 10년 동안 서로 사랑해 온 커플이 이별했다.

일리나는 엘리엇의 집을 나와 택시를 타고 공항으로 갔다. 차를 끌고 집을 나선 엘리엇은 격렬한 슬픔과 수치심으로 괴로워하며 도시를 질주하다가 사고를 낼 뻔했다. 차이나타운의 상점들은 오늘도 어김없이 문을 열었다. 차이나타운에 차를 주차한 엘리엇은 눈에 띄는 첫 번째 카페로 들어가 화장실로 직행했다. 위에 들어있는 내용물을 몽땅 토해내고 있는데 갑자기 뒤에서 인기척이 느껴졌다. 이제는 보지 않아도 누군지 알 수 있는 상대였다.

엘리엇은 그에게 강펀치를 날린 다음 타일 벽으로 밀어붙였다.

"모두 다 당신 때문이야!"

충격을 받은 시간여행자가 벽에 기대며 힘없이 주저앉았다. 어렵

사리 다시 일어선 그가 몸을 추스르는 동안 엘리엇이 격정적으로 소리쳤다.

"당신 때문에 일리나를 떠나보내게 되었어."

시간여행자가 엘리엇의 목덜미를 움켜잡더니 무릎으로 급소를 한 방 가격했다. 나란히 선 그들은 비통하고 원망스러운 마음에 서로를 노려보았다.

먼저 침묵을 깬 쪽은 젊은 엘리엇이었다.

"일리나는 내 인생의 전부였어."

시간여행자가 엘리엇의 어깨에 손을 얹으며 위로했다.

"굳이 말하지 않아도 알아. 그래서 일리나를 구했잖아. 자네가 아니었으면 일리나는 이미 죽었을 거야."

엘리엇은 고개를 들어 눈앞에 서있는 미래의 자신을 쳐다보았다. 여전히 낯설게 느껴졌다. 도무지 그가 미래의 자신이라고 인정하기 힘들었다. 눈앞에 있는 시간여행자는 30년의 세월을 더 살았다. 30년의 경험, 30년의 만남과 지식, 30년 동안 쌓인 회한과 후회의 세월…….

엘리엇은 시간여행자가 떠날 시간이 되었다는 걸 감지할 수 있었다. 그의 몸에서 경련이 일었고, 곧 코피가 터졌다. 그는 지혈을 하려고 종이냅킨을 집어 들었다.

시간여행자는 앞으로 엘리엇이 힘든 세월을 보내게 될 것이라 생각하니 마음이 아팠다. 그가 겪을 고통과 시련이 결코 몇 마디 말로 위로될 성격이 아니라는 걸 잘 알고 있었다. 지난날, 고질적인 반목을 극복하지 못하고 끝난 아버지와의 관계처럼 젊은 엘리엇과도 오해를 풀지 못한 채 앙금을 남기게 되었다는 생각이 가슴을 아프게 했다. 젊은 엘리엇이 감당해야만 하는 슬픔의 무게가 결코 가볍지 않았다.

"적어도 자네는 일리나가 어딘가에 살아있다는 건 알고 있잖아. 나는 평생 일리나를 죽게 했다는 마음의 상처를 치유하지 못하고 항상 괴로워하며 살아야 했어."

젊은 엘리엇이 분노에 사로잡혀 말했다.

"이제 그만 꺼져버려."

시간여행자는 안타까운 마음을 금하지 못하며 시간의 벽 속으로 빨려 들어갔다.

16

샌프란시스코, 1976년

엘리엇의 나이 서른

엘리엇은 무엇으로도 위로가 되지 않는 참담한 심정으로 화장실을 나왔다.

'내가 왜 이런 고통을 감수해야 하지?'

일리나에게 더 이상 사랑하지 않는다고 말할 때 그를 바라보던 그녀의 눈길이 머릿속에서 한시도 떠나지 않았다. 일리나가 격렬한 슬픔과 고통을 느끼게 될 거라는 사실을 뻔히 알면서도 냉정하게 모욕을 가할 수밖에 없었던 자신이 끔찍하게 싫었다.

물론 일리나를 살리기 위해 어쩔 수 없이 저지른 행동이었다.

'일리나는 평생 나를 증오하며 살아가겠지?'

엘리엇은 자기 자신이 너무 싫어 다른 사람이 되고 싶었다. 우울한 기분에 위스키를 한 잔 시켜 단숨에 입안으로 털어 넣었다. 담배를 피워 물며 연거푸 위스키 세 잔을 주문해 마셨지만 죽고 싶은 마음뿐이었다.

'그 옛날 아버지처럼 몸을 가눌 수 없을 만큼 취해 보는 거야!'

엘리엇은 평소 술을 마시지 않았다. 어쩔 수 없이 술자리에 참석하게 되더라도 딱 한 잔만 마시고는 끝이었다. 와인을 좋아하는 매트와 대작할 때에도 한 잔 이상은 마시지 않았다. 알코올 중독자 아버지를 두었기 때문에 술의 폐해를 너무 절절하게 경험한 탓이었다. 아버지는 술을 마시면 자제력을 잃고 매질을 가했다. 오늘은 차라리 아버지처럼 술을 잔뜩 마시고 자제력을 잃고 싶었다.

엘리엇이 위스키를 한 잔 더 시키자 중국인 바텐더가 걱정이 되는지 그만 마시라는 뜻으로 고개를 내저었다.

"어서 한 잔 더 달라니까!"

엘리엇이 바텐더가 손에 들고 있는 위스키병을 빼앗아 들고 테이블 위에 10달러짜리 지폐 한 장을 내던졌다. 그는 술병을 들고 길거리로 나섰다. 차에 탄 그는 술을 병째 들이켰다.

엘리엇이 울부짖듯이 소리쳤다.

"아버지, 내 꼴을 보니 마음에 들어요? 내가 아버지처럼 술주정뱅이가 되니 기분이 좋아요?"

샌프란시스코에서 마약을 구하는 건 그리 어렵지 않았다. 병원과 프리클리닉에서 마약 중독자들을 상대하다 보니 그들이 자주 드나드는 마약 판매 장소를 자연스레 알게 되었다.

엘리엇은 텐더로인을 향해 차를 몰았다. 어려움 없이 마약을 구할 수 있는 곳이었다. 그는 지저분한 거리를 10여 분 정도 누비고 다니다가 낯익은 마약 딜러를 찾아냈다. 이름이 얌다인 흑인이었다.

엘리엇은 마약 중독 클리닉센터까지 찾아와 물건을 팔려던 그를 두 번이나 경찰에 신고한 적이 있었다. 최근에는 그와 몸싸움을 벌인 적도 있었다. 차라리 다른 마약 딜러를 찾아볼 수도 있었지만 밑바닥까지 떨어지기로 결심한 그에게 그 정도는 아무런 문제가 되지 않았다. 신고당할까 봐 경계심을 표출하던 얌다는 그가 이번에는 고객으로 왔다는 사실을 금세 간파했다.

"의사 선생님도 짜릿한 스릴을 맛보고 싶었어요?"

"좋은 물건이 있나?"

"돈을 얼마나 낼 수 있는지에 따라 다르지."

엘리엇은 지갑을 뒤져 60달러를 꺼내 내밀었다.

"원하는 물건을 골라 봐요."

얌다가 내민 마약은 해시시, 메테드린, LSD, 헤로인 따위였다.

마음이 차분할 때는 항상 그것들을 무력화시켰다고 믿는다.

끝내 그것들을 없애 버렸다고 생각한다.

그것들을 멀리 추방해 버렸다고.

아주, 영원히.

하지만 그런 경우는 극히 드물다.

악마들은 어둠 속 어딘가에서 항상 기회를 엿보고 있다.

우리가 경계심을 늦추는 순간을 끈덕지게 엿보며.

그러다 사랑이 떠나는 순간이 오면……

                    *

마리나에 도착한 엘리엇은 성큼성큼 계단을 뛰어 올라가 욕실로 향했다. 강아지가 신이 나서 달려들었다.

"저리 꺼져!"

엘리엇이 발로 걷어차려 했지만 술기운에 발길질이 빗나갔다. 강아지가 깨갱거리며 짖어댔다. 강아지는 이유 없는 푸대접을 받고도 욕실까지 그를 따라왔다. 그는 강아지를 집어 들고 인정사정없이 내동댕이쳤다.

엘리엇은 욕실 수납장 문을 열고 주사기와 바늘을 꺼냈다. 그는 얌다에게서 사온 헤로인을 꺼냈다. 머리를 폭파시켜 버리고 싶었다. 히피들처럼 환각의 세계에 빠져 정신을 해방시키려는 게 아니었다. 그의 목표는 머릿속을 그로기 상태로 만드는 것이었다. 끔찍하게 괴로운 기억을 떨쳐버릴 수만 있다면 마약이든 무엇이든 상관없었다. 그 망할 놈의 시간여행자와 일리나에 대한 기억을 떨쳐버릴 수 있는 곳이 있다면 어디로든 떠나고 싶었다.

엘리엇은 헤로인을 유리접시에 얹고 물을 약간 부었다. 그러고 나서 라이터로 용기 바닥을 가열해 액체가 솜 안으로 흡수되게 했다. 그는 주삿바늘을 솜에 꽂아 약을 빨아들인 다음 팔뚝의 정맥에 주사했다.

엘리엇은 뜨거운 느낌이 몸 전체로 퍼져나가는 동안 해방의 탄성을 질렀다. 그는 이제 미지의 세계로 여행을 떠났다.

샌프란시스코, 1976년

몇 시간 후

매트의 나이 서른

매트는 크리스마스에도 혼자였다. 지난 몇 주 동안 열심히 일한 결과 이제 제법 진정한 포도 농장의 모양새를 갖추어 가고 있었지만 함께 기쁨을 나눌 사람이 없었다.

매트는 수화기를 집어 들었다. 티파니에게 지난번 일에 대해 사과할 생각이었는데 그녀의 집 전화번호가 결번으로 나왔다. 그녀가 그에게 알리지도 않고 샌프란시스코를 떠났을 수도 있었다.

'당장 해야 할 일을 뒤로 미루면 이런 일이 발생하는 거야.'

오후가 되자 매트는 쉐보레 콜벳 로드스터를 몰고 밖으로 나갔다. 하와이로 떠난 엘리엇의 집에 들러 강아지에게 먹을거리를 챙겨주고 나서 함께 해변을 산책할 생각이었다.

마리나의 해변도로에 다다랐을 때 엘리엇의 비틀이 눈에 띄었다.

'이상하네?'

매트는 차에서 내려 현관 층계를 올라가 벨을 눌렀다. 아무런 기척이 없었다. 엘리엇이 여행을 떠나며 맡긴 열쇠 꾸러미가 수중에 있었다. 자물쇠에 열쇠를 꽂고 나서야 문이 잠기지 않았다는 사실을 발견했다.

"안에 누구 있어요?"

집 안으로 들어선 순간 래브라도 리트리버 강아지가 겁에 질려있는 모습이 눈에 들어왔다. 이내 심상치 않은 느낌이 들었다.

개가 2층을 올려다보며 컹컹 짖어댔다. 그때 엘리엇이 계단 꼭대기에서 마약 중독자 같은 몰골로 모습을 드러냈다.

매트가 눈을 동그랗게 뜨고 물었다.

"하와이에 가기로 하지 않았어?"

"하와이에는 안 갔어."

"대체 무슨 일이야?"

"넌 몰라도 돼."

엘리엇이 비틀거리며 몇 계단 걸어 내려왔다.

"왜, 내가 너무 멍청해서 도움이 안 될 것 같아?"

"그럴지도 모르지."

건달처럼 건들거리는 모습이 평소의 엘리엇과 너무나 달라 보였다. 무슨 일이 있었는지 몰라도 제정신이 아닌 게 분명했다.

"일리나는 어디 있어?"

"일리나는 떠났어! 앞으로 다시는 만나지 않을 거야."

"그게 무슨 소리야?"

"헤어졌다니까!"

매트는 꿈에도 생각해 본 적 없는 일이어서 엘리엇의 말이 도무지 믿기지 않았다.

엘리엇은 소파에 털썩 주저앉았다. 마약 효과가 아직도 지속되고 있었다. 머리가 빙빙 돌고 구역질이 났다. 머릿속이 깨질 듯이 아팠다. 마치 보이지 않는 드릴이 뇌에 구멍을 뚫어대고 있는 느낌이었다.

"일리나와 헤어지다니?"

"이미 끝난 일이라고 했잖아."

"일리나는 너의 전부였어. 네 인생의 좌표였고, 지금껏 살아오면서 찾아온 최고의 행운이었지."

"이제 일리나는 떠났으니까 그따위 말은 당장 집어치워."

"방금 전에 내가 한 말은 사실 얼마 전에 네가 했던 말이야. 일리나 덕분에 넌 있어야 할 자리를 찾을 수 있게 되었다고 했어. 그녀를 잡지 않으면 평생 후회하며 살아가게 될 거야."

"나를 제발 가만 내버려 둬."

"일리나와 다투었어?"

"네가 참견할 일이 아니야."

"넌 나에게 가장 소중한 친구야. 네 인생이 잘못되는 꼴을 잠자코 지켜볼 수만은 없어."

"빌어먹을! 네가 친구라면 나를 좀 가만 내버려 둬!"

엘리엇은 방금 자신이 내뱉은 말에 분노를 느꼈다. 매트를 모욕한 다는 건 있을 수 없는 일이었다. 매트에게 당장 무슨 일인지 털어놓고, 그 일 때문에 얼마나 괴로운지 토로하고 싶었지만 그러면 계약 위반이었다. 오직 혼자서 모든 고통을 감내할 수밖에 없었다.

매트는 모욕적인 말을 들어 마음이 상했지만 다시 한번 엘리엇을 달랬다.

"엘리엇, 나는 너에게 무슨 일이 생겼는지 전혀 몰라. 네가 평소 안 하던 짓을 하는 걸 보면 견디기 힘든 일이 있었던 게 분명해. 너 혼자 끙끙 앓지 말고 속 시원히 털어놓고 나와 함께 해결책을 찾아보는 게 좋지 않을까?"

엘리엇에게 일리나와 매트는 가장 소중한 존재들이었다. 지난 10년 동안 매트와 서로를 이해하고 격려하고 응원해 주면서 형제보다 가깝게 지내왔다. 지금은 매트의 도움을 받을 수 없는 상황이었다. 이제 더는 친구를 상대로 이런 형편없는 연극을 할 수는 없다는 생각이 들었다.

엘리엇은 마음속으로 고통스러운 결정을 내렸다. 일리나와 헤어졌으니 이제 매트의 곁을 떠나야 할 차례였다.

"매트, 내 부탁을 들어줄 수 있어?"

"당연하지. 어서 말해 봐."

"내 인생에서 이제 그만 사라져 줘."

매트는 순간 잘못 들은 게 아닌가 생각하며 멈칫했다. 그러다가 겨우 핏기 없는 목소리로 말했다.

"그토록 원한다면 사라져 줄게."

매트가 고개를 푹 숙이고 문을 향해 걸어갔다. 문턱에 다다른 그는 아직 일말의 가능성이 남았을 수도 있다는 생각에 고개를 돌려 엘리엇을 바라보았다.

"내 농장 지분을 너에게 모두 넘길 테니까 더 이상 나를 찾아올 필요 없어."

엘리엇의 입에서 나온 말은 그게 전부였다.

17

우리는 책만 읽어서는 아무것도 배우지 못한다.
시련을 통해서만 배운다.

−스와미 프라지난파드

샌프란시스코, 2006

엘리엇의 나이 예순

엘리엇은 독감에 걸린 사람처럼 고열과 오한에 시달렸다. 망할 놈의 암이 시간여행으로 비롯된 상처와 힘을 합쳐 거센 공격을 가해오고 있었다. 겨우 몸을 일으킨 그는 욕실로 걸어가 세면기에 구토를 했다.

결국은 죽어야 하겠지만 지금은 아니었다. 그는 알약의 숫자를 확인해 보았다. 아직 네 개가 남아있었다. 이번에는 기필코 과거로 돌아가지 않을 작정이었다.

샤워를 하고 나자 그나마 정신이 맑아졌다. 그는 중국식 카페 화장실에서 젊은 엘리엇과 격렬한 언쟁을 벌인 끝에 헤어졌다. 그의 상태가 많이 안 좋아 보였지만 도울 방법이 없었다.

엘리엇은 외출 채비를 서둘렀다. 그는 거울 속을 들여다보며 말했다. "이봐, 엘리엇! 아무리 괴로워도 바보 같은 짓을 해서는 안 돼."

물론 젊은 엘리엇에게 한 말이었다. 크리스마스 아침이었지만 해변을 따라 달리는 사람들이 눈에 띄었다. 잔디밭에서 개와 부메랑 던지기 놀이를 하고 있는 젊은 여성도 보였다.

엘리엇은 날씨가 쌀쌀한 아침이었지만 차창을 내리고 달리기 시작했다. 시원한 공기를 깊숙이 들이마시자 비로소 살아있다는 느낌이 들었다. 그는 노스 비치를 가로질러 코이트 타워 쪽으로 방향을 틀었다. 매트와 만나 요트를 타고 바다로 나들이를 떠날 생각이었다. 그에게 오랫동안 혼자 간직하고 있던 이야기를 털어놓을 작정이었다. 폐암과 임박한 죽음에 대해. 크리스마스 선물치고는 잔인했지만 더는 미룰 수 없었다.

매트와의 우정은 오랜 시간 동안 금이 간 적이 없었다. 애정과 의리가 뒤섞인 이 기묘한 연금술은 뉴욕에서 있었던 어떤 사건으로부터 비롯되었다.

엘리엇은 도시의 북쪽을 향해 차를 운전하며 매트 그리고 일리나를 처음 만났던 1965년 그날을 떠올렸다.

뉴욕, 1965년

엘리엇의 나이 열아홉

초저녁이 되면서 맨해튼에 예기치 않았던 소나기가 쏟아지기 시작했다. 비를 맞아 옷이 흠뻑 젖은 청년이 지하철역으로 통하는 계단을 내려가고 있었다. 열아홉 살인 그의 이름은 엘리엇 쿠퍼였고, 어떻게 살아야 할지 알 수 없어 방황하고 있었다.

엘리엇은 두 달 전 미국 순례에 나서기 위해 학교를 그만두었다. 세상 구경을 하며 미래에 대한 전망도 세우고, 알코올 의존자 아버지로부터 벗어나고 싶었다.

같은 시각, 일리나 크뤼즈는 브롱크스 동물원에서 돌아오는 길이었다. 그녀는 방금 전 동물을 돌보며 살고 싶은 꿈을 실현시켜 줄 인턴 자리를 구해놓았다. 폭우로 생긴 물웅덩이와 자동차들 사이를 요리조리 피해가며 길을 건넌 그녀는 지하철역 안으로 들어갔다. 일자리를 구해 기분이 좋은 그녀의 입가에 흐뭇한 미소가 번져있었다.

엘리엇은 지하철역 안에서 기타를 연주하며 노래를 부르는 걸인 앞에 잠시 걸음을 멈추었다. 걸인은 오티스레딩의 곡을 멋지게 소화해 냈다. 엘리엇은 음악광이었다. 그에게 음악은 외로움을 잊고 내면의 세계로 도피하기 위한 수단이기도 했다. '왜 나는 아무도 믿지 못할까? 왜 나에게는 친구가 없을까? 왜 나는 내 자신을 쓸모없는 인간이라고 생각할까?' 엘리엇은 아직 그 질문들에 대한 해답을 찾지 못했다. 그는 곧 경험이 사람을 성장하게 만든다는 사실을 깨닫게 될 것이다.

일리나는 지하철 승강장으로 이어지는 긴 통로를 따라 걷고 있었다. 갑자기 쏟아진 소나기 때문에 그녀의 머리와 얇은 끈이 달린 티셔츠가 흠뻑 젖어있었다. 지하철 이용객들이 영롱하게 빛나는 그녀의 초록색 눈을 힐끔거리며 지나갔다. 일리나는 사람들의 눈길을 끌어모을 만큼 미모가 빼어난 편이었다.

오후 5시 11분, 열차가 승강장으로 들어오고 있었다. 평일 퇴근 시간이라 지하철역은 많은 사람들로 북적거렸다. 엘리엇은 첫 번째 칸에 타기 위해 사람들 사이를 헤집고 승강장을 걸어가고 있었다. 그때 초록색 눈빛의 여자아이가 그를 살짝 스치고 지나갔다. 걸어가면서 살짝 부딪혔을 뿐인데 그녀의 얼굴이 선명하게 시야에 잡혔다. '갑자기 현기증이 나고, 마음 깊이

와닿는 이 찌르르한 느낌의 정체는 무엇일까?' 엘리엇
은 지금껏 단 한 번도 다른 사람을 그런 눈길로 쳐다
본 적이 없었다.

일리나는 잘생긴 남자아이가 자신을 향해 관심 어린
눈길을 주고 있다는 사실에 기분이 좋았다. 그런 한편
마음이 스산했고, 등줄기를 타고 땀이 흘러 몸이 축
축해졌다. 그녀는 팔로 흘러내린 어깨끈을 끌어올리
며 남자아이의 시야에서 벗어나기 위해 걸음을 재촉했
다. '위험한 무언가가 공중에 떠다닌다는 느낌이 드는
건 왜일까?'

엘리엇은 애초에 두 번째 칸을 탈 생각이었다. 방금
전 스쳐 지나간 여자아이는 세 번째 칸을 타기 위해
줄을 서있었다. 그는 잠시 망설이다가 자석에 끌리듯
사람들 사이를 뚫고 달려가 문이 닫히기 직전 세 번째
칸에 올랐다. 인간의 운명은 간혹 이렇게 결정된다.
얼굴에 와 닿은 눈길에, 눈꺼풀의 떨림에, 어깨끈의
스침에…….

빈자리에 앉은 일리나는 저만치 서있는 남자아이의
모습을 발견했다. 그가 말을 걸어오길 기대하면서도

한편으로 왠지 두려웠다. 고통스러울 정도로 격렬하게 뛰는 심장박동이 느껴졌다.

엘리엇은 여자아이가 있는 쪽으로 가고 싶었다. '어떻게 접근할까?' 오해를 받지 않고 재치 있게 다가가는 방법이 뭔지 생각해 보았지만 아무것도 떠오르지 않았다. 그는 사실 여자아이에게 말을 걸어 본 적이 없었다. '엘리엇, 너에게는 지나치게 과분한 여자아이야. 그만 꿈을 깨는 게 어때?' 이러지도 저러지도 못하고 머릿속으로 갈등하고 있을 때 열차가 정류장에 멈춰 섰다. '어서 내려! 감히 그 아이를 꼬시겠다고?' 엘리엇은 열차가 다시 출발하고 다음 정거장, 그다음 정거장을 지나칠 때까지 망설임을 거듭했다. 그러다가 여자아이가 자리에서 일어섰다. '다음 정류장에 내릴 생각인가 봐. 더 늦기 전에 어떻게 좀 해 봐, 지금이 아니면 영영 기회가 주어지지 않을 거야.' 엘리엇은 여자아이에게 다가가기 위해 사람들을 밀치며 앞으로 걸어갔다. 다리에 감각이 없었고, 머리가 새하얗게 비어 왔다. 여자아이가 이제 눈앞에 있었고, 그녀의 입술 곡선이 보였다. 여자아이 쪽으로 살짝 몸을 숙이고 말을 건네려는데……

그들이 있는 곳으로부터 몇 미터 떨어진 옆 칸에서 쾅 하며 엄청난 폭발음이 울려 퍼졌다. 뒤이어 바람이 일었고, 차체가 기우뚱하며 자리에 앉아있던 승객들이 모두 바닥으로 내동댕이쳐졌다.

사람들은 한동안 무슨 일인지 사태 파악을 하지 못했다. 여기저기에서 울부짖는 소리가 차 안을 뒤덮었다. 방금 전만 해도 보통 때와 다름없이 평화로운 저녁 시간이었다. 하루의 일과를 끝내고, 나른한 느낌이 밀려드는 가운데 집으로 돌아가는 시간……

열차가 터널 한가운데에서 궤도를 이탈했다. 방금 전, 한 남자아이가 한 여자아이에게 다가가 관심을 표하려 했었다. 그러다가 갑자기 폭발음이 울려 퍼졌고, 비명이 난무했다.

엘리엇과 일리나는 쓰러졌다가 겨우 일어섰다. 열차 안은 탁한 먼지가 자욱해 눈이 따갑고 숨을 제대로 쉴 수 없었다. 주위를 둘러보니 사람들의 얼굴이 온통 충격에 휩싸여 있었다. 다들 몸은 피범벅이 되었고, 옷은 찢어지고, 얼굴은 공포로 일그러져 있었다. 열차 지붕이 객실로 무너져 내리면서 잔해에 깔려있는 승객들이 많았다.

사람들이 고통을 견디지 못하고 울부짖는 소리가 객실 전체에 울려 퍼졌다. 겁에 질린 여자 하나가 "도와주세요, 하느님!" 하고 외치며 사람들을 밀치고 빠져나갈 출구를 찾고 있었다. 일리나는 냉정을 유지하며 옆에서 울고 있는 어린 여자아이를 안심시키기 위해 애썼다.

엘리엇의 머리카락은 유리 파편으로 범벅이 되었고, 셔츠는 피로 얼룩졌다. 그는 다른 승객들과 함께 열차 지붕의 잔해에 깔린 부상자들을 구조하느라 여념이 없었다. 그는 이미 사람들을 덮친 잔해를 들어 올리고 서너 명을 구조했다. 폭발 당시 파편을 맞아 다리가 떨어져 나간 사람도 있었다.

아수라장이 된 차내에 누군가의 목소리가 울려 퍼졌다.

"불길이 번지기 전에 열차 밖으로 빠져나가야 합니다!"

사람들의 머릿속은 온통 숨 막히는 지옥에서 벗어나야 한다는 생각으로 가득 찼지만 열차의 자동문은 꿈쩍도 하지 않았다. 이제는 어쩔 수 없이 창문을 깨고 뛰어내리는 수밖에 없었다.

엘리엇은 주변을 둘러보았다. 열차에 번지고 있는 불길 때문에 마치 불가마 속에 들어앉은 느낌이 들었다. 온몸에서 땀이 비 오듯 쏟아지고 있었다. 살면서 이렇게 무서워 본 적은 없었다. 연기가 점점 더 자욱해지면서 숨을 쉴 수 없는 지경이 되었다. 사방에서 역한 냄새가 풍겨왔다. 그가 앞으로 살아가면서 알아가고 두려워하게 될 냄새, 바로 죽음의 냄새였다.

엘리엇은 어떻게 하면 밖으로 빠져나갈 수 있을지 생각해 보았다.

'부상자들이 이렇게 많은데 나 혼자 빠져나갈 수는 없어.'

엘리엇은 납작 엎드려 열차 뒤쪽으로 기어갔다. 몸에서 떨어져 나간 팔다리, 신발에 들어있는 채로 잘려 나간 발이 눈에 들어왔다. 엘리엇은 자기도 모르게 눈물이 났다. 지독한 공포와 함께 무력감이 엄습해 왔고, 사람들을 구할 수 있는 방법이 떠오르지 않았다.

바로 그때 일리나가 엘리엇에게 따라오라는 손짓을 보냈다.

"이쪽으로 따라와."

일리나가 먼저 깨진 창문을 뛰어넘었다. 엘리엇은 뒤따라 창문을 뛰어넘으려다가 뒤를 돌아보았다. 그와 비슷한 또래 아이가 철제 강판에 깔려 의식을 잃고 누워있었다. 엘리엇은 그 애가 아직 숨을 쉬는지 확인하기 위해 몸을 숙여 가슴에 귀를 대 보았다. 아직 심장이 뛰고 있었다. 그 애를 짓누르고 있는 철제 강판을 들어 올리려고 힘을 써 봤지만 옴짝달싹하지 않았다.

일리나가 다시 소리쳤다.

"어서, 창문을 뛰어넘으라니까!"

여자아이가 옳은 듯했다. 연기가 너무 자욱했고, 불길 때문에 점점 객차 안의 온도가 높아지고 있었다. 잠시 주저하던 엘리엇은 필사적으로 또래 아이를 끌어내기 위해 안간힘을 썼고, 마침내 꿈쩍하지 않던 강판을 들어 올렸다.

엘리엇은 또래 아이를 어깨에 들쳐 메며 소리쳤다.

"죽으면 안 돼!"

엘리엇은 그때 어떻게 철제 강판을 들어 올리고 또래 아이를 끌어낼 수 있었는지 아무리 생각해도 신기했다.

마침내 엘리엇은 또래 아이를 들쳐 메고 철로로 뛰어내렸다. 그런 다음 터널 안을 걷고 있는 사람들의 행렬에 끼어들었다. 바로 앞에서 한쪽 팔을 잃은 남자가 비틀거리며 걷다가 몇 번이나 넘어질 뻔하며 겨우 중심을 잡았다.

엘리엇은 뜨끈한 액체가 얼굴을 타고 흘러내리는 걸 느꼈다. 어깨에 메고 있는 아이의 피가 분명했다. 그는 걸음을 멈추고 입고 있던 셔츠를 찢어 지혈대를 만들었다. 상처 부위에 지혈대를 대고 힘껏 압박하자 출혈이 현저하게 줄어들었다.

아이의 체중이 1톤은 나가는 것처럼 무거웠지만 포기할 수는 없었다. 당장 주저앉을 것 같은 고통을 이겨내려면 정신을 집중할 대상이 필요했다.

엘리엇은 그 순간 앞에서 걷고 있는 여자아이를 쳐다보았다. 그들은 아직 대화를 나눈 적이 없었지만 이미 서로에 대해 호감을 느끼고 있었다. 여자아이를 쳐다보며 힘을 얻은 그는 흐느적거리는 걸음으로 행렬을 뒤따라갔다.

'만약 저 애가 없었다면 난 폭발이 일어난 열차 칸에 탑승했겠지.'

마침내 터널 끝이 보이기 시작했다. 불과 지하철역을 몇 미터 앞에 두었을 때 비로소 힘의 한계가 느껴졌다. 엘리엇의 귀에서는 이제 아무런 소리도 들리지 않았고, 눈앞이 가물가물했다.

그때 소방관이 다가와 그가 메고 있던 아이를 넘겨받아 들것에 올려놓았다. 마침내 몸이 자유로워진 그는 일리나를 쳐다보고 나서 이내 기절해 쓰러졌다.

같은 시각, 깊숙한 터널 내부에서는 객차가 계속 불에 타들어 가고 있었고, 이내 연기만 피어오르는 골조만 남았다. 흉물스럽게 변한 의자 위에 놓여있던 책에도 불이 붙었다. 책에 적혀있는 경구는 아직 훼손되기 전이었다.

당신의 은신처는 당신 자신이다.

다른 곳은 없다.

당신은 다른 사람을 구원할 수 없다.

당신 자신만 구원할 수 있을 뿐이다.

- 싯다르타

몇 시간 후, 엘리엇은 병원 침대에서 눈을 떴다. 어깨에는 붕대가 감겨있었고, 목뼈 주변에서 극심한 통증이 느껴졌다. 지하철에서 만난 여자아이가 걱정스러운 눈길로 그를 바라보고 있었다.

여자아이가 가까이 몸을 기울이며 물었다.

"괜찮니?"

엘리엇은 고개를 끄덕이고 나서 몸을 일으키려고 했지만 팔에 꽂혀 있는 링거 때문에 움직일 수 없었다.

"넌 움직이지 말고 그냥 누워있어. 내가 일어나도록 도와줄게."

일리나가 버튼을 누르자 침대 위쪽이 천천히 들어 올려졌다. 병실 한쪽 구석에 놓인 텔레비전의 흑백 화면에 혼란에 빠진 맨해튼의 모습이 잡히더니 이내 앵커의 목소리가 들려왔다.

뉴욕에서 사상 최악의 정전 사태가 빚어졌습니다. 캐나다 온타리오주와 미국 동부 연안 일대에 무려 10시간 동안 계속되었던 정전 사태는 1965년 11월 9일 오후 5시 10분 현재 완벽하게 복구되었습니다. 정전 직후 노조원들의 사보타주 가능성이 제기되었으나 나이아가라 폭포에 있는 수력발전소의 송전 설비에 문제가 발생해 빚어진 정전 사태로 밝혀졌습니다.

뒤이어 뉴욕 지하철에서 발생한 폭발사고를 다루는 화면들이 흘러

나왔다. 취재기자는 지하철역 폭발사고의 원인으로 정전을 꼽으며 일부에서 제기한 테러 가능성을 일축했다.

미국은 몇 년 사이에 연속적으로 터진 대형 사건사고로 몹시 어수선한 상황이 계속되고 있었다. 2년 전에는 존 F. 케네디 대통령이 암살당했고, 지난여름에는 로스앤젤레스에서 인종 문제로 폭동이 일어나 수십 명의 사망자가 발생했다. 정부에서 베트남에 대규모 병력을 파병하면서 대학가에서는 반전시위가 빈발했고, 최근에는 과격 학생운동으로 격화될 양상을 보이고 있었다.

일리나가 버튼을 눌러 텔레비전을 껐다.

엘리엇이 한참 뒤에 일리나에게 물었다.

"그 아이는 어떻게 되었어?"

"누구?"

"내가 어깨에 메고 온 아이."

일리나가 눈물을 글썽이며 말했다.

"지금 수술을 받고 있어. 참혹할 정도로 부상이 심한 상태야."

엘리엇이 고개를 끄덕였고, 잠시 침묵이 흘렀다. 두 아이는 끔찍한 사고의 여파로 아직도 머릿속이 혼란스러워 각자 생각에 잠겨들었다.

얼마 후 일리나가 먼저 침묵을 깼다.

"너, 나에게 뭔가 할 말이 있었지?"

엘리엇이 눈썹을 찡그렸다.

"옆 칸에서 폭발이 일어나기 직전에 나에게 뭔가 얘기를 하려고 다가왔잖아.”

“응, 그게······.”

엘리엇이 우물거리며 대답하길 망설였다.

해맑은 아침햇살이 병실 안을 가득 채우고 있었다. 아비규환을 이룬 사고가 언제 일어났었냐는 듯 병실은 평화로웠다. 쑥스러워하는 남자아이 앞에 앉은 여자아이가 말을 안 해도 다 알고 있다는 듯이 배시시 웃었다.

“그냥 너에게 커피나 한잔 하자고 말할 생각이었어.”

“아, 그래?”

여자아이가 수줍은 표정을 지었다. 그때 병실로 들어선 의사의 낭랑한 목소리가 두 사람의 어색한 분위기를 해소시켜 주었다.

의사가 침대 옆으로 다가왔다.

“나는 닥터 도일이란다.”

엘리엇은 의사가 상처를 살펴보는 동안 여자아이의 얼굴을 볼 수 없어서 아쉬웠다.

의사가 상처에 대해 장황한 설명을 시작했다. 엘리엇은 의사의 말 중에서 ‘흉골 함몰을 동반한 흉부 외상성 상해’, ‘경추 미란’ 같은 표현만이 기억났을 뿐 도무지 뜻을 알 수 없었다.

이야기를 마친 의사가 소염제를 바르고 경부 코르셋을 채우는 것으로 검진은 모두 끝났다.

엘리엇은 병실을 나서려는 의사에게 함께 병원으로 실려 온 또래 아이의 상태가 어떤지 물어보았다. 의사는 수술은 모두 끝났지만 환자가 깨어날 때까지 기다려 봐야 정확한 결과를 알 수 있다고 말해주었다.

엘리엇은 몇 년 후 자신도 방금 전 의사가 했던 말을 수없이 되풀이하며 살게 될 것이라는 걸 전혀 예상하지 못했다.

엘리엇이 혼자 병실에 누워있을 때 문이 빠끔 열리더니 문틈으로 예쁜 얼굴이 삐죽 고개를 내밀었다.

일리나가 느닷없이 말했다.

"우리 그렇게 하자."

"뭘?"

"나랑 커피를 마시고 싶다며?"

일리나가 종이컵 두 개를 흔들어 보이며 생긋 웃었다. 엘리엇도 미소를 지으며 커피를 받아 들었다.

"내 이름은 엘리엇이야."

"내 이름은 일리나."

그날 맨해튼에 소재한 병원 5층에서는 운명적으로 만난 두 아이가 소곤소곤 이야기를 나누는 소리가 밤늦도록 이어졌다.

두 사람은 다음 날 그리고 그다음 날에도 뉴욕 거리를 쏘다녔다. 센트럴파크에서 피크닉을 즐겼고, 여러 박물관을 누비고 다녔다. 그들은 저녁이 되면 병원으로 돌아가 아직 혼수상태로 누워있는 아이의 안부를 체크했다.

그들은 달콤하면서도 쌉싸래한 맛이 나는 코코아 한 잔과 시나몬 치즈케이크를 먹으려고 들어간 암스테르담 카페에서 나오다가 비를 맞으며 첫 키스를 했다. 그 순간적인 키스가 그들이 그때까지 알고 있었던 세상의 모든 가치와 의미를 바꿔놓았다.

엘리엇은 여자아이와 함께 있는 동안 더없이 큰 행복감을 느꼈다. 그는 이 특별한 행복감을 그 어디에서도 맛본 적이 없었다.

일리나도 신비하고 매력적인 남자아이의 눈에 비친 자신의 모습이 그 어떤 때보다 아름다울 거라고 생각했다.

오후가 되면 그들은 센트럴파크에서 몇 시간 동안 이야기를 나누었다. 그렇게 그들은 서로에 대해 조금씩 알아가기 시작했다. 일리나는 현재 대학에서 생물학 공부를 하고 있고, 장래에 수의사가 되고 싶다고 했다. 엘리엇은 IQ가 166이나 되었지만 공부를 포기했다고 했다. 그녀는 머리도 좋고 똑똑한 엘리엇이 왜 공부를 일찍 그만두었는지 궁금했다. 그는 일리나가 앞으로의 인생 계획을 묻는 질문에 명쾌하게 대답하지 못했다.

일리나는 그가 자신감이 부족하고, 감수성이 예민한 탓에 자주 자기 세계 안에 갇혀버리는 게 문제라고 생각했다. 어느 날 일리나는 엘리엇에게 슬쩍 물었다.

"왜 너처럼 머리 좋은 아이가 의사가 되겠다는 생각을 하지 않니?"

엘리엇은 못들은 척하다가 일리나가 집요하게 묻자 그저 어깨를 으쓱했다.

그날 일리나가 던진 질문은 엘리엇의 머릿속에 깊이 각인되었다.

*

얼마 후, 엘리엇은 병원에서 혼수상태에서 깨어난 환자가 그를 찾고 있다는 연락을 받았다. 병실로 들어간 엘리엇은 또래 아이가 누워있는 침대로 다가갔다. 큰 부상을 당하고 누워있는 아이는 프랑스인이었다. 열흘 동안 혼수상태였다는 사실이 무색할 만큼 생글생글 웃고 있었다. 얼굴에는 생기가 넘쳐 보였고, 웃음에서는 귀염성이 있으면서도 어딘가 모르게 냉소적인 기색이 묻어났다.

또래 아이가 프랑스어 악센트가 섞인 발음으로 물었다.

"네가 바로 내 구세주였다면서?"

엘리엇이 대답했다.

"아마도 그럴걸."

몇 마디 나눠 보기도 전에 두 사람은 벌써 서로에게 호감을 느꼈다.

"앞으로 넌 나의 레이더망에서 결코 벗어날 수 없을 거야."

"왜지?"

"내가 진 빚을 갚을 때까지 널 놓아주지 않을 테니까. 내가 네 목숨을 구해주어야만 빚을 다 갚았다고 할 수 있지 않을까?"

엘리엇이 피식 웃음을 흘렸다. 시원시원하게 느껴지는 남자아이가 금세 마음에 들었다. 그 자신과는 상반되는 성격을 가지고 있어 완벽하게 서로를 보완해 줄 수 있을 것 같기도 했다.

엘리엇은 손을 내밀어 악수를 청하고 나서 자기소개를 했다.

"내 이름은 엘리엇 쿠퍼야."

"나는 매트 들뤼까."

훗날 엘리엇은 열차사고를 계기로 자신의 인생이 얼마나 많이 바뀌었는지 회고해 본 적이 많았다. 어느 날 저녁, 엘리엇은 예쁜 여자아이의 뒤꽁무니를 뒤따라가느라 애초에 타려고 했던 객차에 오르지 않았다. 그 덕분에 그는 목숨을 구할 수 있었고, 인생에서 무엇보다 중요한 것들을 얻게 되었다. 사랑, 우정 그리고 인생의 소명을.

그해, 며칠 사이에 엘리엇은 완전히 다른 사람이 되어있었다.

샌프란시스코, 2006년

엘리엇의 나이 예순

잠시 달콤한 추억에 젖어 들었던 엘리엇은 텔레그래프 힐 정상에 차를 주차하고 필버트 스텝으로 접어들었다. 꽃 계단을 걸어 내려온 그는 아르데코 스튜디오 앞에 멈춰서 정원이 넘겨다 보이는 울타리를 밀고 들어갔다. 그는 창문이 열려있어 덧문을 두드리며 소리를 질렀다.

"나야, 매트!"

매트가 현관문을 열더니 눈을 동그랗게 떴다.

"엘리엇?"

"어서 서둘러. 샌드위치를 사려면 쉐 프란시스 가게에 들러야 하니까. 늦장을 부리다가 파니에 구르망 세트가 떨어지면 넌 또 먹을 만한 샌드위치가 없다고 툴툴댈 거면서."

"갑작스럽게 여긴 웬일이야?"

"벌써 잊었어? 너랑 요트를 타러 가기로 한 날이잖아?"

"무슨 요트?"

"페이펄 요트."

"무슨 자다가 봉창 두드리는 소리야?"

"매트, 네가 먼저 요트를 타러 가자고 내 자동응답기에 메시지를 남겨놓고 이제 와서 발뺌하는 거야?"

"우리는 지난 30년 동안 전혀 교류를 하지 않고 지냈어. 내가 요트를 타러 가자고 했을 리 없다는 뜻이야."

엘리엇은 눈을 동그랗게 뜨고 할 말을 잃었다. 매트의 눈을 보니 농담이 아닌 게 분명했다.

"엘리엇, 내 말 잘 들어. 무슨 바람이 불어 나를 찾아왔는지 모르지만 이제 나는 너랑 한가하게 요트나 타면서 시간을 보낼 생각이 없어. 볼일이 끝났으면 돌아가 봐."

"매트, 잠깐만! 넌 내 친구잖아. 우리는 매일 전화로 얘기를 주고받고, 일주일에 몇 번씩 만나는 사이 아니었어?"

매트가 아주 오래전 기억을 떠올려 보려는 듯 눈을 가늘게 떴다.

"네 말대로 우린 친구였지. 그건 나도 인정하지만 이미 오래전 일이야."

매트가 다시 문을 닫으려고 하자 엘리엇이 간청하다시피 물었다.

"우리 사이에 무슨 일이 있었지? 우리가 싸우기라도 했나?"

"지금 농담해? 이제 인내심에 한계를 느낄 지경이니까 제발 기억상실증에 걸린 사람처럼 굴지 마!"

"매트, 그러지 말고 무슨 일이 있었는지 얘기해 봐."

매트가 성가시다는 듯 인상을 찌푸리다가 겨우 무슨 일이 있었는지 말을 꺼냈다.

"벌써 30년이나 지난 일이야. 네가 시간여행자를 만났다며 횡설수설하기 전까지 우리의 우정은 굳건했지. 넌 사랑, 우정 그리고 일이 순조롭게 풀리고 있었어."

"매트, 그게 무슨 소리야?"

"어느 날 넌 시간여행자를 만났다며 갑자기 이상한 말들을 하기 시작했어. 한마디로 정상이 아니었지. 나도 널 돕기 위해 최선을 다했지만 결국 포기했어. 넘어서는 안 될 선을 넘었으니까."

"그게 정확하게 언제쯤이었지?"

"빌어먹을! 그날은 바로 크리스마스였어. 나는 아직 그날을 선명하게 기억해. 그날 넌 애인이 생겼다며 일리나에게 이별을 통보했어."

그날의 기억을 떠올린 매트는 하필이면 날짜가 오늘과 겹친다는 사실에 당혹감을 느꼈다. 날짜로 따져 보자면 정확하게 30년 전 일이었다.

엘리엇이 망연자실해 있는 사이 매트가 계속 말했다.

"나는 너랑 화해하기 위해 애썼어. 넌 계속 우리의 우정을 모독했지. 그러다가 일리나에게 몹쓸 일이 벌어졌어. 그 일이 있은 후에는 나도 널 만나고 싶지 않았어."

"일리나에게 무슨 일이 있었는데?"

매트의 얼굴에 갑자기 우울한 그림자가 드리워지더니 단호하게 말했다.

"이제 널 상대하기 싫으니까 당장 꺼져!"

그런 다음 매트는 세차게 문을 닫아버렸다.

*

엘리엇은 정신이 몽롱해진 채 차로 돌아왔다. 1976년에 매트와 불화가 생겼다면 관계 복원을 위해 뭔가를 해야 한다는 생각이 들었다.

'1976년부터 지금까지 매트와 함께한 기억들은 그저 내 머릿속에서 그려낸 환상일 뿐인가?'

엘리엇은 머리를 감싸 쥐었다.

'과거와 현재를 오가는 시간여행을 하는 사이 내 기억은 그대로인데 매트는 나와 전혀 다른 경험과 기억을 갖게 된 게 틀림없어.'

엘리엇은 과학계가 깊은 관심을 표하고 있는 '다중세계'의 존재 가능성에 대해 들어 본 적이 있었다. 일부 과학자들에 따르면 한 곳에서 일어날 수 있는 모든 가능성이 다른 공간에서도 일어날 수 있다고 했다. 내가 하늘로 하나의 동전을 던질 때, 숫자가 있는 쪽이 위로 향하는 세계가 있다면 그림이 있는 쪽이 위로 향하는 세계도 있다는 것이다. 내가 로또에 당첨되어 돈을 버는 세계가 있다면 다른 수백만 개의 세계에서는 내가 돈을 잃게 된다는 것이다. 그 주장을 통해 유추해 보면 우리가 알고 있는 세계는 무한수의 세계 가운데 하나일 뿐이었다. 9·11테러가 일어나지 않은 세계가 있고, 미국 대통령이 조지 부시가 아닌 세계가 있고, 베를린 장벽이 아직 건재한 세계가 있다는 것이다. 30년 전 매트와 싸운 세계가 있다면 두 사람이 여전히 친구 사이인 세계도 있다는 가설이 성립될 수 있다는 생각이 들었다.

문제는 과거와 미래를 왕복하다가 실제로 벌어진 일들이 그의 기억과 일치하지 않는다는 점이었다. 억울하지만 현재로서는 주어진 조건을 그대로 받아들이는 수밖에 없었다.

엘리엇은 운전대를 잡고 병원을 향해 달렸다. 그를 괴롭히는 긴급한 생각이 있었다. 일리나에게 무슨 일이 벌어졌는지 알아내야만 했다.

18

우리가 살아야 하는 이유라고 생각하는 것은 동시에
우리가 죽어야 하는 좋은 이유이기도 하다.

−알베르 카뮈

샌프란시스코, 1976년 12월 25일

오후 4시 48분

일리나의 나이 스물아홉

은빛 새 한 마리가 높은 하늘에서 안개와 바람을 뚫고 샌프란시스
코를 향해 하강하고 있었다. 새는 화살처럼 날아 앨커트래즈와 트레
저 아일랜드 상공을 선회하다가 골든게이트 첨탑에 내려앉았다. 우
아한 자태를 뽐내는 골든게이트는 2킬로미터에 이르는 만의 상공에
서 뻗어나가 소살리토까지 이어져 있었다. 태평양에 단단히 박혀있
는 두 개의 교각은 얼음장 같은 바닷물이나 금속 구조물을 광대수염

처럼 휘감고 있는 안개 따위는 조금도 두렵지 않다는 듯 웅장한 위용을 자랑하고 있었다.

물 위에 올라앉은 새는 고개를 떨어뜨린 채 200미터 아래에서 복닥거리며 살아가고 있는 인간들의 삶을 조용히 관조하고 있었다. 6차선 다리 위에서는 차들이 서로 교차하고 추월하며 부산하게 움직이고 있었다. 둔탁한 소음, 클랙슨 소리, 진동하는 철판 소리가 수시로 울려 퍼졌다. 갑자기 보행자 전용도로에서 여자 하나가 줄을 타는 곡예사처럼 위태롭게 걸어가는 모습이 보였다.

일리나는 자신이 무엇 때문에 골든게이트까지 왔는지 알 수 없었다. 그냥 플로리다로 돌아가는 비행기에 오를 수 없다고 생각했고, 택시 기사에게 차를 돌려 시내로 되돌아가달라고 부탁했다. 그러고 나서 어딘가 가야 했기에 발길이 이끄는 대로 걷다 보니 골든게이트까지 오게 되었다.

충격과 분노가 가라앉자 절망적인 우울감이 밀려왔고, 곧 끝이 보이지 않는 깊은 나락으로 떨어지기 직전인 가장자리에 서 있었다. 사람들은 모두 그녀가 강하다고 생각했다. 하지만 겉으로 드러난 이미지일 뿐 그녀는 사실 "나는 이제 당신을 사랑하지 않아, 일리나." 같은 말 한마디에 충격을 받고, 세상 모두를 잃어버린 사람처럼 휘청거리는 유약한 존재일 뿐이었다. 엘리엇의 이별 통보에 그녀는 갑자기 삶의 지표를 잃어버렸고, 살아갈 힘과 의지를 모두 상실했다.

일리나는 가드레일로 다가가 아래쪽에서 넘실거리는 바닷물을 내려다보았다. 숨이 멎을 만큼 아름다운 풍경에 현기증이 났다. 회오리

바람에 파도가 부서지면서 하얀 거품을 일으켰다. 마치 바다 전체가 부글부글 끓고 있는 듯했다. 그녀에게 엘리엇은 인생의 전부나 다름없었다.

'엘리엇 없이는 살아갈 수 없어.'

일리나는 이제 자신이 나약하고 가망 없는 존재로 여겨졌다. 아무리 시간이 흘러도 이별의 아픔을 삭일 수 없을 것 같았다. 문득 계속 살아간다는 게 죽음보다도 더 두려운 일로 받아들여졌다. 일리나는 왜 두 발이 자신을 골든게이트로 데려왔는지 비로소 깨달았다.

일리나는 출렁이는 바다를 향해 한 치의 망설임도 없이 몸을 날렸다.

*

골든게이트 꼭대기에서 떨어지는 데 걸리는 시간은 4초.

마지막 여행에 걸리는 시간이 4초.

4초, 두 세계 사이에 존재하는 진짜 무인지대.

4초, 완전히 산 것도 아니고, 그렇다고 완전히 죽은 것도 아닌 허공에서의 4초.

자유의 몸짓일까, 아니면 광기일까?

용기 있는 행동일까, 아니면 나약함의 증표일까?

4초, 그 다음은 시속 120킬로의 속도로 물을 향해 떨어진다.

4초, 그 이후에는 죽음이 기다리고 있다.

샌프란시스코, 1976년 12월 25일

오후 5시 31분

엘리엇의 나이 서른

겨울이라 금방 땅거미가 내렸다. 오후는 벌써 아련한 기억으로만 남았다. 도시 전체에 하나둘씩 불이 켜졌고, 구름 사이를 뚫고 초승달이 수줍은 얼굴을 내밀었다.

엘리엇은 차창을 내리고 해변대로인 엠바르카데로를 따라 달리고 있었다. 오늘 같은 날은 도저히 집에서 혼자 밤을 보낼 자신이 없었다. 미쳐버릴 것 같았고, 무슨 짓을 저지를지 몰라 겁이 날 지경이었다. 엘리엇은 어둠이 내리는 도로를 바람처럼 달려갔다. 불빛이 이끄는 대로 달리다 보니 화살 모양의 신축 고층 빌딩인 트랜스 아메리카 피라미드가 환하게 불을 밝힌 사무실 밀집 지역에 다다라 있었다.

엘리엇은 지금쯤 비행기에 타고 있을 일리나를 생각했다. 그녀는 강하니까 곧 극복하게 될 거라고, 조만간 자신을 제대로 사랑해 주는 남자를 만나게 될 거라고 자위해 보았지만 비겁하기 그지없는 제멋대로의 생각일 뿐이었다.

엘리엇은 급커브를 틀어 레녹스 메디컬센터의 주차장으로 들어섰다. 그는 사랑을 잃었고, 우정마저도 잃었다. 이제 유일하게 남은 건 일밖에 없었다. 오늘은 수술은 물론 환자를 진료해서도 안 될 것이다. 아직 술과 마약의 잔재가 몸속에서 완전히 분해되지 않았기 때문이었다. 그는 쓸쓸했고, 일을 하지 않더라도 가장 친숙한 공간에서 쉬고 싶었다. 이제 병원만이 그가 편안함을 느끼는 유일한 공간이었다.

엘리엇이 늘 세우던 곳에 차를 주차하고 차 밖으로 나오고 있을 때 앰뷸런스 한 대가 요란한 사이렌 소리를 울리며 전속력으로 주차장으로 들어서더니 응급실 문 앞에 멈춰 섰다. 그는 평소 습관대로 구급대원들을 보고 그냥 지나칠 수 없었다. 함께 일한 적이 있는 21팀의 마르티네즈와 파이크의 모습이 눈에 들어왔다. 환자의 상태가 심각한 듯 두 간호사의 얼굴이 창백하게 굳어있었다.

"무슨 일이야, 마르티네즈?"

남미 출신의 젊은 간호사는 엘리엇이 당직의사라고 생각한 듯 스스럼없이 대답했다.

"서른 살 정도의 여성인데 혼수상태예요. 30분 전에 골든게이트에서 뛰어내렸는데 상처가 심각해요. 일단은 살아있지만 상태가 위중해 그리 오래 버틸 것 같지 않아요."

여성은 벌써 관을 삽입한 상태였다. 정맥관도 삽입되었고, 경추보호대를 착용해 얼굴 일부가 가려져 있었다.

엘리엇은 두 사람을 도와 환자를 들것에서 내렸다. 그리고 나서 환자 쪽으로 몸을 숙였다.

그 순간 엘리엇의 몸은 얼어붙어 버렸다.

샌프란시스코, 2006년
엘리엇의 나이 예순

충격에서 헤어나지 못한 엘리엇은 목적지도 정하지 못한 채 정신없이 운전대를 잡고 있었다. 마지막으로 과거로 돌아갔던 1976년 12월 25일 아침, 일리나는 범고래 사고를 성공적으로 비켜 갔다. 그러니까 일리나는 어딘가에 살아있어야 마땅했다. 그런데 매트는 분명 일리나에게 안 좋은 일이 발생한 것처럼 말했다.

'매트의 목소리에 담겨있던 그 절망적인 어조의 정체는 무엇일까?'

엘리엇은 급브레이크를 밟고 소화전 앞에 차를 세웠다. 노스 비치의 보도 위를 정처 없이 걷던 그는 PC방을 하나 발견했다. 인터넷을 사용하기 위해 카페로 들어간 그는 카푸치노를 한 잔 주문했다.

몇 번의 클릭 끝에 온라인 전화번호부 사이트에 들어가 검색을 시작했다. 검색창에 '일리나 크뤼즈'라고 타이핑했더니 다음 줄에서 커서가 깜빡거렸다. 찾는 도시를 입력하라고 했다. 그는 '올랜도'라고 친 뒤 검색을 시작했다.

검색 결과가 없다고 나왔다. 그는 검색 범위를 플로리다 전역으로, 나중에는 다른 주들로 차츰 넓혀 나갔다. 그러나 모두 검색 결과가 없다고 나왔다. 일리나가 전화번호부 등재 거부 명단에 있거나 아니면 더 이상 살아있지 않거나 아니면 개명을 했다고 봐야 할 듯했다.

엘리엇은 포기하지 않고 구글 검색창에 '일리나 크뤼즈'라는 이름을 집어넣었다. 검색 결과가 하나밖에 없었다. 해양 서식 포유류들을 다루는 수의학 시술과 관련한 글이 올라온 어느 대학의 사이트였다. 그 사이트에 있는 글을 읽어 보니 오늘날에는 보편화되어 있는 동물 마취술을 70년대에 최초로 시도한 사람이 바로 '일리나 크뤼즈'라고 되어 있었다. 그 사이트는 일리나가 1970년에 세계 최초로 바다소를 상대로 마취 시술을 한 사례를 자세히 기록해 놓고 있었다. 떨리는 손으로 약력 소개를 클릭한 엘리엇은 일리나의 생몰년이 1947–1976으로 표기된 것을 발견하고 경악을 금치 못했다.

더 이상의 설명은 없었다. 엘리엇은 컴퓨터 화면에 눈을 고정시키고 어떻게 된 영문인지 알아보려고 애썼다.

1976년 12월 25일에 일리나는 분명 살아있었다. 사이트에 나온 대로라면 일리나는 1976년의 마지막 남은 엿새 중 어느 날에 사망했다는 뜻이었다.

'그렇다면 언제? 어떻게? 무슨 이유로?'

PC방을 나온 엘리엇은 황급히 차로 돌아갔다. 당시 신문들을 찾아보기 위해서였다.

엘리엇은 급한 마음에 위험천만한 유턴을 시도한 뒤 《샌프란시스코 크로니클》지 본사가 있는 시청 건물로 향했다. 주차공간을 찾기 위해 20분을 돌아봤지만 결국 찾지 못해 하는 수 없이 빈 공간에 차를 세우고 신문사의 유리빌딩 안으로 들어갔다. 안내 데스크 직원에게 1976년 자료를 조회하고 싶다고 했더니 신청서에 기재하면 며칠 뒤에 볼 수 있을 거라고 했다.

"며칠씩이나 기다려야 한다고요?"

엘리엇은 황당한 표정을 지으며 그 직원 앞에 100달러짜리 지폐를 꺼내놓았다. 직원이 기분 나쁜 표정을 지었다. 그가 두 장을 더 꺼내 놓자 직원이 말했다.

"도와드릴 수 있는 방법이 있는지 알아보죠."

15분 후, 엘리엇은 1976년 마지막 며칠 동안 발행된 《샌프란시스코 크로니클》지의 지면을 보여주는 환등기 앞에 앉을 수 있게 되었다. 헤드라인에서는 아무것도 알아낼 수 없어 사회면을 샅샅이 뒤지다가 12월 26일 자 신문에서 문제의 기사를 찾아냈다.

골든게이트에서 한 여성 자살기도

어제 오후, 한 젊은 여성이 골든게이트 다리 위 69번 가드레일 근처에서 투신했다. 이 여성은 플로리다 출신의 수의사 일리나 크뤼즈로 현장을 목격한 증인들에 따르면 그녀는 떨어지면서 하체가 먼저 수면에 닿은 것으로 확인되었다.

해양경찰 순시선이 현장으로 출동해 일리나 크뤼즈를 바닷물에서 건져냈지만 여러 부위에 골절상과 장기손상이 발생해 위중한 상태로 레녹스 메디컬센터로 후송되었다. 병원 측에서는 현재 그녀의 목숨이 경각에 달해있다고 밝혔다.

엘리엇은 위가 꽉 막히는 느낌이 들었다. 그는 운명의 장난 앞에 망연자실한 표정을 지으며 한참 동안 꼼짝하지 않고 그대로 앉아있었다. 그는 절망적인 심정으로 다음 날짜 신문을 읽어 내려갔다.

골든게이트 투신 여성에게 기적은 일어나지 않았다

레녹스 메디컬센터에서 기적은 일어나지 않았다. 골든게이트에서 투신한 일리나 크뤼즈는 심각한 장기손상으로 오늘 사망했다(전일 자신문 기사 참조).

그녀의 사망을 계기로 골든게이트 관리위원회에서는 다리 위 안전방벽 설치를 둘러싼 논란이 재개되고 있다.

엘리엇은 쓰러질 듯 신문사를 나왔다. 그는 비척거리는 걸음으로 주차장까지 걸어갔다. 다행히 차는 견인되지 않고 그 자리를 지키고 있었다. 운전석에 앉은 그는 레녹스 메디컬센터로 급히 차를 몰았다. 마지막으로 한 가지 확인해 둘 게 있었다.

샌프란시스코, 1976년 12월 25일

저녁 8시 23분

엘리엇의 나이 서른

엘리엇은 안절부절못하며 일리나가 수술실에서 나오길 기다렸다.

당직 날이 아니어서 병원에서는 엘리엇이 수술을 집도하는 걸 허락하지 않았다. 헤로인을 복용한 상태라 엘리엇 역시 고집을 부릴 수 없었다.

일리나의 상태는 처참했다. 두 다리와 두 발에 골절상을 입었고, 허리와 어깨 관절이 탈구되었고, 흉부 벽 외상과 심한 타박으로 골반이 부서지며 부속 장기들이 심각한 손상을 당했다. 콩팥과 비장이 손상되었을 가능성이 컸고, 질 부위에 출혈이 있는 것으로 보아 장이나 비뇨기 쪽 파열도 의심되었다.

엘리엇은 조바심을 치며 병원 복도를 오가다가 수술실 유리문 뒤에 가서 섰다. 의사로서 이런 상황을 한두 번 경험해 본 게 아니었기에 살릴 수 있다는 환상을 품을 단계가 아니라는 걸 잘 알고 있었다. 엘리엇은 다중외상 환자를 수술한 경험이 많았다. 이런 경우 사망률이 생존율보다 훨씬 높았다. 더구나 투신 사고는 척추와 척수에 상해를 입는 경우가 많았다. 설령 수술이 성공적으로 끝나 목숨을 건진다고 해도 하지마비나 반신불수로 평생을 살아야 하는 경우가 허다했다. 순간적으로 그의 뇌리에 사지가 마비된 일리나가 휠체어에 올라앉은 모습이 돌고래들 옆에서 우아하게 잠수하던 일리나의 모습과 겹쳐 보였다.

이 모든 비극이 시간여행자 때문에 빚어진 일이었다. 그의 인생에서 가장 중요했던 연인과 친구를 포기하는 대가로 겨우 그녀의 목숨을 구했다고 믿었는데, 죽음을 몇 시간 늦춘 것에 불과하다는 사실을 알게 되었다. 일리나는 범고래 사고를 피한 대신 골든게이트 다리 위에서 뛰어내려 자살을 시도한 것이다.

시간여행자와 함께 운명을 바꿔 보려고 했지만 운명은 그들을 비웃듯이 더욱 끔찍한 결과를 만들어 냈다.

샌프란시스코, 2006년 12월 25일

밤 10시 59분

엘리엇의 나이 예순

레녹스 메디컬센터 건물 위로 비가 억수처럼 쏟아져 내리고 있었다. 엘리엇은 지하 3층에 있는 문서보관소의 형광등 불빛 아래에서 지난 30년간의 문서를 이 잡듯이 뒤지며 일라나의 진료기록을 찾고 있었다.

예전에는 진료기록을 정해놓은 원칙에 따라 가지런히 분류해 놓았는데 요즘은 연도, 월, 해당 부서 등 모든 기록이 뒤죽박죽 뒤섞이고 흐트러져 꽂혀있었다.

엘리엇은 정신없이 서류를 뒤지면서 지난 세 달 동안 벌어진 일들의 의미를 분석해 보려고 애썼다. 운명을 바꿀 수 있다고 믿었는데, 운명은 오히려 그를 가차 없이 짓밟고 지나갔다. 자유롭게 운명을 만들어 갈 수 있다는 생각, 운명에 영향을 미칠 힘이 있다는 생각이 얼마나 부질없는 환상이었는지 이제야 인정하지 않을 수 없었다. 실제로 인간의 운명은 미리 정해져 있다고 보는 게 타당할지도 모른다.

아무리 노력해도 달라지지 않는 것들이 있다. 죽음도 마찬가지였다. 인간의 미래란 점진적으로 만들어 나가는 게 아니라 그저 이미 나있는 길을 따라가는 것일 수도 있다. 엘리엇은 과거, 현재, 미래의 운명 앞에서 처절하게 무릎을 꿇을 수밖에 없었다.

'이미 인간의 운명이 모두 쓰여있다면 그 펜은 도대체 누가 쥐고 있는 걸까? 절대자? 신? 그렇다면 절대자는 나를 어디로 데려가려고 하는 걸까?'

엘리엇은 대답을 들을 수 없는 질문이라 생각하며 다시 자료 찾기에 열중했다. 그는 한 시간쯤 지나서야 원하던 자료를 손에 넣을 수 있었다.

일리나의 진료기록이 남아있긴 했지만 시간의 흔적 때문에 내용을 확인할 수 없었다. 활자는 빛이 바래있었고, 습기 때문에 몇 장의 기록은 번져있기까지 했다.

엘리엇은 진료기록이 담긴 서류를 형광등 불빛 아래 비춰 보았다. 다행히 중요한 내용 몇 가지는 해독이 가능했다. 일리나의 부상 정도는 그가 예견했던 것보다 훨씬 더 심각했다. 그런데 신문에서 읽은 내용과 달리 일리나는 다중 장기손상으로 숨진 게 아니라 뇌 혈종을 급히 제거하는 수술을 받고 난 다음 사망한 것으로 기록되어 있었다.

엘리엇은 문서에 기록된 담당 의사의 이름을 확인했다. 닥터 미첼로 되어있었다.

'왜 내가 직접 수술을 집도하지 않았을까?'

엘리엇은 단층촬영 기록이 없는 걸 발견하고 깜짝 놀랐다. 기록에 나와있는 내용을 바탕으로 그날 무슨 일이 벌어졌는지 재구성해 보았다. 새벽 4시경 간호사가 뇌 혈종 형성을 의미하는 동공의 이상 징후를 발견하고, 담당 의사에게 보고했다. 담당의는 응급수술을 시도했지만 결국 실패로 돌아갔다.

간호사의 보고를 받은 담당 의사가 환자의 상태를 확인해 보니 혈종이 깊숙한 곳에 위치해 어느 부분인지 제대로 파악이 되지 않았을 가능성이 컸다. 혈종을 단층촬영하지 않을 경우 파악할 수 없는 정맥굴 자상(刺傷)으로 악화된 상태였을 테니까. 글라스고 혼수척도(GCS)가 낮고, 호흡이 곤란한 환자라면 성공할 가능성이 매우 희박한 수술이었을 것이다. 결국 아무리 유능한 외과의사라도 일리나를 살리지 못했을 것이라는 결론이 나왔다. 혈종 제거 수술 시기를 조금이라도 앞당겼다면 그나마 살릴 수 있는 가능성이 조금은 높아졌을 것이다.

엘리엇은 마지막으로 사망 시각을 확인했다. 새벽 4시 26분. 그는 자연스럽게 손목시계로 눈을 돌렸다. 아직 자정 전이었다.

샌프란시스코, 1976년 12월 26일

새벽 12시 23분

엘리엇의 나이 서른

닥터 미첼이 말했다.

"비장을 들어내고 장기의 일부를 다시 봉합했어."

엘리엇은 난생처음 환자의 보호자 입장에 서있었다.

"콩팥은 어떤가요?"

"콩팥은 괜찮아. 하지만 호흡기는 염려스러운 상태야. 인접 늑골 여러 대가 두 군데 이상씩 골절됐거든."

엘리엇은 그 말이 무엇을 뜻하는지 알고 있었다. 흉부 벽 분절 부위가 흉곽과 이어지지 못해 기흉이나 혈흉, 호흡 곤란의 위험이 가중되었다는 뜻이었다.

"척추 쪽 상해는 어떤가요?"

"뭐라 단정적으로 말하기에는 아직 일러. 등 부위 척추는 자네도 알다시피 흑 아니면 백이야. 요행히 가벼운 상해일 수도 있고."

"산다고 해도 영구 하지마비가 올 수도 있겠군요?"

미첼의 표정이 샐쭉해졌다.

"정확한 결과를 알려면 좀 더 기다려 봐야 해. 문제는 크게 손쓸 방법이 없다는 거야."

"단층촬영은 안 합니까?"

"오늘 저녁에는 안 돼. 소프트웨어에 문제가 생겨 오늘 아침부터 프로그램이 수시로 다운되고 있어."

엘리엇이 주먹으로 문을 치며 고함을 질렀다.

"빌어먹을!"

"엘리엇, 진정해. 환자의 상태를 수시로 체크해 보라고 했으니까 간호사가 15분 간격으로 보고할 거야. 그리고 어쨌든……."

닥터 미첼이 무슨 말인가 하려다가 그만두었다.

엘리엇이 말을 마치도록 종용했다.

"마저 말씀해 보세요."

"우리가 이 단계에서 유일하게 할 수 있는 건 기도뿐이야. 지금 환자의 상태로는 수술을 견딜 수 없을 것으로 보이니까."

샌프란시스코, 2006년 12월 26일

새벽 1시 33분

엘리엇의 나이 예순

엘리엇은 일리나의 진료기록을 안고 위층으로 올라갔다. 수술을 집도하지 않은 지 두 달이 되었지만 아직 병원 행정 일을 맡고 있기 때문에 사무실은 그대로 사용하고 있었다. 그가 문을 열자 자동적으로 조명이 들어왔다. 그는 창가에 서서 억수처럼 퍼붓는 빗줄기를 바라보았다.

엘리엇은 어수선한 마음으로 방 안을 서성거리며 아직 뭔가 할 수 있는 일이 남아있지는 않은지 거듭 생각했다. 다시 한번 일리나의 진료기록을 훑어보고 나서 대리석 체스판 옆에 내려놓았다. 그는 생각에 잠긴 채 체스판에 있는 두 개의 말을 집어 들었다. 원뿔 모양의 비숍과 원기둥 모양의 룩이었다.

'원뿔과 원기둥이라⋯⋯.'

체스 말을 보고 있자니 학생 때 배운 우화가 생각났다. 그는 원뿔을 책상 위에 평평하게 올려놓은 다음 힘을 가했다. 입체 원뿔이 제자리에서 뱅그르르 돌았다. 원기둥에도 똑같이 힘을 가했다. 원기둥은 책상에서 구르다가 땅에 떨어져 깨져버렸다.

똑같은 충격을 가했지만 두 물체는 서로 다른 궤도를 따라 움직였다. 똑같은 시련에 각기 달리 반응하는 사람들처럼……

'정해진 운명에서 벗어날 수는 없더라도 운명에 대처하는 방식은 내 뜻대로 선택할 수 있지 않을까?'

엘리엇은 주머니에 손을 집어넣어 황금빛 알약이 들어있는 병을 꺼냈다. 힘든 하루를 보냈는데, 아직 끝나지 않은 듯했다. 이제 그는 놀라울 정도로 마음이 차분해졌다. 사람은 최후의 결전을 치를 때만큼 강해지는 순간이 없기 때문이었다.

19

일곱 번째 & 여덟 번째 만남

젊을 때 지혜가 있다면, 나이 들어서 힘이 있다면······.

샌프란시스코, 1976년 12월 26일

새벽 2시 1분

엘리엇의 나이 서른

병원 건물은 빗소리를 자장가 삼아 잠들어 있었다. 일리나는 좁은 병실의 희미한 불빛 속에서 두 눈을 감은 채 누워있었다. 몸에는 링거 관들이 어지럽게 얽혀있었고, 입에는 인공호흡기가 채워져 있었다.

옆에 앉은 엘리엇이 시트를 끌어 올려주며 떨리는 손을 일리나의 얼굴로 가져갔다. 엘리엇의 손이 그녀의 피부를 스치는 순간 그는 마치 몸속에서 누군가 면도날을 휘저은 것처럼 가슴이 아렸다. 그는 일리나의 잔뜩 부은 얼굴과 새파란 입술 뒤에서 생명의 분투를 느꼈다.

가느다란 실 하나에 의지한 생명, 언제 끊어질지 모르는……

*

병실 문이 열렸다. 엘리엇은 2층 담당 간호사이겠거니 생각하며 뒤를 돌아다보았다.

간호사가 아니었다.

시간여행자가 반론을 용납하지 않을 것처럼 단호하게 말했다.

"당장 일리나를 수술해야만 해!"

엘리엇이 벌떡 자리에서 일어섰다.

"어떤 수술 말입니까?"

"뇌경막 혈종 수술."

엘리엇이 감짝 놀라며 일리나의 눈꺼풀을 치켜올렸지만 혈종 때 흔히 나타나는 동공 이상은 발견하지 못했다.

"무슨 근거로 그렇게 말하는 거죠?"

"일리나의 사망 기록을 훑어보았어. 단층촬영을 했더라면 자네도 혈종을 발견할 수 있었을 거야."

"단층촬영 기계의 소프트웨어가 수시로 다운되고 있어 단층촬영이 불가능한 실정이에요."

시간여행자는 대답도 하지 않고 심전도 검사 결과를 들여다보았다.

그가 벽에 걸린 인터폰을 가리키며 말했다.

"당장 수술실을 잡아달라고 해!"

"잠깐만 기다려요. 일리나는 흉곽에도 큰 상해를 입었어요. 지금 당장 절개하면 죽을지도 몰라요."

시간여행자가 눈에 힘을 주며 말했다.

"자네 말에도 일리는 있어. 하지만 지금 당장 절개하지 않으면 살 수 있는 가능성은 제로야."

젊은 엘리엇이 어깨를 으쓱하며 신중론을 폈다.

"담당 의사인 미첼은 혈종이 생겼을 거라는 직관만으로는 절대로 수술에 착수하지 않을 겁니다."

"자네는 내가 미첼이 수술을 시작할 때까지 마냥 지켜보고 있을 거라 생각하나?"

"그럼 누가 수술을 맡을 건데요?"

"수술 집도는 내가 직접 할 거야. 자네가 옆에서 도와주면 가능하지."

그러나 문제는 여전히 남아있었다.

"우리 둘이서 수술을 할 수는 없어요. 적어도 마취의사와 간호사 한 명씩은 필요해요."

"오늘, 당직 마취의사가 누구지?"

"사만타 라이언."

시간여행자가 고개를 끄덕이고 나서 벽시계를 쳐다보았다.

"10분 뒤에 수술실에서 만나! 자네는 일리나를 수술실로 옮기고 만반의 준비를 해둬. 나는 사만타 라이언을 맡을 테니까."

*

시간여행자는 에테르 냄새가 물씬 풍기는 로비로 부리나케 내려갔다. 그는 사람들이 이상하게 생각하지 않도록 재킷을 벗고 흰 가운으로 갈아입었다. 병원의 방들을 손바닥처럼 훤히 꿰고 있어 사만타 라이언이 휴식을 취하고 있는 휴게실을 찾아내는 건 일도 아니었다.

그가 휴게실 불을 켜며 말했다.

"잘 지냈어, 사만타."

야간 당직 근무자들이 즐겨 하는 토막잠에 익숙해진 사만타가 자리에서 벌떡 일어났다. 그녀는 눈부신 불빛을 피하기 위해 손으로 눈을 가렸다. 눈앞에 있는 남자를 보니 분명 낮이 익긴 한데 잠결이어서인지 누군지 금세 생각나지 않았다. 그녀는 엘리엇이 건넨 커피를 받아 들며 자꾸만 아래로 흘러내리는 머리카락을 뒤로 쓸어 넘겼다.

사만타는 특이한 이력을 가진 마취의사였다. 나이 서른 살에 아일랜드 출신인 그녀는 동성애자였고, 독실한 가톨릭 신자였다. 병원에서 일한 지 2년쯤 되었는데, 뉴욕에 있는 가족들과는 아예 인연을 끊고 살아가고 있었다. 그녀의 아버지와 오빠들은 열렬한 동성애 반대론자들이었다.

장차 엘리엇과 좋은 친구가 되지만 그 당시만 해도 사만타는 성격이 내성적인 편이어서 병원에 친구라고는 없이 외톨이로 지내고 있었다. 병원 동료들은 가깝게 지내는 사람이 아무도 없는 그녀에게 자폐증 환자라는 별명을 붙였다.

"사만타, 날 좀 도와줘."

"지금 당장 말인가요?"

"그래, 지금 당장. 호흡곤란을 겪는 여자 환자의 혈종을 제거하는 수술이야."

"골든게이트에서 투신한 여자 말인가요?"

사만타는 커피를 한 모금 마셨다.

"그래, 바로 그 여자야."

사만타가 맥 빠진 소리로 말했다.

"살릴 수 있을 것 같지 않던데요."

"그거야 수술이 끝나면 알게 되겠지."

사만타가 오레오 쿠키 몇 개가 들어있는 알루미늄 포일을 펼쳤다.

그녀가 쿠키를 커피에 적시며 물었다.

"집도는 어느 분이 하죠?"

"내가 할 거야."

"정말 죄송하지만 인상은 눈에 익었는데 대체 누구신지 기억이 나지 않아요."

"사만타를 잘 아는 사람."

둘의 시선이 허공에서 마주쳤다. 사만타가 여전히 고개를 갸웃거렸다.

"사만타, 머뭇거릴 시간이 없어. 빨리 움직여야 해."

사만타가 고개를 저으며 말했다.

"그 여자의 담당 의사는 닥터 미첼이에요. 규정에 위배되는 수술에는 협조할 수 없어요. 만약 병원에서 알게 될 경우 즉시 해고당할 거예요."

"그럴 수도 있지. 그래도 도와줘야 해."

사만타가 어깨를 으쓱했다.

"제가 빚진 거라도 있어요?"

"나에게 직접 빚진 건 없어. 사라 리브스에게는 빚이 있겠지만……."

시간여행자는 말을 얼버무렸고, 사만타는 깜짝 놀란 얼굴로 그를 쳐다보았다. 매춘부인 사라 리브스는 2년 전 몸에 심한 구타를 당하고 자상을 입은 채 병원으로 실려 왔다. 사라는 응급수술을 받았지만 살지 못했다.

"그 당시 자네는 병원에서 일을 시작한 지 얼마 되지 않았지. 자넨 뛰어난 마취의사야, 사만타. 최고의 마취의지. 하지만 그날만큼은 정말 큰 실수를 저질렀어."

사만타는 두 눈을 감고 지금껏 수없이 자신을 괴롭혔던 그날의 악몽을 다시 한번 떠올렸다. 초보자였던 그녀가 마취 약품을 혼동해 사용하는 실수를 저질러 사라는 영영 깨어나지 못했다.

"당신은 교묘하게 실수를 은폐했어. 솔직히 병원에서 사라의 죽음에 관심을 갖는 사람은 별로 없었지. 당신의 실수 때문에 한 여자가 죽었지만 어느 누구도 문제 삼지 않고 넘어갔어."

사만타는 여전히 눈을 감고 있었다. 틀림없이 그 실수, 그녀의 부주의 때문에 빚어진 사고였다. 그녀는 그날 저녁 뉴욕의 집에 전화를 걸었다. 그녀를 더러운 동생애자라며 비난하는 아버지, 입만 열면 가문의 수치라며 욕설을 퍼붓는 엄마, 뉴욕을 떠나 살도록 종용한 오빠였지만 가족들의 소식이 궁금했다. 수화기를 든 아버지는 그녀에게 다시는 연락하지 말라고 일갈하고 나서 일방적으로 전화를 끊었다. 그녀는 그 말을 듣고 정신이 반쯤 나가 실수를 저지른 것이었다.

사만타는 두려움에 떨며 엘리엇을 쳐다보았다.

"당신이 그 일을 어떻게 알고 있죠?"

"당신이 나에게 다 얘기해 주었으니까."

사만타는 그 사고에 대해 아무한테도, 심지어 고해성사 때도 털어 놓은 적이 없었다. 2년 전부터 그녀는 그날의 실수를 속죄하기 위해 끊임없이 기도해 왔다. 그녀는 그 저주스러운 날이 존재하지 않았더라면 얼마나 좋았을까 생각한 적이 많았다.

엘리엇이 그녀의 고민을 넘겨짚으며 말했다.

"당신이 저지른 죄를 용서받을 수 있는 절호의 기회야. 다른 생명을 구할 수 있는 기회."

사만타가 윗도리의 단추를 채우며 짧게 한마디 했다.

"수술실로 올라갈게요."

엘리엇은 벌써 손이 떨리기 시작하는 걸 느꼈다.

'이런 제길!'

그는 한밤중이라 다행히 비어있는 화장실 안으로 몸을 피했다. 어느새 미래로 돌아갈 시간이 임박해 있었다. 그는 세면대에 엎드려 얼굴에 물을 축였다. 사만타와 달리 그는 신을 믿지 않았다. 도와달라고 기도할 대상도 없었다.

'수술을 할 수 있게 해주십시오! 부디 조금만 더 여기에 머물 수 있게 도와주세요.'

그는 대상은 없었지만 누군가를 향해 간절히 기도했다.

*

엘리엇은 사무실 소파에 축 늘어진 상태로 돌아와 있었다. 그는 기겁을 하며 전자시계를 보았다. 새벽 2시 23분이었다. 다시 과거로 돌아가기 위해 서둘러 알약을 삼켜 보았지만 아무 일도 일어나지 않았다. 약은 수면 시간 동안에만 효력을 발휘하기 때문이었다. 마음이 급하고 초조해 잠이 오지 않았다.

엘리엇은 복도로 달려 나가 엘리베이터를 타고 병원 약국으로 내려가 수면제를 찾아냈다. 마취에 앞서 환자들을 혼수상태로 유도할 때 사용하는 약이었다. 그는 부랴부랴 사무실로 다시 올라가 일회용 주사기에 수면제를 소량 투입한 다음 정맥에 주사했다. 이내 효과가 나타나며 그는 꿈속으로 빠져들었다.

*

1976년, 젊은 엘리엇은 수술 준비를 모두 마쳤다. 일리나의 머리를 밀고 인공호흡기를 떼어냈다. 이동하는 동안 편안하게 숨을 쉴 수 있게 불룩한 산소통을 설치한 그는 병원 사람들 몰래 그녀가 누워있는 침대를 수술실로 밀고 올라갔다.

사만타가 간호사와 함께 그를 기다리고 있었지만 시간여행자는 보이지 않았다. 그때 누군가 창문을 두드리는 소리가 들려왔다. 시간여행자가 소독을 하러 오라는 신호를 보내고 있었다. 그들은 소독약으로 두 손을 닦은 뒤 가운을 입고, 마스크와 라텍스 장갑을 끼고, 수술모를 착용했다.

*

두 사람은 합심해서 수술 준비에 착수했다.

엘리엇은 그가 수술을 주도할 수 있게 한 발 뒤로 물러섰다. 그가 차분하게 일리나를 수술대 위에 올려놓았다. 그는 환자의 몸이 조금이라도 구부러지거나 회전하지 못하게 조처한 다음 머리를 정중앙에 반듯하게 위치시켰다. 그녀는 척추에 심각한 상해를 입었기 때문에 급하게 자세를 잡다가 손상 부위를 악화시켜서는 안 되기 때문이었다.

드디어 수술이 시작되었다. 두 의사 가운데 연장자는 아주 특별한 감회에 젖었다. 수술을 집도하지 않은 지 두 달이 되었고, 다시 메스를 잡으리라고는 꿈에도 생각해 본 적이 없었다. 잠시 쉬긴 했지만 그의 동작은 노련한 의사답게 빠르고 정확했다. 그는 수술에 대한 압박감을 다스리며 정확하게 수술 부위를 열었다. 수술에 임하는 동안

한 치의 오차도 없었고, 손이 떨리지도 않았다.

"누가 당신들에게 수술 허가를 내주었지?"

수술실로 들어선 닥터 미첼의 얼굴이 분노로 일그러져 있었다. 그는 사만타와 엘리엇 그리고 시간여행자를 차례로 노려보았다.

"저 사람은 누구야?"

미첼이 턱으로 시간여행자를 가리키자 그가 차분한 목소리로 답변했다.

"살균 소독도 하지 않고 수술실에 들어오면 안 된다는 걸 몰라? 닥터 미첼, 게다가 당신은 혈종을 잡아내지 못했어."

화가 단단히 난 미첼이 입에 마스크를 끼고 단언했다.

"어떤 이유든 당신들 마음대로 내 환자를 수술할 수는 없어!"

시간여행자가 같은 말로 미첼을 꾸짖었다.

"어서 살균 소독이나 하고 와서 지껄이라니까."

미첼은 노발대발하면서도 어쩔 수 없이 수술실 밖으로 사라졌다.

잠시 혼란스런 상황이 빚어졌지만 수술은 다시 차분하게 진행되었다. 창밖에서 천둥소리가 포효했다. 세차게 창문을 때리고 도랑으로 흘러 들어가는 빗물 소리가 들려왔다.

엘리엇은 연장자가 수술에 집중하는 모습을 경외심과 경계심이 뒤섞인 눈으로 주시하고 있었다. 시간여행자의 수술이 성공적으로 진행된다고 하더라도 혈종의 크기와 호흡곤란 때문에 아직 환자의 생명을 살릴 수 있을지 여부는 불확실했다. 그는 수술이 최대한 성공적으로 마무리된다고 하더라도 혼수상태 때문에 허혈손상을 초래해 결과적으로 심각한 후유증이 남을 수도 있다는 사실을 잘 알고 있었다.

'일리나가 살아날 수 있는 가능성은 얼마나 될까?'

의학적으로 따지자면 일리나가 살아날 수 있는 가망은 100분의 5쯤 되었다. 후유증이 발생하지 않을 확률은 1000분의 1쯤 될 것이다. 하지만 시간여행자는 의사라는 직업을 갖게 되면서 이런 미미한 수치들을 신중한 눈으로 바라보게 되었다. 그는 의학적으로 3개월도 넘기지 못한다고 진단한 환자가 10년 이상 건강하게 사는 모습을 종종 보았다. 매우 쉽고 간단한 수술일 뿐이었는데 환자가 사망한 경우도 있었다.

시간여행자는 감정을 억제하고 수술에 집중하기 위해 수술 대상이 일리나라는 사실을 의식하지 않으려고 애썼다. 환자가 일리나라는 사실을 의식하면 손이 떨리고 눈앞이 흐려질 우려가 있었다.

수술은 미첼이 과장을 대동하고 다시 등장하기 전까지 차분하게 진행되었다. 두 사람은 규정위반 사실을 확인했지만 거의 끝나가고 있는 수술을 중단시키지는 않았다.

시간여행자는 몸이 떨려오기 시작하자 젊은 엘리엇을 돌아보며 말했다.

"봉합은 자네가 해. 나는 이제 돌아가야 할 시간이야."

시간여행자는 가운과 모자를 벗고 나서 피로 범벅이 된 장갑도 벗었다. 수술은 기대했던 것보다도 훨씬 잘 끝났다.

"고마워."

시간여행자가 딱히 누구에게랄 것 없이 감사 인사를 건넸다. 그가

집도한 마지막 수술이었다. 그의 생애에서 가장 중요한 수술이기도
했다. 사라지는 그를 보고 경악하는 사람들의 시선을 느끼며 그는 할
일을 다했다고 생각했다.

이제, 그는 죽는 게 두렵지 않았다.

20

마지막 만남

스무 살에, 우리는 세상의 중심에서 춤춘다.
서른 살에, 우리는 원 안을 떠돈다.
쉰 살에, 우리는 안쪽으로든 바깥쪽으로든 쳐다보지 않고
원주 위를 걸어 다닌다. 이후에는, 아무것도 중요하지도 않다,
아이들과 노인들의 특권, 우리는 투명인간이다.

–크리스티앙 보뱅

샌프란시스코, 2006년

엘리엇의 나이 예순

눈을 떴을 때 엘리엇은 사무실의 차가운 타일 바닥에 누워있었다. 코에 손을 대 보니 피가 흐르고 있었다. 그는 출혈을 멈추기 위해 지혈용 탈지면을 여러 장 겹쳐 코에 댔다.

엘리엇의 뇌리에는 아직도 풀리지 않는 의문이 한 가지 남아있었다.

'내가 과연 일리나의 목숨을 구한 걸까?'

엘리엇은 컴퓨터 앞에 앉아 온라인 전화번호부를 조회했다. 전날에는 검색 결과 일리나 크뤼즈라는 이름이 없었지만 이번에는 분명히

있었다. 캘리포니아 주 북쪽에 있는 위버빌이 일라나 크뤼즈의 주소였다. 그러나 동명이인일 가능성도 없지 않았다.

엘리엇은 사무실을 나와 로비로 내려갔다. 커피자판기 앞에서 잠깐 멈춰 섰다 주차장으로 향했다. 여섯 시간 정도면 위버빌에 도착할 수 있을 것이다. 아직 해가 뜨지 않았지만 전날 많은 비가 내린 탓인지 하늘은 마치 코발트블루색을 칠해놓은 듯했다.

엘리엇은 샌프란시스코를 빠져나와 고속도로로 진입하자마자 시속 200킬로미터로 속도를 올렸다. 그의 차는 레게트를 지나 고속도로에서 벗어나 멘도치노만을 우회해 펀데일까지 구불구불하게 이어지는 길을 끊임없이 달렸다. 일렁이는 태평양의 파도가 때리고 지나간 도로는 바다로 떨어지는 가파른 낭떠러지들을 굽어보며 해변 가까이 바짝 붙어있었다.

엘리엇은 해변도로를 따라 아르카타까지 간 다음 유일하게 산악지대를 동서로 가로지르는 299번 고속도로를 탔다. 이곳은 키 큰 세쿼이아 숲들과 광대한 자연보호 구역 그리고 은빛 소나무 숲이 어우러져 있어 야생의 모습을 그대로 간직하고 있었다. 그는 다섯 시간 이상을 내처 달려 마침내 산속 외딴 마을인 위버빌에 도착했다.

엘리엇은 대로변에 차를 주차하고, 눈에 띄는 상점으로 들어가 주인에게 일라나 크뤼즈가 어디에 사는지 물었다. 그는 마을이 끝나는 곳에 보이는 숲길을 가리켰다.

엘리엇은 숲까지 걸어서 가기로 했다. 20분쯤 걷자 길 아래쪽에 있는 작은 통나무집이 눈에 들어왔다. 근처에서 폭포 소리가 들렸다.

그는 그 자리에 멈춰 서서 한 세기 전에 있었던 벌목 작업 때에도 살아남은 세쿼이아 나무 뒤에 몸을 숨긴 다음 손차양으로 햇빛을 가렸다. 그가 보고자 하는 여성이 눈 덮인 산을 마주하고 있는 통나무집 처마 밑에 앉아있었다.

두 사람은 30년 동안이나 떨어져 지냈다. 그런데 이제는 불과 30미터를 사이에 두고 있었다. 그는 얼마 안 되는 거리를 뛰어가 그녀를 가슴에 꼭 안고 한 번 더 플로럴 향이 나는 머릿결 냄새를 맡아 볼 수 있지 않을까 생각했다. 하지만 삶이 끝나가고 있는 지금으로서는 모두 부질없는 일일 뿐이었다.

'그래, 천년을 산 이 나무에 기대앉아 그녀를 바라보고 있는 것으로 만족해야지.'

바람은 부드러웠고, 그는 평화로운 마을에서 마침내 시간과 고통의 짐을 홀가분하게 벗어던진 기분이었다. 난생처음으로 그는 마음이 평온했다.

샌프란시스코, 1976년

아침 9시

엘리엇의 나이 서른

일라나의 수술이 끝난 지 이틀이 지났다. 그녀는 방금 전 혼수상태에서 깨어났지만 아직 예후는 불확실했다. 어떤 상황에서 수술이 진행되었는지 소문이 파다했지만 병원 사람들은 대체로 믿을 수 없다는 반응을 보였다.

병원 수뇌부 인사들이 몇 시간이나 대책을 논의했다. 원칙대로라면 레녹스 메디컬센터의 명성을 실추시킬 위험을 무릅쓰고라도 경찰에 알려야 마땅했다. 그러나 명성에 집착하는 병원장과 외과 과장은 누군지 신원이 밝혀지지 않은 의사가 수술을 끝내자마자 홀연히 사라졌다는 보고서에 결재 사인을 하고 싶지 않았다. 그들은 결국 엘리엇과 사만타에게 2개월 업무정지를 내리는 차원에서 사건을 종결짓기로 결정했다.

엘리엇이 2개월 업무정지를 통보받고 병원을 나서려고 할 때였다.

"전화 받으세요!"

간호사가 벽걸이 전화기의 수화기를 내밀었다.

"여보세요?"

"앞에 와있으니까 이리로 와."

시간여행자의 목소리였다.

"앞이라면?"

"〈해리스〉에 있어. 뭘 시켜놓을까?"

엘리엇은 대답도 하지 않고 전화를 끊은 다음 길을 건너갔다. 자욱한 안개가 바람을 타고 퍼지면서 가로등과 자동차들을 휘감았다. 〈해리스 다이너〉는 열차를 개조해 만든 식당으로 응급실 입구와 정면으로 마주 보고 있었다. 50년대 복고풍 분위기를 풍기는 식당이었다. 엘리엇이 문을 열고 들어가자 근무를 시작하기 전에 간단한 식사를 하려고 몰려든 병원 관계자들이 보였다.

시간여행자는 담배 연기가 자욱한 식당 구석에서 커피잔을 테이블에 올려놓은 채 우두커니 앉아있었다.

"일리나가 무사하다는 것을 확인했어!"

"일리나가 미래에도 살아있습니까?"

시간여행자가 고개를 끄덕였다.

엘리엇이 한마디 더 물었다.

"몸에 후유증이 남아있지는 않던가요?"

시간여행자가 손을 내저으며 질문을 회피했다.

"일리나는 살아있어. 우리가 그녀를 살린 거야. 아쉽지만 만족해야지 어쩌겠나."

젊은 엘리엇도 내심 그 정도로 만족하기로 했다. 두 사람은 한참 동안 말없이 앉아있었다. 두 사람 모두 초췌한 얼굴에 눈가가 거무스레했다. 지난 며칠 동안 잠을 자지 못한 데다 긴장의 끈을 늦추지 못한 탓에 기진맥진해질 수밖에 없는 상태였다. 어쨌든 두 사람은 운명과의 싸움에서 부분적으로 승리를 거둔 것에 안도했다.

젊은 엘리엇이 먼저 눈물을 쏟았다. 시간여행자는 몹시 당혹스러운 듯 눈을 비비며 창밖으로 고개를 돌렸다. 자욱한 안개가 희끄무레한 물결처럼 번지며 보도와 소화전들을 뒤덮고 있었다.

"모두 잘될 거야."

"잘될 리 없어요. 나는 사랑하는 사람들을 모두 잃었어요. 매트도, 일리나도. 이게 모두 당신 때문이에요."

"그럴지도 모르지. 하지만 운명이 그리 정해진 걸 어쩌겠나? 내가 약속을 지킨 것처럼 자네도 반드시 약속을 지켜줘."

"과거와 현재를 마음대로 오갈 수 있으니까 당신에게는 쉬운 일이었겠죠."

"이미 한참 전에 끝낸 얘기잖아. 우린 기적적으로 일리나를 구했어. 그러니까 자네의 미래를 망쳐서는 안 돼. 최선을 다해 자네 인생을 살아야 해. 내가 제법 오랜 시간을 살아오면서 갖게 된 확신이 한 가지 있는데, 똑같은 기적은 두 번 다시 일어나지 않아."

"아무리 열심히 살아가려고 애써도 일리나와 매트 없이는 견디기 힘들 것 같아요."

"몇 년간은 힘들겠지만 그다음에는 잘될 거야. 자네라면 충분히 이겨낼 수 있어. 이제 우리 만남도 이번이 마지막이야, 젊은 친구."

엘리엇은 인상을 찡그리며 상대를 쳐다보다가 어깨를 으쓱했다.

"당신은 언제나 마지막이라 해놓고 또다시 나타났어요."

"이번에는 정말이야. 설령 내가 원한다고 해도 다시는 돌아올 수 없을 테니까."

시간여행자는 간략하게 알약 이야기를 해주었다. 어떻게 알약을 손에 넣게 되었는지, 어떻게 알약이 효력을 발휘해 시간여행을 할 수 있었는지에 대해⋯⋯.

엘리엇은 궁금한 게 한두 가지가 아니었다. 그러나 시간여행자는 벌써 식당에서 나가려고 자리에서 일어섰다. 엘리엇은 더 이상 궁금증을 풀 수 없을 것이라는 생각이 들었다. 그를 더는 만날 수 없을 테니까.

시간여행자의 모습이 아직 눈에 보이는 지금 엘리엇은 예상치 못한 감정에 휩싸였다. 일리나를 수술할 때 시간여행자는 뛰어난 자제력과 의사결정 능력으로 깊은 인상을 심어주었다. 엘리엇은 그와 더 많은 시간을 함께할 수 없어 안타까웠다. 시간여행자가 외투의 단추를 채웠다. 아직 시간이 1, 2분 정도는 남았다는 걸 그간의 경험으로 알고 있었다.

"솔직히 말하자면 나도 그다지 까마득한 미래로 증발하고 싶지는 않아."

"저도 지금 이대로 여기에 남아 계셨으면 좋겠어요."

시간여행자는 미래로 떠나기 전 젊은 엘리엇의 어깨에 손을 얹었다. 그는 문에 거의 다다랐을 때 엘리엇을 향해 고개를 돌렸다가 식당 밖으로 나가지 않고 되돌아왔다. 문득 할 말이 남아있다는 걸 깨달았기 때문이었다. 지난 긴 세월 동안 그도 듣고 싶었지만 아무도 해주지 않았던 말, 너무나 간단하지만 이해하기까지 평생이 걸린 말…….

"자네에게는 아무런 잘못이 없었어."

젊은 엘리엇은 그의 말이 무엇을 뜻하는지 이해하지 못했다.

시간여행자가 반복해서 말했다.

"자네에게는 아무런 잘못이 없었어."

"무슨 뜻이죠?"

"엄마의 자살, 아버지에게 당한 구타……."

시간여행자는 목이 메어 말을 잇지 못했다. 그는 숨을 한 번 크게 들이쉬고 나서야 주문을 외우듯 또다시 말했다.

"자네에게는 아무런 잘못이 없었어."

엘리엇이 뜻밖의 말에 혼란스러워하며 거짓말을 했다.

"저도 알아요."

미래의 엘리엇이 조용히 말했다.

"아니야, 자넨 몰라."

그 순간, 두 사람은 일체감을 맛보았다. 순간적으로 완벽한 하나가 되었다. 시간여행자는 경련을 일으키며 미래로 돌아갈 때가 되었음을 알렸다.

"이제 진짜로 사라질 때가 되었어. 이제부터는 자네가 나설 차례야."

그 말을 끝으로 시간여행자는 사라졌다.

엘리엇은 의자에 앉아 그가 안개 속으로 사라지는 모습을 보았다. 다시는 그를 보지 못할 것이라는 아쉬움에 엘리엇은 선뜻 자리에서 일어나지 못했다.

21

당신 없이 살아간다는 것

인생은 바람마다 들러 가는 쓸쓸한 큰 성처럼 지나갈 것이다.

–루이 아라공

1977년

엘리엇의 나이 서른하나

샌프란시스코의 여름밤, 엘리엇은 두 눈을 허공에 두고 병원 옥상에서 담배를 피우고 있었다. 발아래 펼쳐져 있는 도시에는 눈길 한 번 주지 않았다. 일리나는 마이애미로 이송되었고, 그 후로는 단 한 번도 만나지 못했다. 돌개바람이 불어와 먼지를 일으켰다. 그는 시계를 쳐다보고 나서 담배꽁초를 비벼 껐다. 5분 후에 수술이 잡혀있었다. 오늘 그가 집도하는 여섯 번째 수술이었다.

엘리엇은 일에 취해 유령처럼 살아왔다. 당직 근무를 모두 자청해 맡아왔다. 죽지 않기 위해서는 일에 몰입하는 수밖에 없었다.

*

마이애미에 해가 뜨고 일리나는 잠에서 깨어났다. 몸은 만신창이가 되었고, 두 다리가 부러져 병원 침대에 누워서 지내온 지 6개월이 지났다. 지금껏 네 번의 수술을 받았지만 아직 모두 끝난 게 아니었다. 머릿속은 고통스러운 혼란의 연속이었다. 일리나는 거의 하루 종일 말을 하지 않고 지냈다. 매트와 오션월드의 직장 동료들이 여러 번 문병을 왔지만 정중하게 거절했다. 그녀는 자신이 너무나 유약한 존재라는 생각과 함께 무력감을 느꼈다.

'어떻게 하면 고통과 수치심을 떨쳐버릴 수 있을까?'

*

매트는 차 덮개를 내리고 시애틀로 향하는 고속도로를 전속력으로 달리고 있었다. 엘리엇과의 관계가 나빠지면서 그의 인생은 황폐화되었다. 인생 지표와 의욕을 상실해 외롭고 비참한 신세가 된 그의 뇌리에 티파니가 떠올랐다. 그는 티파니를 다시 만날 수 있다면 무엇이든 마다하지 않고 해낼 결심이었다.

매트는 몇 달 전부터 주말마다 미국 전역을 누비고 다니기 시작했다. 그가 확보한 단서라고는 티파니라는 이름과 오래전에 해지된 전화번호가 전부였다. 왜 하필이면 티파니를 찾으려 하는지 그 자신도 명확한 이유를 알 수 없었다. 다만 그녀가 인생의 새로운 좌표가 되어줄 수 있을 것이라는 막연한 기대를 갖고 있을 뿐이었다.

1978년

일리나의 나이 서른하나

1월, 플로리다에 소재한 재활센터에는 쇼팽의 〈야상곡〉이 흐르고 있었다. 20세기 들어 처음으로 마이애미에 눈이 내리고 있었다. 휠체어에 앉은 젊은 여성이 재활센터 창문을 통해 조용히 내려 쌓이는 눈을 바라보고 있었다. 일리나는 골든게이트에서 뛰어내렸을 때 그냥 죽는 편이 나았을 거라고 생각했다. 가까스로 목숨을 부지하게 된 게 조금도 고맙지 않았다.

*

8월 말, 텍사스의 어느 가난한 시골 마을에서 바의 한 종업원은 거울에 비친 자신의 얼굴을 바라보고 있었다. 그녀는 3일 전에 서른다섯 번째 생일 파티를 했다.

티파니는 유니폼 매무새를 고치며 자조했다.

"파티라니? 차라리 장례식이라고 해두지."

그녀는 몇 주 전에 고향으로 돌아와 푹 파인 네크라인을 흘끔거리는 시골 남자들에게 맥주를 서빙하며 세월을 흘려보내고 있었다. 열일곱 살에 반드시 배우로 성공하겠다고 마음먹고 캘리포니아로 떠났다가 다시 원점으로 돌아온 셈이었다. 예전에는 모두들 그녀에게 봄날의 꽃처럼 아름답다고 했다. 그녀는 노래, 춤, 연기에 재주가 있었다. 하지만 할리우드에는 그녀를 능가하는 미모와 재주를 가진 여자들이 부지기수로 많았다. 그녀의 평범한 실력으로는 인생을 바꾸기에 역부족이었다.

남자 손님 하나가 맥주잔을 흔들며 소리쳤다.

"어이, 여기 맥주 한 잔 더!"

티파니는 이제 배우로 성공하고 싶었던 자신의 꿈은 실패로 돌아갔다고 자인하며 한숨을 내쉬었다.

숨 막힐 듯 무더운 날이었다. 창문을 활짝 열어놓은 바 앞에서 갑자기 타이어 마찰음 소리가 울리더니 눈에 익은 차가 멈춰 서는 모습이 보였다. 잠시 후 차에서 내린 남자가 바를 향해 빠른 걸음으로 걸어왔다. 처음에는 믿기지 않았지만 매트가 틀림없었다.

티파니는 그를 한시도 잊지 않고 있었다. 그녀는 제대로 시작도 해보지 않고 그를 떠난 걸 후회하고 있었다. 바를 재빨리 돌아보던 매트의 눈이 티파니를 발견한 순간 빛났다.

티파니는 살다 보면 더러 절망적인 순간에 뜻하지 않은 선물을 받기도 한다는 사실을 깨달았다.

매트가 수줍은 표정을 지으며 다가왔다.

"당신을 찾기 위해 미국 전역을 돌아다녔어."

티파니가 말했다.

"잘 왔어. 어서 나를 데리고 떠나줘."

1979년

엘리엇의 나이 서른셋

엘리엇은 시칠리아에 머물며 휴가를 보내고 있었다. 몇 번의 지진이 이탈리아 남부를 강타했고, 그는 구호활동에 자원했다. 엘리엇은 산비탈에 자리한 산타 시에나라는 작은 마을에서 적십자 대원들과 합류했다. 그 유서 깊은 작은 마을은 산사태가 덮치는 바람에 집과 자동차, 세간이 모두 흙더미에 쓸려 내려갔다.

매일이다시피 비가 억수처럼 내렸고, 구조대원들은 토사에 깔린 건물 잔해에서 수색 작업을 펼치며 바삐 움직이고 있었다. 20구 정도의 시신을 발견했지만 아직도 잔해 밑에 깔려있는 사람들이 많았다.

저녁 무렵 구조대원들의 귀에 우물 밑바닥에 갇힌 여섯 살짜리 아이의 신음소리가 들려왔다. 구조대원들은 횃불을 들고 우물 아래로 내려갔다. 우물이 깊고 붕괴 위험이 있었다. 아이의 가슴 부위까지 진흙이 차있었고, 수위는 계속 높아지고 있었다. 구조대원들은 밧줄을 이용해 아이를 위로 끌어 올리려고 했지만 아이가 팔을 다쳐 밧줄을 잡지 못한다는 게 문제였다.

엘리엇은 밧줄을 몸에 두르고 우물 바닥으로 내려갔다. 사실 그는 목숨을 건 위험한 일을 자청한 건 아니었다. 그는 자신이 죽는 날이 오늘이 아니라는 걸 이미 알고 있었으니까. 적어도 예순까지는 생존할 수 있다는 확실한 정보가 있었다. 예순이 되려면 앞으로 27년이라는 시간이 남아있었고, 그 기간 동안에는 무슨 일이 벌어져도 죽지 않을 것이다.

1980년

일리나의 나이 서른셋

겨울바람이 황량한 해변의 모래를 휩쓸고 지나갔다. 일리나는 지팡이를 짚고 몇 미터쯤 걸어가다가 축축한 모랫바닥으로 쓰러졌다. 의사들은 일리나가 아직 젊은 데다 의지가 강한 만큼 언젠가는 반드시 일어나서 걸을 수 있게 될 거라고 용기를 북돋아 주었다. 아직은 아무리 진통제를 많이 복용해도 온몸이 쑤시고 아팠다.

*

수술을 마친 엘리엇은 소파에 주저앉아 눈을 감고 휴식을 취했다. 동료 의사들이 대화를 나누는 소리가 가수면 상태인 그의 귀에 어렴풋이 들려왔다.

"이번 대통령 선거에서 로널드 레이건을 지지해?"

"CBS에서 방영 중인 드라마 〈달라스〉에서 누가 J. R.에게 총을 쐈는지 알아?"

"스티비 원더의 최신 음반 들어 봤어?"

그러다가 누군가 텔레비전을 켠 듯 뉴스가 흘러나왔다.

존 레넌이 오늘 밤 뉴욕의 다코타 빌딩 아래에서 마크 채프먼이라는 정신질환자가 쏜 총에 맞아 숨졌습니다. 루스벨트병원 의료진은 네 발의 총탄을 맞은 존 레넌의 목숨을 구하기 위해 신속한 응급조치를 취했지만 결국 실패했습니다.

1981년

날씨가 쾌청한 나파 밸리에서 매트와 티파니가 손을 잡고 포도 묘목 사이를 걸어 다니고 있었다. 3년 전부터 그들 부부는 절대적인 하모니를 이루며 행복한 삶을 누리고 있었다.

'함께 살면서 행복감을 느끼는 부부들이 과연 얼마나 될까? 사랑은 평생 지속될 수 있을까?'

1982년

엘리엇은 옆에서 잠든 여자가 깨지 않게 조심하며 침대 밖으로 빠져나왔다. 시내에 있는 바에서 몇 시간 전에 만난 사이였다. 그는 팬티와 청바지, 셔츠를 소리 없이 입었다. 막 방을 나서려는데 그를 부르는 소리가 들려왔다.

"벌써 가는 거야?"

"그냥 자고 있어. 문 닫고 나갈 테니까."

여자가 다시 침대에 누우며 투덜거렸다.

"아까 다른 여자 이름을 부르던데 누구야? 내 이름은 리사인데……."

"나도 당신 이름이 리사라는 걸 알아."

"그럼 왜 아까는 나를 일리나라고 불렀어?"

1983년

매트와 티파니는 사랑을 나눈 후 서로를 꼭 끌어안고 침대에 누워 있었다. 티파니의 뺨에서 눈물이 흘러내리고 있었다. 두 사람은 5년 전부터 아이를 갖기 위해 노력해 왔지만 계속 실패했다. 티파니는 이제 막 마흔이 되었다.

1984년

날이 바뀌고, 달이 바뀌고, 해가 바뀌면서 일리나는 점차 인생의 새로운 의미를 깨닫게 되었다. 그녀는 다리를 절뚝이며 걸어야 했지만 휠체어에서는 벗어났다.

일리나는 다시 수의사 일을 한다는 건 불가능하다는 사실을 받아들여야 했다. 힘들게 인생의 활력을 되찾은 일리나는 스탠퍼드 대학에서 해양생물학을 강의하기 시작했고, 그린피스의 주요 의사결정권자가 되었다. 그녀는 방사성 폐기물의 해양 투기에 반대하는 새로운 캠페인에도 적극적으로 참여했고, 파리와 런던에 그린피스 사무소를 개설하는 데 일조했다.

1985년

엘리엇은 이틀 전부터 외과학회에 참석하기 위해 이탈리아에 와있었다. 시간여행자가 해준 말이 사실이라면 오늘이 바로 딸을 낳아줄 여자를 만나는 날이었다. 그는 어느 허름한 식당의 테라스에 앉아 브라 광장 위로 지는 석양을 바라보고 있었다. 오렌지색 햇살이 광장을 내려다보고 서있는 원형극장 아레나의 꼭대기를 어루만지고 있었다.

"주문하신 음료 나왔습니다."

종업원이 몸을 숙여 올리브 두 조각이 떠있는 마티니 드라이 한 잔을 그의 앞에 내려놓았다.

마티니로 목을 축이고 있는 엘리엇의 심사는 매우 복잡했다. 머릿속에서 시간여행자가 했던 말들이 꼬리를 물고 이어졌다. 이미 10년이 지났지만 그가 남긴 말들을 한시도 잊은 적이 없었다.

"이 자리, 비었나요?"

엘리엇은 깜짝 놀라 고개를 들었다. 뉴욕 악센트의 영어가 들려왔기 때문이다. 그의 눈앞에 연분홍 정장을 입은 젊은 여성이 서 있었다. 그의 테이블에 놓인 《인터내셔널 헤럴드 트리뷴》지를 보고 말을 걸어온 것일 수도 있었다. 그녀는 머나먼 이국에서 같은 나라 사람을 만난 게 무척 반가운 듯했다.

엘리엇은 고개를 끄덕여 합석해도 좋다는 표시를 했다. 그녀의 이름은 파멜라였고, 대형 호텔 체인 직원인데 베로나에는 출장을 왔다고 했다.

'이 여자인가?'

갑자기 초조해지기 시작했다.

'틀림없이 이 여자야. 모든 게 맞아떨어지잖아. 시간여행자가 여자의 국적이 이탈리아라고 한 적은 없었으니까.'

그녀는 발폴리첼라 와인을 한 잔 주문했다. 전형적인 80년대 미인이었다. 날씬한 몸매에 훤칠하게 큰 키, 조각을 빚어놓은 듯 아름다운 미모에 금발의 소유자로 지적인 분위기를 물씬 풍겼다.

종업원이 전채요리를 테이블에 내려놓고 있을 때 두 사람은 자기소개를 끝냈다. 두 사람의 대화는 미국의 영웅으로 떠오른 로널드 레이건, 마이클 잭슨, 스티븐 스필버그, 칼 루이스에 대한 이야기로 이어졌다.

엘리엇은 눈앞의 여자와 열심히 대화를 나누고 있었지만 이미 마음은 다른 곳에 가있었다.

'내가 상상했던 여자와 너무 달라.'

엘리엇은 그녀가 딸을 낳아줄 상대로 보이지 않았다. 겉으로 보기에는 흠잡을 데 없는 여자였지만 대화를 나누어 보니 성향이 맞지 않았다. 열렬한 공화당 지지자라는 점, 존재의 사랑보다는 소유의 욕망*에 어울리는 스타일이라는 점은 식상하기까지 했다.

'이 여자와 주말을 함께 보내는 스토리는 진부해.'

몇 시간에 걸친 따분한 대화가 끝나면 잠자리로 이어지는 밤이 찾아올 것이다. 외모가 매력적인 여자였지만 유쾌한 밤이 될 것 같지 않았다. 이탈리아 특선 메뉴인 파스타에 파소이, 리소토 알 아마로네, 탈레지오 뚜르느도스가 차례로 나오는 사이사이 바르돌리노를 한 잔씩 곁들이며 식사는 계속되었다.

광장의 가로등에 불이 들어와 시청 청사가 입주해 있는 팔라초 바르비에리와 널찍한 보도를 비추고 있었다. 제법 늦은 시간인데도 아직 많은 베로나 시민들이 광장에 나와 저녁 시간을 즐기고 있었다.

엘리엇은 계산을 하기 위해 자리에서 일어섰다. 주인이 계산을 하는 사이 엘리엇은 주머니에서 말보로 한 개비를 꺼내 입에 물었다.

"오늘 아침 발표 흥미롭던데요."

엘리엇은 눈을 들어 상대를 쳐다보았다. 서른 살쯤 된 여자가 화이트 와인 잔을 앞에 두고 스툴에 앉아있었다.

---

* **소유의 욕망** 에리히 프롬의 책 《소유냐 존재냐》를 암시함

"학회에 참석하셨습니까?"

"저는 기울리아 바티스티니예요. 밀라노에서 외과의사로 일하고 있어요."

그녀가 손을 내밀며 자기소개를 했다.

초록색 눈동자에 이탈리아에서는 흔하지 않은 붉은색 머리카락의 소유자였다. 기울리아의 초록빛 눈을 발견한 순간 파멜라의 눈에서는 아무리 찾아도 보이지 않던 광채를 발견했다. 엘리엇은 딸의 엄마가 될 여자라는 걸 직감했다.

"당신과 좀 더 이야기를 나누고 싶은데 아쉬워요."

"안 될 게 없잖아요."

기울리아가 눈짓으로 테라스를 가리켰다.

"여자 친구가 당신을 눈이 빠지도록 기다리고 있는 것 같은데요."

"우연히 같은 테이블에 앉게 되어 식사를 같이 했을 뿐 여자 친구는 아닙니다."

기울리아의 입가에 엷은 미소가 번졌다.

1986년

엘리엇의 나이 마흔

시차를 무시하고 유럽에서 전화가 왔다. 엘리엇은 이미 알고 있었지만 기울리아가 특유의 이탈리아 악센트로 아이를 낳았다고 알려주었다. 그는 밀라노행 비행기에 올랐다. 공항에서 택시를 타고 곧장 기울리아가 아이를 출산한 병원으로 향했다.

병원에 도착한 엘리엇은 기울리아가 입원해 있는 4층까지 뛰어 올라갔다. 그는 466호실의 문을 두드려 기울리아를 만났고, 간호사를 따라 마침내 아기가 누워있는 요람으로 갔다.

병원에서 일하는 동안 신생아들을 수없이 많이 봐왔지만 느낌이 완전히 달랐다. 아기를 보기 전에는 무덤덤할까 봐 두려웠다. 그런데 아기가 그를 쳐다보며 눈을 깜빡이는 순간 그는 영원히 그 눈빛을 잊지 못할 거라 생각했다.

2월이었고, 바깥에서는 눈이 내리고 있어 싸늘했지만 병실 안은 딸을 만난 기쁨과 따스한 열기로 가득했다.

"반갑다, 앤지."

1987년

인생의 어두운 페이지가 넘어가고 기대하지 않았던 빛이 다시 찾아들었다. 아기가 집에 있게 되자 집 안은 뒤죽박죽이 되었다. 사방에 젖병과 기저귀 박스, 2단계 분유가 굴러다녔다.

아기와 관련 없는 건 모두 하찮아 보였다. 검은 월요일, 다우존스 지수가 20퍼센트나 폭락했지만 그에게는 손톱만큼도 충격을 주지 못했다.

1988년

벌써 크리스마스였다. 벽난로에서 불이 타오르며 타닥타닥 소리를 내고 있었다. 엘리엇은 기타를 집어 들고 〈위드 오어 위드아웃 유 (With Or Without You)〉를 연주했다. 카펫에 누운 강아지는 불꽃 앞에서 춤을 추고 있는 앤지를 구경하고 있었다.

1989년

앤지가 세 살이 되었다. 굵은 수성 사인펜으로 비뚤거리는 글씨지만 벌써 이름도 쓸 줄 알았다.

*

3월 24일에는 유조선 엑슨발데스호가 알래스카 연안에서 침몰하면서 원유 30만 톤이 유출되는 대형 해양오염 사고가 발생했다. CNN에서는 그린피스의 새 대변인 일리나 크뤼즈가 출연해 신랄한 논평을 하고 있었다.

*

10월에는 로스트로포비치가 해체되는 베를린 장벽 위에서 첼로를 연주했다.

1990년

영화관 앞에 끝없이 긴 줄이 늘어서 있었고, 아이들이 왁자지껄하게 떠드는 소리가 보도를 가득 채웠다. 엘리엇과 앤지도 월트디즈니사의 최신작 〈인어공주〉를 보기 위해 줄을 서있었다. 바로 옆에는 맥 라이언 주연의 〈해리가 샐리를 만났을 때〉를 보려는 관객들이 줄을 서있었다.

따분해하던 앤지가 안아달라며 엘리엇의 셔츠 소매를 잡아당겼다.

엘리엇이 앤지를 안아 올리며 소리쳤다.

"이륙 준비!"

딸아이를 번쩍 안아 올린 엘리엇의 눈에 옆줄에 서있는 매트와 티파니의 모습이 보였다. 순식간에 눈이 마주쳤지만 마치 슬로모션처럼 긴 여운이 남았다.

그 순간 엘리엇의 가슴은 얼어붙었다. 매트와 교류하지 않고 지내온 지 어느새 15년이 지났다. 앤지를 본 티파니가 살짝 미소를 짓더니 고개를 돌렸다. 그들은 각기 다른 상영관 안으로 들어갔다.

'아직은 때가 아니지만 언젠가 매트에게 모든 진실을 밝힐 수 있는 기회가 있을 거야.'

1991년

엘리엇과 앤지는 팬케이크 조리법에 도전했다. 환한 미소가 앤지의 얼굴에 피어올랐다. 아이의 입가는 단풍나무 시럽으로 범벅이 되어있었다. 초저녁 바람이 살랑살랑 불었고, 오렌지색 햇살이 주방 유리창을 넘어 들어왔다.

전자레인지 옆에 놓인 텔레비전은 켜져있었지만 묵음으로 해놓아 소리가 나지 않았다. 이라크를 상대로 한 연합군의 최초 군사작전인 사막의 폭풍 작전과 관련된 화면이 나오고 있었다.

라디오에서는 U2가 〈미스테리어스 웨이즈(Mysterious Ways)〉를 부르고 있었고, 앤지는 나무주걱을 들고 보노의 노래에 리듬을 넣어주고 있었다.

엘리엇은 비디오카메라를 이용해 이 순간을 영원히 남기는 중이었다. 그는 사회활동을 줄이고 딸과 최대한 많은 시간을 함께하기 위해 애쓰고 있었다. 여전히 의사라는 직업을 사랑했지만 승진에는 관심이 없었다. 또래 의사들이 모두 승진해 그보다 높은 직책을 갖게 되었지만 굳이 따라잡으려고 애쓰지 않았다. 환자들의 눈에 좋은 의사로 비치는 것으로 족했다.

엘리엇에게 앤지는 그 무엇보다 우선이었다. 그는 비로소 앤지를 희생시키지 않고 일리나를 구하기 위해 노력했던 시간여행자의 마음을 이해할 수 있게 되었다. 딸을 바라보면서 느끼는 기쁨은 때로 정체불명의 불안감을 불러일으키기도 했다. 그는 행복이 얼마나 값비

싼 대가를 치른 뒤에 찾아오는 것인지 깨닫게 되었다. 6년 전 앤지를 데려와 키우기 시작하면서 삶은 다시 평화를 찾았지만 그는 이 행복이 언제 깨질지 모른다는 불안감을 완전히 떨쳐버릴 수는 없었다. 행복은 너무 쉽게 익숙해진다는 게 문제였다.

1992년

앞니가 빠진 앤지가 거실의 유리 테이블 앞에 앉아 숙제를 하고 있었다. 엘리엇은 못마땅한 얼굴로 들어와 앤지를 엄한 눈길로 쳐다보았다.

"아빠가 숙제할 때는 텔레비전을 끄라고 했지?"

"왜 그래야 하는데?"

"공부에 집중하려면 텔레비전을 꺼야 하니까."

"난 지금 집중하고 있어."

"앤지, 아빠를 속이면 안 돼."

엘리엇은 쿠션 밑에 숨겨둔 리모컨을 꺼내 텔레비전을 끄려다가 경직된 자세로 멈춰 섰다.

텔레비전 화면은 제2차 지구 정상회담이 열리고 있는 리우데자네이루의 소식을 전하고 있었다. 며칠 동안 여러 나라의 정상들이 모여 지구의 환경 문제에 대해 논의해 왔다. 리포터가 NGO 대표 한 사람을 초대해 이야기를 나누고 있었다. 신념에 찬 그녀는 뛰어난 언변으로 기후변화와 생태계 파괴에 대해 심도 깊은 의견을 개진했다. 그녀의 커다란 두 눈에는 언뜻 알 수 없는 우울감이 비쳤다. 말을 하고 있는 그녀의 이름이 화면 오른쪽에 자막으로 나타났다. 일리나 크뤼즈.

"왜 그래 아빠, 왜 울어?"

1993년

오전 6시 30분이 되었을 때 엘리엇은 알람이 울리기도 전에 침대에서 빠져나왔다. 담요 위로 긴 갈색머리가 삐져나와 있었다. 전날 밤, 엄마와 며칠 동안 시간을 보내려고 이탈리아로 떠나는 앤지를 배웅하기 위해 공항에 나갔다가 만난 여자였다.

엘리엇은 소리 없이 방에서 나와 샤워를 하고 서둘러 옷을 입었다.

주방에서 메모지철을 찾아 간단하게 몇 자 휘갈겨 쓰려는데 여자의 이름이 생각나지 않았다.

갈 때 열쇠 꾸러미를 우체통에 넣어둬.

지난밤엔 고마웠어.

인연이 되면 또 만나.

엘리엇은 스스로 생각해도 매너가 형편없다고 생각했지만 어쩔 수 없었다. 만나는 여자마다 일주일을 넘긴 적이 없었다. 사랑하지도 않으면서 만남을 유지할 수는 없었으니까.

엘리엇은 커피를 입안에 털어 넣고, 눅눅한 도넛 하나를 손에 쥔채 출근을 위해 집을 나섰다. 밖으로 나오다가 문 앞에 떨어져 있는 신문을 집어 들었다. 일면에 이스라엘 총리 라빈과 팔레스타인의 아라파트 의장이 빌 클린턴이 쳐다보는 가운데 악수를 나누는 장면이 대문짝만하게 실려있었다.

1994년

붉은 햇살이 쏟아지는 하늘은 연보라 빛을 띠고 있었다. 엘리엇은 비틀을 마리나 그린 앞에 주차했다. 그는 너무 늦게 퇴근하지 않으려고 애를 썼지만 베이비시터 테레사가 퇴근한 지 벌써 한 시간은 족히 넘어있었다.

엘리엇이 현관문을 열며 소리쳤다.

"앤지! 아빠야!"

앤지는 이제 여덟 살이 되었지만 집에 혼자 있게 될 때마다 마음이 불안했다.

계단을 내려오는 앤지의 발소리가 들려왔고, 고개를 들어 보니 아이의 얼굴이 눈물범벅이 되어있었다.

엘리엇이 깜짝 놀라며 딸에게로 달려갔다.

"무슨 일이야, 앤지?"

앤지는 세상이 무너질 듯 슬픈 표정으로 아빠의 품에 안겼다.

"이방인이 죽었어."

엘리엇은 앤지를 안아 들고 방으로 올라갔다. 개가 마치 잠든 듯이 러그에 누워있었다.

앤지가 물었다.

"아빠가 고쳐줄 거야?"

엘리엇이 개를 진찰하는 동안 앤지가 흐느끼는 소리가 더욱 커졌다.

"제발 낫게 해줘, 아빠!"

"이방인은 이미 죽었어, 앤지. 이제 아빠도 낫게 할 수 없어."

앤지가 바닥에 주저앉으며 소리쳤다.

"아빠, 제발 부탁이야!"

"이방인은 오래 살았어. 나이 들면 죽게 되는 거야."

앤지는 아직 이방인이 죽었다는 사실을 받아들일 마음의 준비가 되어있지 않았다. 아이는 무슨 말로도 위안이 되지 않는 눈치였다.

앤지는 베개에 머리를 묻고 울다가 지쳐 잠이 들었다.

'내일은 나아지겠지.'

다음 날, 엘리엇은 앤지를 데리고 한 시간이나 달려 샌프란시스코 북쪽에 있는 잉글우드 숲에 도착했다. 엘리엇은 큰 나무 옆의 한적한 자리를 골라 미리 준비해 간 삽으로 깊숙한 구덩이를 팠다. 그가 이방인을 구덩이에 넣고 흙으로 덮고 있을 때 앤지가 물었다.

"아빠, 개들이 가는 천국이 있을까?"

그는 무덤을 나뭇잎과 나뭇가지로 덮어주며 앤지의 질문에 대해 생각해 보았다.

"글쎄, 만약 있다면 이방인은 틀림없이 천국에 갔을 거야. 정말 착한 개니까."

앤지의 눈에서 다시 눈물이 흐르기 시작했다. 이방인은 앤지의 세계에서 절대로 **빼놓고** 생각할 수 없는 존재였다.

"다시는 이방인을 못 본다는 게 믿기지 않아."

엘리엇이 딸에게 말했다.

"사랑하는 대상을 잃는다는 건 괴로운 일이야. 살면서 그보다 힘든 일은 없지. 이리 와서 이방인에게 작별 인사를 하지 않을래?"

앤지는 개의 무덤 앞으로 다가와 가라앉은 목소리로 말했다.

"안녕, 이방인. 넌 정말 착하고 멋진 개였어."

엘리엇도 한마디 거들었다.

"그래, 넌 최고였어."

돌아오는 내내 두 사람은 말이 없었다. 기분전환이 필요하다고 생각한 엘리엇이 앤지에게 스타벅스에 잠깐 들렀다 가자고 했다.

"아빠가 핫초콜릿 사줄까?"

"좋아. 샹티도."

두 사람은 테이블에 자리를 잡고 앉았다. 얼굴 반쪽이 온통 크림 범벅이 된 앤지가 물었다.

"아빠는 어떡하다 이방인을 키우게 됐어?"

"아빠가 한 번도 얘기해 준 적이 없었나?"

"응."

"아빠는 처음엔 이방인과 그리 사이가 좋지 않았어."

1995년

"아빠, 〈토이 스토리〉 보러 가자."
"그게 뭐야?"

1996년

"아빠, 〈로미오와 줄리엣〉 보러 가면 안 돼? 난 레오나르도가 너무
좋아!"
"숙제는 다 했니?"
"응, 맹세해."

1997년

12월의 어느 토요일 오후에 난생처음 앤지가 아빠 대신 친구들과
극장에 가겠다고 했다. 다른 사춘기 소녀들처럼 앤지도 타이타닉호
선상에서 레오나르도 디카프리오가 케이트 윈슬렛과 포옹하는 장면

을 보고 싶어 안달했다.

엘리엇은 주방에서 커피를 끓이고 있었다. 만사가 잘 되어가고 있었지만 가끔씩 까닭 모를 고독감이 엄습해 왔다. 2층으로 올라간 그는 앤지의 방문을 열었다. 앤지가 음악을 틀어놓고 그냥 나가버렸기 때문이다. 오디오에서 스파이스 걸스의 〈워너비(Wannabe)〉가 흘러나오고 있었다. 벽에는 변함없는 인기를 구가하고 있는 〈심슨 가족〉 옆에 〈프렌즈〉, 〈베벌리힐스의 아이들〉, 〈사우스 파크〉 등 그는 생전 들어보지도 못한 텔레비전 드라마 시리즈의 포스터들이 붙어있었다.

문득 공허감이 밀려오며 딸이 이제 더 이상 어린아이가 아니라는 걸 실감했다.

'당연하지, 이게 바로 인생인걸. 그렇지만 어쩌다 시간이 이리도 빨리 지나갔을까?'

1998년
엘리엇의 나이 쉰둘

병원 휴게실에 텔레비전이 켜져있었다. 화면에 나온 사람이 "남자는 화성에서, 여자는 금성에서 왔다."고 말하고 있었다. 휴게실 안에 있는 간호사들이 모두 그 말에 동의한다는 표정을 지었다.

엘리엇은 눈살을 찌푸리며 이제 자신이 세상과 보조를 맞추지 못하는 경우가 점점 많아진다고 생각했다. 그는 마시던 콜라 캔을 비우고 밖으로 나왔다. 생전 처음 50대의 무게가 온몸으로 느껴졌다. 늙었다기보다는 이제 더 이상 젊지 않다는 생각이 들었다.

'젊은 날은 한 번 가면 다시는 돌아오지 않아.'

*

드라마 시리즈 〈E.R.〉이 최고의 인기를 구가하고 있었다. 병원에서는 닥터 그린이나 닥터 로스에게 치료를 받겠다는 환자들이 생겨날 정도였다.

*

1월의 어느 목요일, 빌 클린턴이 망연자실한 표정으로 해명에 나섰다.

저는 르윈스키라는 여성과 성관계를 가진 적이 없습니다.

같은 시각, 북극의 빙산은 기후 온난화 때문에 계속 녹아내리고 있었다. 그렇지만 그 문제를 진심으로 걱정하는 사람은 그리 많지 않았다.

1999년

엘리엇이 휴게실 문을 빠끔히 열고 안을 들여다보았지만 아무도 없었다. 그는 냉장고를 열고 과일을 하나 꺼냈다. 어떤 간호사가 포스트잇으로 자기 이름을 붙여놓은 사과였다. 엘리엇은 인상을 찡그리며 메모지를 떼어 낸 다음 사과를 우적우적 깨물어 먹었다.

엘리엇은 창문턱에 올라앉아 운동장에서 농구를 하는 동료들의 모습을 내려다보았다. 나른한 봄기운이 샌프란시스코에 퍼져있었다. 오늘은 환상적인 날이었다. 수술마다 성공적이었고, 환자 가족들에게 환한 얼굴로 수술 결과를 말해줄 수 있었다.

텔레비전을 켤까 말까 망설이던 그는 혼탁한 세상사를 전하는 뉴스를 들어 좋은 기분을 망치고 싶지 않았다. 텔레비전을 켜려던 생각을 접은 그는 꿈같은 뉴스를 상상했다. 에이즈 백신 개발을 알리는 소식, 중동에 영구적인 평화가 정착되었다는 소식, 환경문제 해결을 위한 실질적인 계획이 수립되었다는 소식, 교육 분야에 대한 중앙정부 예산이 두 배로 증가했다는 소식 등…….

엘리엇은 할 일도 없고 무료해 어쩔 수 없이 텔레비전을 켰다. CNN의 뉴스 앵커가 컬럼바인고교에서 학생 두 명이 열두 명의 친구들에게 총기를 난사해 살해한 뒤 스스로 목숨을 끊었다는 소식을 전했다. 컬럼바인고교 현장을 직접 연결해 생중계로 전하는 끔찍한 뉴스였다.

'텔레비전을 켜지 않았으면 좋았을걸.'

2001년

엘리엇은 주차장에 차를 세우고 시계를 힐끗 쳐다보았다. 아직 이른 시간이었다. 원래 근무 시작은 두 시간 후부터였지만 오늘은 조금 시간을 앞당겨 출근했다. 그는 오늘이 특별한 날이 되리라는 것을 알고 있었다.

병원 로비로 들어서는데 수십 명의 환자와 의사, 간호사들이 텔레비전 주위에 몰려들어 있었다. 사람들의 얼굴은 하나같이 창백했고, 벌써 휴대폰을 꺼내 든 사람들도 여럿 있었다.

1976년, 그가 시간여행자를 만나서 들은 얘기 중에 절대로 잊지 못하는 부분이 있었다. 2001년 9월 11일, 뉴욕의 세계무역센터 건물에서 끔찍한 테러 사건이 발생한다는 것이었다.

엘리엇은 테러 사건을 전하는 화면을 자세히 보기 위해 텔레비전 앞으로 다가갔다.

2002년, 2003년, 2004년, 2005년……
엘리엇의 나이 쉰여섯, 쉰일곱, 쉰여덟, 쉰아홉……

우리에게 시간이 부족해서가 아니다. 우리가 시간을 너무 많이 허비하기 때문이다.
— 세네카

2006년

엘리엇의 나이 예순

엘리엇은 앤지가 의대에 다니기 위해 뉴욕에 자리 잡는 걸 도와주려고 며칠 휴가를 냈다. 뉴욕 생활에 대한 기대에 부풀어 있는 앤지를 혼자 남겨두고 그는 쇼핑을 하러 밖으로 나왔다. 택시가 그를 파크 애비뉴와 52번가가 만나는 지점에 있는 고층 빌딩 앞에 내려주었다. 그는 빌딩 안으로 들어가 병원이 있는 32층까지 엘리베이터를 타고 올라갔다. 전날 각종 검사를 마쳤고, 오늘은 결과를 보러 오는 길이었다. 안면이 있는 의사가 많은 샌프란시스코보다는 뉴욕에서 혼자 조용히 건강검진을 받고 싶었던 것이다.

존 골드윈이 말했다.

"이리 들어와, 엘리엇."

존 골드윈은 캘리포니아에서 함께 의대를 다니고, 졸업 후에도 계속 연락을 주고받는 친구 사이였다. 엘리엇이 의자에 앉자 존 골드윈이 책상 위에 엑스레이 사진을 여러 장 펼쳐놓았다.

"있는 그대로 말할게. 자네가 보기에도 암이지?"

"그렇군."

"이미 상태가 심각해. 어쩌다가 이 지경이 될 때까지 내버려 두었나?"

"나도 몰라. 어쩌다 보니 그리 되었어."

엘리엇이 충격을 받아들이기까지 잠깐의 시간이 흘렀다.

"얼마나 더 살 수 있겠나?"

"몇 달……. 이 답답한 친구야. 진작 건강을 돌봤어야지."

*

잠시 후 엘리엇은 다시 자동차의 클랙슨 소리가 요란한 거리로 나왔다. 그는 고층 빌딩과 지나다니는 차들 사이에 서서 하늘을 바라보았다. 하늘은 파랗고 날씨는 매섭게 추웠다.

아직 충격에서 벗어나지 못한 그는 발길 닿는 대로 거리를 헤매고 다녔다. 열이 나고 몸이 떨려왔다. 상점가를 따라 걷던 그는 상점 쇼윈도에 비친 자신의 모습을 바라보았다. 이제 30년 전 나타났던 시간여행자와 같은 나이에 똑같은 모습을 하고 있다는 걸 문득 깨달았다.

'결국 내가 그가 되었어.'

엘리엇은 유리창에 비친 자신을 향해 암세포를 찍은 엑스레이 사진을 흔들어댔다. 그런 다음 시간여행자를 향해 목메인 소리로 외쳤다.

"병을 잘도 감췄어. 이 빌어먹을 자식!"

22

나를 운명에 내동댕이치고는,
그는 빛이 가득한 아침 속으로 떠나버렸어.

–에디트 피아프

2007년

엘리엇의 나이 예순하나

베란다 소파에서 담요를 감고 누운 엘리엇은 샌프란시스코의 하늘 위로 지고 있는 석양을 바라보았다. 그는 산소마스크를 썼는데도 더 이상 숨을 쉴 수가 없었다.

몸 전체가 녹아내리는 느낌이 들었다.

이제 그토록 두려워하던 순간이 왔다. 마지막 여행을 떠날 시간이었다. 사람들은 종종 삶을 얼마나 오래 사느냐가 아니라 어떻게 살았는지에 따라 성공 여부가 판가름 난다고 말한다.

'건강이 넘칠 때라면 누구나 그런 말을 할 수 있지!'

엘리엇은 최선을 다해 살려고 노력했지만 과연 잘 살았는지는 알 수 없었다.

'죽어 보면 알겠지.'

엘리엇은 동양의 선승처럼 편안하게 죽고 싶었다. 하지만 그게 쉽지 않았다. 도리어 어린아이처럼 두려움이 밀려왔다. 그는 누군가 곁에서 임종을 지켜보는 걸 바라지 않았고, 앤지에게도 알리지 않았다.

그는 죽음을 앞둔 이 순간 너무나 간절하게 일리나를 생각했다. 그리고 마지막 숨을 거두는 순간 그녀가 곁에 있다고 믿었다.

23

비밀을 하나 간직하는 게 인간적이듯이,
그것을 언젠가 밝히는 것도 인간적이다.

-필립 로스

2007년 2월

3일 후

아름다운 햇살이 푸른 오솔길 위로 내리쬐는 그린우드 묘지는 공원 같은 분위기를 풍겼다. 입관이 막 끝나고, 엘리엇에게 마지막 작별 인사를 하기 위해 구덩이 앞에 줄을 서서 관 위에 흙을 한 줌 뿌리고 꽃도 한 송이씩 던지는 순서가 되었다.

앤지가 밀라노에서 날아온 엄마와 함께 가장 먼저 앞으로 나섰다. 그다음은 고인의 동료들과 지난 30년간 그가 수술한 여러 환자들 차례였다. 흙 밑에 누워있지 않았다면 엘리엇은 이렇게 많은 사람들이 모인 것을 보고 깜짝 놀라 커다란 감동을 받았을 것이다. 그의 마음을 어느 누구보다 따뜻하게 해주었을 사람은 퇴직 형사 맬든이었다. 아흔 살도 넘은 맬든은 옛 동료이자 현재 샌프란시스코 경찰본부의 수장이 된 더글러스의 부축을 받으며 씩씩하게 앞으로 나섰다.

장례식은 30분쯤 진행되었고, 땅거미가 내리기 직전 모두 끝이 났다. 조문객들은 삽시간에 흩어져 주차장에 세워놓은 차로 돌아갔다. 장례식에 참석한 사람들은 집으로 돌아가는 길에 '곧 내 차례도 오겠지?' 하고 생각할 것이다. 그리고 이내 '되도록 천천히 와야 할 텐데.' 라고 생각할 것이다.

*

이제 그린우드 묘지에는 바람만이 불고 있었다. 장례식이 진행되는 내내 멀찍이 떨어져 있던 남자 하나가 이제 혼자라는 사실을 확인하고 나서야 용기를 내어 무덤 앞으로 다가왔다. 매트였다. 그의 아내 티파니는 가지 말라고 말렸다. 그녀는 30년 동안 교류하지 않고 지내온 친구의 넋을 기리러 간다는 말에 도무지 이해할 수 없다는 반응을 보였다.

매트는 아내의 반대를 무릅쓰고 마지막 가는 친구를 찾아왔다. 엘리엇의 죽음과 함께 지난 시절도 고스란히 사라졌고, 항상 남몰래 간직하고 있던 화해의 희망도 영원히 사라져 버렸다.

매트는 30년 전 자신이 중요한 뭔가를 놓쳤다는 생각을 떨쳐버릴 수 없었다. 엘리엇의 급작스러운 태도 변화를 어떻게 설명할 수 있을까? 엘리엇이 완벽한 사랑을 키워오던 일리나와 헤어진 걸 어떻게 설명할 수 있을까?

그러나 매트는 이제 그런 궁금증을 풀 방법이 없었다.

"엘리엇, 넌 비밀도 함께 가져갔어. 이 나쁜 친구야."

매트는 무력감을 느꼈다.

갓 세운 무덤의 평석 앞에 선 그의 머릿속으로 지난 시절의 추억이 밀려들어 그를 고통스럽게 했다.

"이 친구야, 예전에 우리는 얼마나 절친한 사이였나?"

40년 전 기억으로 거슬러 올라갈 것도 없이 엘리엇과 함께한 날들이 바로 어제 일처럼 생생하게 떠올랐다.

매트는 묘석 앞에 쭈그리고 앉아 한참 동안 꼼짝도 하지 않았다. 얼굴을 타고 눈물이 뚝뚝 떨어졌다. 나이를 먹으면서 수시로 눈물을 흘렸지만 오늘은 정말 어찌해 볼 방법이 없었다.

매트가 자리에서 일어나며 성질에 못 이겨 소리쳤다.

"네가 먼저 갔으니 천국에 내가 갈 자리를 하나 잡아놓고 기다려. 이 망할 놈의 친구야."

이제 돌아가려는데 뒤에서 인기척이 느껴졌다.

"매트 아저씨죠?"

매트는 낯선 목소리에 놀라 뒤를 돌아보았다.

"누구요?"

검은색 롱코트를 입은 아가씨가 그의 앞에 서있었다.

"엘리엇 쿠퍼의 딸 앤지예요."

앤지가 손을 내밀었다.

"나는 매트 들뤼까."

매트가 자기소개를 했다.

"아빠가 생전에 장례식 때 가장 오랫동안 남아계실 분이 바로 아저씨라고 말한 적이 있어요."

거북스럽지만 매트가 말했다.

"우린 친구였으니까. 어느 누구보다 절친했지."

여운을 남긴 그가 다시 말을 이었다.

"하지만 오래전 일이야. 아가씨가 태어나기도 전……."

매트는 엘리엇을 빼닮은 앤지의 얼굴을 보자 마음이 심란했다. 언뜻 보기에 조화를 이룬 아빠의 이목구비를 물려받았지만 그의 소심한 성격은 닮지 않은 듯했다. 눈빛이 티 없이 맑은 숙녀였고, 커다란 슬픔을 겪었을 텐데 인상이 차분해 보였다.

앤지가 그에게 크라프트지로 만든 가방을 내밀었다.

"아빠가 아저씨에게 이 가방을 꼭 전해주라고 했어요."

"이게 뭘까?"

매트는 호기심을 느끼며 가방을 받아 들었다.

망설이던 앤지가 한마디 덧붙였다.

"아빠가 돌아가시기 몇 주 전에 가방을 건네주면서 말했어요. 살다가 힘든 일이 생기면……."

"그러면?"

매트가 말을 끝맺기를 유도했다.

"살다가 저에게 정말 어려운 일이 생기면 주저하지 말고 아저씨를 찾아가라고."

매트는 신뢰를 보여준 엘리엇의 말에 커다란 위안을 느꼈다.

"물론이지. 날 찾아오면 최선을 다해 도울게."

"기회가 되면 꼭 다시 찾아뵐게요."

앤지가 한마디 덧붙이고 멀어져갔다.

매트는 앤지의 뒷모습이 시야에서 사라질 때까지 바라보고 있다가 엘리엇의 무덤을 향해 돌아섰다.

"엘리엇, 날 믿어도 좋아. 내가 네 딸을 잘 돌봐줄 테니까 안심해."

매트는 도착할 때보다 한결 가벼워진 마음으로 묘지를 떠났다.

*

눈가에 물기가 맺힌 매트는 포도 농장이 있는 나파 밸리의 소도시 칼리스토가로 가기 위해 29번 고속도로를 달리고 있었다. 티파니는 와인 홍보를 위해 유럽을 여행하는 중이었다. 그는 텅 빈 샌프란시스코의 집으로 돌아가고 싶지 않았다.

고속으로 차를 운전해 오크빌과 세인트헬레나를 지난 그는 언제나 자부심을 안기는 포도 농장으로 향했다. 매트는 30년 동안 열심히 애쓴 끝에 나파 밸리에서 가장 가치 있는 농장의 주인이 되었다.

리모컨을 누르자 자동 차단기가 올라가며 문이 열렸다. 매트는 수로를 설치해 조성한 포도 농장을 지나 자갈길 끝에 차를 주차했다. 낡은 목조주택이 있던 자리에는 현대적인 감각을 자랑하는 아름다운 저택이 들어서 있었다.

매트는 관리인에게 인사를 하고 나서 곧장 와인 시음실로 내려갔다. 페르낭 레제, 장 뒤뷔페, 세자르 발다치니를 비롯해 올해 티파니의 생일 때 선물한 고가의 장 미쉘 바스키아까지, 세계적으로 유명한 예술가들의 그림과 조각품들로 꾸며놓은 방이었다.

은은한 조명이 비치자 마룻바닥은 금세 아름다운 금갈색 빛을 띠었다. 매트는 참나무 벤치에 앉아 들뜬 마음으로 크라프트지로 만든 가방을 열었다. 엘리엇이 남긴 유품이 무엇인지 당장 알고 싶었다. 가방 안에는 와인 두 병이 든 원목 상자가 들어있었다. 1959년산 샤또 라뚜르와 1982년산 샤또 무똥 로칠드였다. 와인 중에서 최고로 치는 빈티지들이었다.

흥미진진해진 매트가 와인 한 병을 들어내자 상자 밑바닥에 노트 한 권이 들어있었다. 매트는 떨리는 손으로 노트를 펼쳤다. 노트에는 엘리엇이 정성 들여 써 내려간 백여 페이지의 기록이 들어있었다.

첫 번째 페이지를 훑어 내려가던 매트는 온몸에 소름이 돋을 정도로 깜짝 놀랐다.

내 오랜 친구 매트에게.

매트, 네가 이 글을 읽고 있다는 건 망할 놈의 암세포가 기어이 내 목숨을 앗아갔기 때문이겠지. 열심히 싸웠지만 암이라는 놈은 내가 끝내 이길 수 없는 상대였어.

넌 어제 날짜 신문에서 내 부고를 봤을 거야. 만사를 제쳐두고 장례식에 달려왔겠지. 나는 네가 내 묘석과 조용히 얘기를 나누려고 나무 뒤에 우두커니 서있었다는 걸 알고 있어.

네가 날 아직 원망한다는 것도 알아. 내 행동을 결코 이해하지 못했을 테니까. 내가 고통받았던 만큼 너 역시 고통받았다는 것도 알아. 너에게 좀 더 일찍 내가 그럴 수밖에 없었던 이유를 설명하고 싶었지만 사실상 불가능했어. 이제 내 노트에 적어놓은 글을 읽으면 그 이유를 이해할 수 있을 거라 생각해.

이제부터 너와 일리나 그리고 나에게 영향을 끼친 그 믿을 수 없는 사건을 얘기해 줄게. 나는 사실 매번 최선의 선택을 하려고 애썼지만 언제나 선택의 폭이 그리 넓지 않았어.

내 노트에 적어놓은 글을 다 읽고 나서 무엇보다 네 자신을 자책하지는 마. 넌 항상 내 곁에 있어주었고, 널 친구로 두었다는 건 내게 너무나 큰 행운이었어. 내가 먼저 떠났다고 그리 슬퍼하지 마. 글을 읽기 전에 와인을 한 병 따서 한 잔 따르고 날 위해 건배해 줘.

이 글을 쓰는 나는 인생의 마지막 날들을 보내고 있어. 지금 내 방 유리창이 열려있어. 하늘은 캘리포니아에서만 볼 수 있는 짙푸른 색이고, 드문드문 새털구름이 보이고, 바람은 파도가 밀려왔다 밀려가는 소리를 내게 전해주고 있어.

우리가 한 번도 시간을 갖고 음미해 보지 못한 사소한 풍경들일 뿐이지만 이런 것들조차도 떠나는 사람에게는 새삼 많은 의미가 담겨있는 듯해.

건강을 잘 챙겨 부디 오래오래 살길 바랄게. 남은 인생을 맘껏 즐겨야 해. 내가 널 얼마나 그리워하며 살았는지 알아?

살아서도, 죽어서도 너의 친구이고자 하는 엘리엇.

새벽 2시가 넘어있었다. 매트는 눈이 벌겋게 충혈된 채 엘리엇이 남기고 간 놀라운 얘기를 모두 읽었다. 엘리엇과 시간여행자의 만남, 일라나를 살리기 위한 약속 등등. 그때는 그가 도무지 믿으려 하지 않았던 얘기들을 지금은 전혀 새로운 각도에서 이해할 수 있게 되었다.

매트는 노트를 덮고 힘들게 자리에서 일어났다. 머리가 빙빙 돌았다. 이제 라뚜르 와인병도 제법 비어있었다. 하지만 끝없는 회한과 가책으로 얼룩진 심정을 달래기에는 역부족이었다.

'이제 어떻게 해야 하나? 슬픔을 술과 맞바꿔야 하나?'

와인 시음대 뒤로 돌아간 매트는 얼굴에 찬물을 끼얹었다. 그러고 나서 코트를 입고 밖으로 나왔다. 차가운 밤바람을 맞으니 비로소 술이 깼다. 엘리엇은 죽었고, 돌이킬 수 있는 일이 아니었다. 하지만 아직 그가 마지막으로 할 수 있는 일이 한 가지 남아있었다.

'그 일을 해도 될까?'

매트는 주차장으로 가서 쉐보레 콜벳 로드스터 대신 업무용 사륜구동차에 올랐다. 농장 밖으로 나오면서 GPS를 켠 그는 캘리포니아 북쪽의 주소 한 곳을 입력했다. 그러고 나서 그는 산악지대를 달려 서쪽의 눈 덮인 풍경 속으로 들어가 밤새 차를 몰았다. 아직 겨울이어서 길이 미끄러웠고, 짙은 안개에 휩싸여 있었다.

윌로우 크릭을 조금 지나자 연료가 간당간당했는데 터무니없는 가격이었지만 어떤 가게에서 휘발유를 한 통 내주는 바람에 겨우 난처한 상황을 모면할 수 있었다. 위버빌에 도착했을 때는 안개가 모두 걷혀있었고, 트리니티 알프스의 눈 덮인 산봉우리들 사이로 삐죽 솟아오른 태양을 볼 수 있었다.

매트의 사륜구동은 산길로 접어든 지 얼마 지나지 않아 아담한 목조주택 앞에 도착했다. 예전에 티파니와 함께 와 본 적이 있는 집이었다.

일리나가 차 소리를 듣고 베란다에 나와있었다.

그녀가 반갑게 소리쳤다.

"매트!"

매트는 일리나를 향해 팔을 흔들어 보인 다음 현관으로 달려가 그녀를 껴안았다. 그는 매번 그녀를 볼 때마다 존경심과 연민이 뒤섞인 묘한 감정이 되었다. 일리나는 평생 환경운동을 하며 살아왔다. 신체적 장애가 사회활동에 아무런 문제가 되지 않는다는 것을 보여주고 싶었고, 무엇보다 소중하게 생각하는 지구의 환경을 지키기 위해서였다.

매트가 말했다.

"건강해 보여서 다행이야, 일리나."

"무슨 일 있어? 당신 얼굴이 벌레라도 씹은 것처럼 어두워 보여."

"차차 설명할 테니까 우선 커피부터 한잔 마실까?"

매트는 그녀를 따라 집 안으로 들어갔다. 집 내부는 전통적인 내장재에 현대적인 디자인 감각이 가미된 소품들로 단아하게 꾸며져 있었다. 유리벽, 벽난로, 최신 컴퓨터가 함께 어우러져 안락하고 편안해 보였다.

일리나가 에스프레소를 내리며 물었다.

"자, 어서 말해 봐. 티파니에게 쫓겨난 건 아니지?"

매트가 장난기 어린 미소를 띠며 대답했다.

"아직은 아니야."

그가 일리나를 애정 어린 눈으로 쳐다보았다. 수많은 시련을 겪었지만 일리나는 여전히 눈부실 정도로 매력적이었다. 강의를 맡고 있는 스탠퍼드 대학에서 그녀는 알아주는 스타 강사였다. 수많은 석학과 다수의 노벨상 수상자를 배출한 그 대학에서 그녀를 유혹하기 위한 구애작전을 펼쳤다가 실패한 남자가 한둘이 아니었다.

매트는 그녀가 사고 이후 남자를 전혀 사귀지 않았다는 것을 알고 있었다. 병원에서 긴 세월 동안 외과수술과 물리치료를 받았고, 일어나 걷기 위해 안간힘을 쓰며 무수한 시간을 흘려보냈다. 그린피스에서는 각국 정부와 맞서 싸우며 최선을 다해 일했다.

"자, 여기 커피."

일리나가 비스킷을 곁들인 에스프레소 두 잔을 쟁반에 담아 테이블에 올려놓았다.

윤기가 흐르는 긴 털을 가진 페르시아 고양이 한 마리가 아침 식사를 위해 거실로 들어왔다. 일리나가 고양이를 팔에 안고 몇 번 쓰다듬어 주고 나서 다시 주방으로 향할 때 매트가 갑자기 방문 목적을 털어놓았다.

"엘리엇이 죽었어."

적요하던 집 안에 침묵이 내려앉았다. 일리나가 고양이를 손에서 내려놓았다. 고양이는 야옹 소리를 내며 금세 풀이 죽었다.

일리나가 매트 쪽을 돌아보며 물었다.

"원인은 담배 때문이겠지?"

"응, 폐암이었어."

일리나는 한참 동안 생각에 잠겨있다가 고개를 끄덕였다. 무표정한 얼굴이었지만 눈이 촉촉이 젖어있었다. 그녀가 부엌으로 걸어가자 고양이가 뒤를 따라갔다.

혼자 남은 매트는 한숨을 내쉬고는 산 위에서 마치 살균된 용암처럼 흘러내리는 빙하들을 멍하니 바라보고 있었다.

갑자기 그릇 깨지는 소리가 들렸다. 그가 황급히 부엌으로 달려가보니 일리나가 의자에 주저앉아 있었다. 그녀는 두 손으로 머리카락을 감싸 쥐고 소리 죽여 흐느끼고 있었다.

매트가 옆에 무릎을 꿇고 앉아 애정을 다해 그녀를 안아주었다.

일리나가 그의 어깨를 붙들며 말했다.

"지난날 엘리엇을 지독히도 사랑했어."

"그건 나 역시 마찬가지야."

일리나가 눈물이 그렁한 두 눈으로 매트를 쳐다보았다.

"엘리엇이 우리에게 몹쓸 짓을 했지만 왠지 난 끝내 그를 미워할 수 없었어."

매트가 나지막이 말했다.

"일리나, 당신이 반드시 알아야 할 사실을 전하러 왔어."

"내가 알아야 할 사실이라니?"

"엘리엇이 죽기 전에 나에게 노트를 남겼어."

매트가 노트를 일리나에게 내밀었다. 그녀가 떨리는 손으로 노트를 잡았다.

"이 노트에 무엇이 적혀있는데?"

"당신이 알아야만 할 진실."

매트는 그렇게 말하고 일리나의 집을 나섰다.

*

당황한 일리나가 그를 잡으려고 베란다로 뛰어나왔다. 하지만 매트의 차는 이미 출발하고 없었다.

화창한 날씨인데도 아침 공기는 서늘했다. 숄을 어깨에 두른 일리나는 흔들의자에 앉았다.

노트를 펼쳐 보니 한눈에 엘리엇의 글씨라는 걸 알 수 있었다. 가슴이 미어지고 피가 타는 것 같았다.

첫 번째 몇 페이지를 읽고 나서 일리나는 비로소 지난 30년 동안 자신을 괴롭혔던 의문에 대한 답을 얻었다. 그녀는 지난 30년 동안 하루도 **빼놓지** 않고 생각해 보았지만 엘리엇이 무엇 때문에 이별을 통보했는지 끝내 답을 얻지 못했다.

*

매트는 운전대를 잡고 샌프란시스코로 향했다. 엘리엇의 고백이
적혀있는 노트를 읽고 위안을 얻었으나 금세 기분이 참담해졌다.

엘리엇이 죽고 나서야 무슨 일이 있었는지 이해할 수 있었기에 더
욱 비통하고 서러웠다. 매트는 에피쿠로스적인 인간형이었고, 그가
믿는 것은 삶이었다. 그가 진정으로 원하는 건 엘리엇과 다시 우정을
나누며 사는 것이었다. 그는 엘리엇과 요트를 타고 바다를 항해하고
싶었고, 오래된 항구의 카페에서 아페리티프를 마시며 이야기를 나
누고 싶었고, 〈쉐즈 프란시스〉 식당에서 함께 송어요리를 먹으며 와
인을 즐기고 싶었고, 시에라네바다의 숲으로 산행을 떠나고 싶었다.
하지만 엘리엇은 죽었고, 조만간 그의 차례가 다가올 것이다.

매트는 순진하게도 사는 동안 어그러진 일들이 있어도 금세 제자리
를 찾을 거라 믿었다. 그는 사실 엘리엇과 평생 불화한 채 살게 될 것
이라고는 단 한 번도 생각해 본 적이 없었다. 엘리엇이 야속하게 생
각되긴 했지만 언젠가 화해해 예전처럼 우정을 나누며 살 수 있을 거
라 믿었다. 그러나 산다는 건 그렇게 단순하지 않았고, 세월은 너무
나 빨리 흘러갔다.

이제, 오후 3시였다. 도시로 접어들며 통행량이 많아졌다. 그는 휘
발유를 가득 채우고, 출출한 배도 채울 겸 주유소에 차를 세웠다. 그
는 화장실 세면대에서 몇 번이고 얼굴에 물을 축였다. 마치 늙고 권
태로운 자신의 얼굴이 물로 씻겨질 거라 기대하는 사람 같았다.

배에서는 꼬르륵 소리가 났고, 머리는 피로감과 우울한 기분이 겹쳐 뿌옇게 흐린 상태였다.

'뭔가 대단히 중요한 걸 놓쳤다는 이 느낌은 도대체 어디서 비롯된 것일까?'

사실 매트는 지난밤부터 손에 잡힐 듯했다가 끝내 달아나 버리는 어떤 생각 때문에 조바심을 내고 있었다. 일이 완벽하게 마무리되지 않았다는 찜찜한 기분이 들었지만 대체 남은 일이 뭔지 알 수 없었다.

매트는 샌드위치를 주문하고 나서 창가 테이블에 앉아 101번 도로를 오가는 차들의 행렬을 멍하니 바라보았다. 그는 베이컨 샌드위치를 한 입 베어 무는 순간 불현듯 티파니에게 죄책감을 느꼈다. 최근 건강검진을 받았을 때 콜레스테롤 수치가 우려할 만큼 높게 나와 티파니가 절대로 인스턴트 식품을 입에 대서는 안 된다고 강조했었기 때문이다. 오늘, 티파니는 없었지만 그는 샌드위치를 먹는 중간에 호주머니에 늘 넣어 다니는 콜레스테롤 저하용 약봉지를 꺼내 들었다. 약봉지는 한 알만 남고 텅 비어있었다. 그는 마지막 남은 약을 꺼내 커피와 함께 꿀꺽 삼켰다.

그때 매트의 머리에 번쩍 떠오른 한 가지 생각이 있었다. 그는 샌드위치와 커피를 그대로 남겨두고 차를 향해 달려갔다. 몇 시간 전부터 그를 괴롭히던 생각의 정체를 비로소 알게 된 것이다. 그는 어제 엘리엇이 쓴 글을 여러 번 거듭해 읽었다.

엘리엇은 캄보디아 노인이 알약을 열 개 줬다고 했는데 그가 시간여행을 한 횟수는 모두 합해 아홉 번뿐이었다.

'알약이 열 개였는데 아홉 번 시간여행을 했다면 남은 알약은 대체 어디에 있을까?'

24

마지막 알약

당신 앞에 여러 갈래 길이 펼쳐지는데, 어떤 길을 선택할지 모를 때, 무턱대고 아무 길이나 택하지 마라. 차분히 앉아라. 그리고 기다려라. 기다리고 또 기다려라. 꼼짝하지 마라. 입을 다물고 가슴의 소리를 들어라. 그러다가 가슴이 당신에게 말할 때, 그때 일어나 가슴이 이끄는 길로 가라.

-수산나 타마로

2007년

매트의 나이 예순하나

매트는 미처 30분도 걸리지 않아 시내로 되돌아왔다. 그의 머릿속을 떠나지 않는 생각이 있었다. 조금 황당하긴 해도 충분히 위안이 되는 생각이었다.

매트는 마리나 대로를 쏜살같이 달려 내려가 옛 시절처럼 엘리엇의 집 앞에 차를 세웠다. 앤지가 있었으면 했는데 집은 비어있었다. 초인종을 눌러 보고, 문도 두드려 보고 나서 그는 집을 빙 둘러 돌아갔다. 낮은 쪽 울타리를 골라 훌쩍 뛰어오른 그는 쉽게 정원 안으로 떨어졌다.

엘리엇의 집 정원은 거의 변한 게 없었다. 오래된 알래스카산 삼나무는 변함없이 자리를 지키고 선 채 유리벽까지 수려한 나뭇가지를 늘어뜨리고 있었다. 그가 아는 한 이 집에는 경보 장치가 없었다. 그는 코트를 벗어 팔에 둘둘 감은 채 있는 힘을 다해 부엌 유리창을 때렸다. 두꺼운 유리였지만 힘이라면 아직 자신 있었다. 그는 깨진 유리 사이로 손을 집어넣어 안에서부터 문을 열었다.

집 안으로 들어간 매트는 세 시간도 넘게 아래위층을 훑고 다녔다. 방마다 이 잡듯이 뒤지고 다니며 서랍을 열어 보고, 찬장도 꼼꼼히 들여다보고, 마룻바닥의 벌어진 틈도 들춰 보았다. 마지막 남은 알약이 어딘가에 있을 거라 기대하면서.

하지만 끝내 알약을 찾아내지 못했다.

벌써 저녁 시간이 되었다. 힘이 빠져 이제 집으로 돌아가려던 매트는 앤지를 찍은 여러 장의 사진 가운데 엘리엇이 끼어있는 액자를 보고 그 자리에 멈춰 섰다. 약을 찾지 못해 화가 난 그는 사진 속의 엘리엇을 향해 소리쳤다.

"이 몹쓸 친구가 끝내 나를 실망시키고 있어! 넌 나를 바보 취급한 거야, 그렇지? 그렇지 않다면 약이 어디 있는지 어서 말해 봐."

매트는 마치 엘리엇이 코앞에 있기라도 하듯 삿대질을 했다.

"시간여행도 네가 모두 꾸며낸 헛소리지? 너의 잘못된 행동을 합리화하기 위해 지어낸 헛소리."

매트는 사진에 바싹 다가서며 엘리엇의 눈을 째려보았다.

"캄보디아 노인은 애초에 있지도 않았던 거야! 알약은 없었다고! 넌 시간여행을 하지 않았어! 지난 30년 동안 미쳐서 지내더니 죽는 순간까지도 정신이 돌아오지 않았던 거야!"

매트는 분통한 마음에 액자를 집어 들고 벽을 향해 던졌다.

"나쁜 자식!"

매트는 기운이 모두 빠져 달아나 서재에 있는 의자에 주저앉았다. 한참이 지나고 나서야 그는 겨우 마음의 평정을 찾았다. 이제 집 안은 온통 어둠 속에 잠겨있었다.

매트는 목재 서랍장 위에 놓여있는 조그만 램프를 켜기 위해 자리에서 일어섰다. 흩어진 유리 파편들 사이에서 엘리엇의 사진을 집어 들고 책장 선반에 올려놓았다.

"내가 너무 흥분했나 봐. 엘리엇, 이제 지나간 일은 모두 잊기로 하자. 한데, 책장이라?"

매트는 불현듯 책장 앞으로 다가섰다. 이 집에 와서 지도책에 전보를 끼워 넣던 날이 생각났다. 책장 앞에 서서 책 제목을 훑어가던 중에 지도책 한 권이 눈에 띄었다. 그는 지도책을 들고 단면을 후후 불어 먼지를 털어낸 다음 지도와 도표로 가득 찬 책을 흔들었다.

아무것도 나오지 않았지만 문득 어떤 직감이 왔다. 그는 책상 위에 굴러다니는 페이퍼 나이프를 집어 지도책 뒤표지와 내지 사이의 얄팍한 공간에 집어넣었다. 페이퍼 나이프가 뭔가에 걸리는 느낌이 들더니 아주 조그마한 비닐봉지가 마룻바닥으로 툭 떨어졌다. 비닐봉지를 집어 드는 그의 가슴이 두방망이질 치기 시작했다. 그는 얼른 비닐봉지를 뜯어 내용물을 손바닥에 올려놓았다. 손바닥의 오목한 부분에 황금색 알약이 하나 올려져 있었다. 그는 흥분하지 않으려고 애를 썼지만 분비되는 아드레날린을 막을 수 없었다.

*

'과거로 돌아갈 수 있는 한 번의 기회를 남겨둔 엘리엇의 의도는 무엇이었을까? 그리고 그는 왜 하필이면 바로 여기에, 그 혼자만이 알 수 있는 은밀한 장소에 알약을 감추어 두었을까?'

매트가 거실을 어슬렁거리며 똑같은 질문을 되씹고 있는데 전화벨이 울렸다. 휴대폰 화면을 보니 아는 번호가 찍혀있었다.

"일리나?"

일리나는 격정을 떨쳐버리려고 애쓰며 핏기 없는 목소리로 말했다.

"응, 나야. 방금 전에 엘리엇이 기록한 노트를 모두 읽었어."

"읽어 본 소감은?"

"대체적으로 황당무계한 이야기 같았어. 당신에게서 더 자세한 얘기를 듣고 싶어."

매트는 어떻게 대답해야 할지 몰라 두 눈을 감고 눈꺼풀을 비볐다. 일리나로서는 노트에 적혀있는 이야기가 믿기지 않는 게 당연했다.

'하긴 어떤 반응을 기대할 수 있단 말인가?'

사랑했던 남자의 삶을 송두리째 뒤흔들어 놓은 시간여행에 대해 그녀는 단 한 번도 들어 본 적이 없었다. 개연성이라고는 조금도 없는 그 이야기를 이제 와서 믿으라는 건 억지일 수도 있었다.

"일리나, 지금으로서는 나 역시 아무런 설명도 해줄 수 없어."

"아니야, 당신은 반드시 나에게 설명을 해줘야 할 책임이 있어. 갑자기 내 집에 나타나 30년이나 걸려 묻어놓은 기억을 다시 헤집어 놓았으니까."

일리나의 감정이 폭발 직전인 듯했다.

"그렇다면 기다려 봐, 일리나. 내가 엘리엇을 당신한테 다시 데려다줄 테니까."

"누구?"

"엘리엇."

"당신도 미쳤나 봐. 엘리엇은 죽었어, 매트. 그는 죽었다니까!"

매트는 같은 말을 되풀이했다.

"내가 엘리엇을 다시 데려다줄 테니까 미친 척하고 나를 한번 믿어 봐."

"매트, 이제 날 좀 그만 괴롭혀!"

일리나가 소리를 지르며 전화를 끊었다.

매트는 휴대폰을 주머니에 집어넣고 유리창 앞에 섰다. 가느다란 빗줄기가 창을 때리고 있었다. 마음은 차분했고, 의지는 단호했다. 이제 그의 눈에는 모든 게 분명하게 보였다. 이 마지막 알약, 이건 그가 먹어야 하는 알약이었다.

                                    *

　매트는 냉장고에서 페리에 한 병을 찾아 알약과 함께 한 모금 꿀꺽 삼켰다. 알약은 목을 타고 흘러 들어갔고, 돌이키기에는 너무 늦었다. 그는 거실로 돌아와 의자에 앉아 책상 위로 다리를 쭉 뻗었다.

　이제 기다리는 일만 남았다. 기다리고 또 기다렸지만 소용이 없었다. 낙심한 그는 위층으로 올라가 욕실을 샅샅이 뒤진 끝에 수면제를 한 통 찾아냈다. 그는 수면제 두 알을 입에 넣고 거실로 내려와 소파에 길게 누웠다.

　눈을 감고 숫자를 세어 보았다. 이번에는 눈을 뜨고 자세를 바꿨다. 불을 껐다가 다시 켰다.

　"이런 빌어먹을!"

　매트는 자리에서 벌떡 일어섰다. 잠을 청하기에는 속이 너무 시끄러워 코트를 걸치고 차가운 소나기가 쏟아지는 집 밖으로 나왔다. 그는 비를 피하려고 차를 향해 뛰어갔다. 차의 시동을 건 그는 필모어 스트리트를 거슬러 올라가 롬바르드 스트리트로 향했다.

　겨울이고, 자정이 넘은 시간이라 거리는 텅 비어있었다. 그가 러시안 힐 꼭대기에 도착했을 때 갑자기 잠이 쏟아졌다. 목덜미 언저리가 싸하게 아프고, 정신이 혼미해지며 관자놀이에 피가 쏠리는 게 느껴졌다. 의식을 완전히 잃은 그는 차를 세울 틈도 없이 운전대 위로 엎어졌다. 그의 사륜구동차가 인도로 미끄러지며 수국 화단 두 개를 덮친 뒤 철제 방벽에 처박혔다.

1977년

눈을 떴을 때, 매트는 구불구불한 롬바르드 스트리트 한가운데 엎드린 채 누워있었다. 비와 안개가 시야를 가려 유난히 어두운 밤이었다.

비에 흠뻑 젖은 매트는 물을 뚝뚝 흘리며 겨우 자리에서 일어섰다. 손목시계를 쳐다보았지만 시계는 멈춰있었다. 차를 찾아 봤지만 그 어디에도 없었다.

위쪽 하이드 스트리트의 편의점 네온사인이 어둠 속에서 빛을 발하고 있었다. 그는 가게로 달려 들어갔다. 텅 빈 가게 안에는 음료수 캔을 진열대에 정리하는 종업원 말고는 아무도 없었다.

매트는 잡지 진열대로 다가가 몹시 흥분한 채 《뉴스위크》지를 집어 들었다. 표지에는 지미 카터의 얼굴이 보였다. 잡지 테두리를 보니 출간 일자가 1977년 2월 6일로 되어있었다.

매트는 소스라치게 놀라며 편의점 밖으로 달려 나왔다. 알약이 드디어 효과를 발휘해 그를 과거로 데려온 것이다. 그도 엘리엇처럼 30년 전으로 되돌아온 것이다.

엘리엇의 노트를 본 매트는 과거에 머무를 수 있는 시간이 극도로 짧다는 걸 잘 알고 있었다. 몇 분 안에 엘리엇을 만나야 했다. 처음에는 마리나 쪽으로 돌아갈 생각이었으나 다시 엘리엇의 노트에서 읽은 내용을 떠올렸다. 이 당시라면 엘리엇이 병원에서 자주 야간 당직을 설 때였다.

매트는 재빨리 결정을 내렸다. 레녹스 메디컬센터는 직선거리로 1킬로미터가 넘었다. 차로는 짧은 거리지만 도보로는 절대로 가까운 거리가 아니었다. 도로 한가운데 버티고 선 그는 지나가는 차를 세워 보려고 했지만 성난 경적소리와 흙탕물 세례만이 돌아올 뿐이었다.

매트는 마음을 단단히 먹고 병원까지 뛰어가기 시작했다. 호흡이 가빠와 캘리포니아 스트리트에서 한숨 돌리며 잠시 쉬었다. 그는 두 손으로 무릎을 잡고 숨을 고르며 티파니의 충고를 따르지 않은 걸 후회했다. 그녀는 10킬로그램 정도 붙은 군살을 빼고 싶으면 매일 아침 달려야 한다고 틈만 나면 잔소리를 했다.

매트는 무거운 코트를 벗어던졌다. 목표 지점을 눈앞에 두고 포기하느니 차라리 심장발작을 일으켜 죽는 편이 나을 거라고 각오했다.

지난 40년간 오늘 같은 날을 기다렸다. 오늘은 그가 엘리엇의 목숨을 구하는 날이었다. 드디어 응급실의 깜박거리는 불빛이 시야에 들어왔다. 그는 마치 목숨이 경각에 달린 사람처럼 마지막 남은 몇 백 미터를 있는 힘을 다해 뛰어가 병원 문을 밀고 안으로 들어갔다.

매트가 안내 데스크 직원을 향해 물었다.

"닥터 엘리엇 쿠퍼가 지금 어디 있죠?"

안내 데스크 직원이 스케줄표를 살피기 시작했다. 그녀의 입에서 막 대답이 나오려는 순간 남자 간호사 하나가 초콜릿 바를 깨물며 앞서 말했다.

"엘리엇 선생님은 지금 카페테리아에 있어요."

간호사가 미처 말을 끝맺기도 전에 매트는 쏜살같이 로비를 가로질러 뛰어갔다.

"카페테리아는 직원 전용입니다."

매트는 카페테리아의 양쪽 문을 한꺼번에 밀어젖혔다. 텅 빈 실내는 희미한 불빛에 잠겨있었다. 괘종시계는 새벽 2시를 가리키고 있었고, 계산대 뒤의 라디오에서 흘러나오는 니나 시몬의 음악이 낮게 깔리고 있었다.

매트는 줄지어 정렬된 테이블들 한가운데로 나섰다. 구석 자리에서 엘리엇이 벽에 등을 기대고, 두 다리는 벤치에 올려놓은 채 담배를 피우며 진료기록에 소견을 적고 있었다.

"헤이, 친구. 아직도 일해?"

엘리엇이 흠칫 놀라며 고개를 돌렸다. 그는 처음에는 매트를 알아보지 못하다가 이내 고개를 끄덕였다. 옆으로 퍼진 몸매, 숱이 적어진 머리를 빼고는 매트와 똑같다는 느낌이 들었다.

매트가 말했다.

"30년이 흐르면 사람이 몰라볼 정도로 바뀌나 봐. 엘리엇, 나야. 내가 누군지 모르겠어?"

"매트?"

젊은 엘리엇이 놀란 얼굴로 천천히 자리에서 일어섰다.

"그래, 보다시피 나는 매트라니까."

잠시 망설이던 두 사람은 서로를 껴안았다.

"매트, 도대체 어디 있다가 이제야 불쑥 나타난 거야?"

"2007년에서 왔어."

"네가 어떻게 시간여행을 하게 되었지?"

"하나 남은 알약을 내가 먹었거든."

"그럼 이제 시간여행자에 대해 다 알게 된 거야?"

"당연하지. 내가 이렇게 시간여행을 왔잖아."

엘리엇이 진심으로 사과했다.

"매트, 그동안 너에게 정말 미안했어."

"넌 최선을 다했으니까 됐어. 너로서도 어쩔 수 없는 일이었잖아."

두 사람은 감격스러운 기분으로 서로를 마주 보고 서있었다.

여전히 미래에 대한 소식이 궁금한 엘리엇이 물었다.

"매트, 넌 2007년에 잘 지내고 있어?"

매트가 입가에 미소를 머금고 말했다.

"많이 늙었지만 아직은 살 만해."

"너와 난 여전히 화해하지 않았어?"

잠자코 있던 매트가 친구의 눈을 똑바로 쳐다보며 진실을 털어놓았다.

"넌 죽었어."

긴 침묵이 흘렀다. 천둥이 더욱 큰 소리로 으르렁거렸고, 니나 시몬의 노랫소리는 빗소리에 잠겨들었다.

엘리엇은 더는 한마디도 내뱉을 수 없어 눈을 깜박이며 고개를 끄덕였다. 매트가 뭐라고 한마디 덧붙이려는 순간 코피가 셔츠 위로 떨어지며 경련이 일기 시작했다.

"난 이제 돌아가야 해, 엘리엇!"

매트가 엘리엇을 붙잡으며 소리쳤다. 매트가 발작을 일으키며 고꾸라질 듯 비틀거렸다. 갑자기 감전이라도 된 것처럼 보였다.

매트가 힘겹게 말했다.

"엘리엇, 너를 구하러 왔어."

매트가 심하게 몸을 떨고 있어 엘리엇이 그를 부축해 바닥에 앉혔다.

엘리엇이 그의 옆에 무릎을 굽히고 앉았다.

"나를 구하다니?"

매트가 그의 입에서 담배를 빼내 카페테리아의 타일 바닥에 뭉개버렸다.

"엘리엇, 이제부터 무조건 담배를 끊어. 넌 폐암에 걸려 죽었으니까."

"그 말을 하려고 온 거야?"

매트는 목덜미가 **뻣뻣**해지는 듯했고, 근육수축이 일어나 사지가 제멋대로 건들건들했다.

매트가 고통스러운 가운데 미소를 지어 보이려고 애쓰며 말했다.

"엘리엇, 네가 나를 구해준 걸 잊은 적이 없어. 빚을 갚을 수 있게 되어 다행이야. 너만 내 목숨을 구해주란 법은 없잖아."

엘리엇이 제안했다.

"내가 담배를 끊으면 2007년까지 살 수 있다는 거지?"

"2007년에 나를 만나고 싶으면 담배를 끊어."

"그나저나 30년이면 정말 긴 세월이네."

"걱정 마. 금세 지나갈 테니까."

매트의 호흡이 쉰 소리를 내며 거칠어졌다. 그의 눈빛이 유리처럼 굳어졌고, 경련 때문에 얼굴이 일그러졌다. 그가 겨우 한마디 덧붙였다.

"항상 시간은 너무 빨리 지나가는 게 문제거든."

그런 다음 매트는 사라졌다.

*

엘리엇은 친구가 걱정돼 조마조마한 마음으로 자리에서 일어섰다. 미래로 돌아갈 때 매트는 이전의 시간여행자보다 훨씬 더 괴로워했다.

'매트는 무사히 돌아갔을까?'

엘리엇은 초조할 때 늘 하던 습관대로 담뱃갑에 저절로 손이 갔다. 재빨리 담배 한 개비에 불을 붙였다. 소나기가 오고 있었다. 그는 창문을 열고 퍼붓듯이 쏟아지는 물줄기를 넋을 잃고 바라보았다.

엘리엇은 담배를 피우면서 매트가 권한 금연에 대해 생각했다.

'매트는 나를 살리려고 시간여행을 한 거야.'

엘리엇이 나지막하게 말했다.

"매트, 너의 모험을 헛되게 하지 않을게."

엘리엇은 재떨이에 담배를 비벼 끈 뒤 뜯은 지 얼마 안 된 담뱃갑을 휴지통에 던져버리고 카페테리아를 나왔다. 그가 살면서 마지막으로 피운 담배였다.

2007년

새벽 2시가 훨씬 넘은 시각이었지만 일리나의 집에는 불이 켜져있었다. 책상 위의 컴퓨터와 머그잔 사이에 엘리엇이 남긴 노트의 마지막 페이지가 펼쳐져 있었다.

엘리엇의 어쩔 수 없었던 선택을 생각하며 눈물을 흘리던 일리나가 꾸벅꾸벅 졸기 시작할 무렵이었다. 소파 위에서 자고 있던 고양이가 갑자기 털을 곤두세우며 기괴한 울음소리를 내더니 서랍장 밑으로 몸을 숨겼다. 집이 요동치고, 벽이 진동하면서 전구가 터지고, 꽃병이 바닥에 떨어져 깨졌다.

일리나는 의자에서 벌떡 일어났다. 집이 진동하며 바람 소리가 들리더니 갑자기 확 빨아 당기는 힘이 느껴졌다. 그때 일리나가 보는 앞에서 노트가 사라졌다. 진동은 이내 잦아들었고, 서랍장 밑에 몸을 숨기고 있던 고양이도 밖으로 기어 나와 애달픈 울음소리를 냈다.

일리나는 깜짝 놀란 얼굴로 생각에 잠겼다.

'노트가 갑자기 사라진 건 매트가 말했듯이 엘리엇이 살아 돌아왔기 때문일까?'

에필로그

2007년 2월

"이봐요, 괜찮아요?"

사륜구동차의 운전대에 엎드려 있던 매트는 겨우 눈을 떴다. 차 밖에서 두 명의 경찰관이 차창을 두드리고 있었다.

매트는 힘겹게 몸을 일으키며 차 문을 열었다.

경찰관 하나가 피로 물든 매트의 셔츠를 보며 말했다.

"구급차를 불러야겠어."

매트는 고막이 터진 듯 머릿속이 윙윙거렸다. 그는 눈이 부셔 한 손으로 차양을 만들어 이마에 대고 차 밖으로 나왔다. 여러 달 잠을 자다가 깬 사람처럼 몸이 제대로 말을 듣지 않았다.

매트의 차는 가드레일을 뚫고 나와 샌프란시스코에서 가장 가파른 길을 따라 뻗어있는 계단 층계참에 겨우 멈춰 서있었다. 매트는 자신이 사고에 대해 전적인 책임이 있다는 걸 인정했다. 경찰이 혈중 알코올 농도 측정을 했지만 음성이 나왔다.

매트는 롬바르드 스트리트를 빠져나왔다. 어느새 천둥과 비는 그치고 아침 해가 떠올라 있었다. 시간여행을 다녀온 후 기진맥진해진 매트는 비틀거리며 마리나를 향해 걸어갔다.

마리나에 도착한 매트는 미치광이처럼 친구 집 현관문을 거칠게 두드렸다.

"문 열어! 어서 이 빌어먹을 문을 열라니까!"

집은 텅 비어있었다. 엘리엇에 대한 그의 우정도 운명을 무력화시키지는 못한 게 틀림없었다. 상심한 매트는 눈물을 흘리며 그 자리에 주저앉았다. 의기소침해 앉아있는 그의 앞에 필모어 스트리트 모퉁이를 돌아온 택시 한 대가 멈춰 섰다. 한껏 기대에 부푼 일리나가 택시에서 내려섰다.

매트는 그녀에게 일이 잘못되었다는 뜻으로 고개를 힘없이 저었다. 약속을 지키지 못했다고. 엘리엇을 데려오지 못했다고.

*

일리나는 길을 건너 해변을 향해 걸어갔다. 골든게이트가 가까이 보였다. 그녀는 30년 전에 뛰어내린 그 다리를 처음 용기를 내어 바라보았다. 다리에서 사람의 마음을 사로잡는 빛이 났다.

일리나는 아침 햇살에 취해 바다를 향해 걸어갔다. 어떤 남자 하나가 해변을 따라 걷고 있었다. 남자가 뒤를 돌아보았을 때 일리나는 그의 얼굴을 보았다. 그 순간, 가슴이 저려왔다.

그가 거기에 있었다.

옮긴이의 말

'우리에게 시간을 되돌릴 수 있는 기회가 주어진다면, 인생을 어떻게 바꿀 것인가?'라는 질문으로 이 소설은 시작된다. 죽음을 눈앞에 둔 60세의 명망 있는 외과의사 엘리엇이 간절히 바라는 것은 사랑했던 연인 일리나의 얼굴을 다시 한번 보는 것이다. 우연히 30년 전으로 돌아간 그는 서른 살의 자기 자신과 만난다. 30년의 세월을 사이에 둔 두 남자의 만남. 유년기의 상처를 극복하지 못한 서른 살의 엘리엇은 앞으로 펼쳐질 인생이 불안하고 두렵기만 하다. 예순의 엘리엇은 제대로 사랑하는 방법을 몰라 연인을 떠나보내야 했던 젊은 시절에 대한 회한을 품은 채 삶의 마지막 순간을 기다리고 있다.

밝은세상에서 15년 만에 개정판을 내기로 해 번역 원고를 다시 읽다 보니 이 소설이 요즘처럼 어제와 오늘이 다른 디지털 시대에 그토록 긴 시간을 지나고도 여전히 한국 독자들에게 읽히는 이유, 영화로도 만들어져 많은 관객의 사랑을 받은 이유를 알 것 같았다. 시공간을 뛰어넘는 소재의 보편성, 바로 이것이다. 직선으로만 흐르는 현재의 시간 속에서 매 순간 선택에 직면하지만 늘 과거와 미래에 붙잡혀 사는 우리에게 기욤 뮈소가 노년의 엘리엇을 통해 전하는 메시지는 단순하다.

"자네는 인생이 한참이나 남은 것처럼 일리나를 대했어. 사랑은 그런 식으로 느긋하게 하는 게 아니야."

출간 당시 30대 초반의 젊은 작가가 이런 지혜를 어떻게 알았을까. 독자들이 그의 소설을 읽는 이유는 아마도 작가에게서 발견하는 이런 인생에 대한 통찰 때문이 아닐까.

《당신, 거기 있어줄래요?》의 배경인 샌프란시스코는 1960년대 미국 비주류 문화, 히피 문화의 본산지다. 현실과 초현실이 교차하며 시간여행이 일어나는 곳으로 샌프란시스코만 한 장소는 없어 보인다. 작가는 이 작품에서 특히 독자들의 시각적 상상력을 자극하는 요소로써 샌프란시스코가 지닌 매력을 최대한 활용하고 있다. 눈을 감으면 엘리엇의 비틀 자동차가 지나가는 샌프란시스코의 거리가 눈앞에 펼쳐지는 것 같다. 1970년대 대중문화의 디테일들도 한 편의 할리우드 영화를 보는 듯한 착각을 줄 만큼 재미를 선사해 준다. 실로 오랜만에 다시 소설을 읽고 나서 책장에 꽂힌 샌프란시스코 지도를 꺼내 책상에 넓게 펼쳐 놓았다. 지금이야 클릭만 하면 골든게이트가 3차원으로 눈앞에 펼쳐지지만, 15년 전만 해도 지도에 표시를 해가며 주인공들의 궤적을 따라갔었다. 구불구불한 선들을 다시 마주하고 있자니 시간의 흐름 앞에 문득 왜소함이 느껴진다.

《구해줘》를 시작으로 기욤 뮈소는 그동안 한국에 폭넓은 독자층을 형성해 왔다. 간결한 문체와 스피디한 플롯 전개, 간단히 대중적 공감을 끌어내는 재간은 다른 작가들에게서 쉽게 찾아보기 힘들다. 무엇보다 그가 지닌 아날로그적 감성의 위력, 이것이 바로 독자들이 그의 책을 다시 찾게 만드는 힘이 아닐까 한다. 머릿속에서 펼쳐지는 한 장면 한 장면을 따라가다 보면 독자들은 어느새 가슴 저릿한 결말에 다다르게 된다. 뭉클한 감동, 이 표현이 가장 잘 어울리는 프랑스 작가가 바로 기욤 뮈소다.

2022년 1월
전미연